m

阅读之前 没有真相

午夜文库

阿加莎·克里斯蒂
赫尔克里·波洛系列

阿加莎·克里斯蒂
Agatha Christie (1890—1976)

无可争议的侦探小说女王,侦探文学史上最伟大的作家之一。

阿加莎·克里斯蒂原名为阿加莎·玛丽·克拉丽莎·米勒,一八九〇年九月十五日生于英国德文郡托基的阿什菲尔德宅邸。她几乎没有接受过正规的教育,但酷爱阅读,尤其痴迷于歇洛克·福尔摩斯的故事。

第一次世界大战期间,阿加莎·克里斯蒂成了一名志愿者。战争结束后,她创作了自己的第一部侦探小说《斯泰尔斯庄园奇案》。几经周折,作品于一九二〇年正式出版,由此开启了克里斯蒂辉煌的创作生涯。一九二六年,《罗杰疑案》由哈珀柯林斯出版公司出版。这部作品一举奠定了阿加莎·克里斯蒂在侦探文学领域不可撼动的地位。之后,她又陆续出版了《东方快车谋杀案》《ABC谋杀案》《尼罗河上的惨案》《无人生还》《阳光下的罪恶》等脍炙人口的作品。时至今日,这些作品依然是世界侦探文学宝库里最宝贵的财富。根据她的小说改编而成的舞台剧《捕鼠器》,已经成为世界上公演场次最多的剧目;而在影视改编方面,《东方快车谋杀案》为英格丽·褒曼斩获奥斯卡大奖,《尼罗河上的惨案》更是成为几代人心目中的经典。

阿加莎·克里斯蒂的创作生涯持续了五十余年,总共创作了八十余部侦探小说。她的作品畅销全世界一百多个国家和地区,累计销量已经突破二十亿册。她创造的小胡子侦探波洛和老处女侦探马普尔小姐为读者津津乐道。阿加莎·克里斯蒂是柯南·道尔之后最伟大的侦探小说作家,是侦探文学黄金时代的开创者和集大成者。一九七一年,英国女王授予克里斯蒂爵士称号,以表彰其不朽的贡献。

一九七六年一月十二日,阿加莎·克里斯蒂逝世于英国牛津郡沃灵福德家中,被安葬于牛津郡的圣玛丽教堂墓园,享年八十五岁。

阿加莎·克里斯蒂 侦探作品年表

波洛系列

1920　The Mysterious Affair at Styles《斯泰尔斯庄园奇案》
1923　Murder on the Links《高尔夫球场命案》
1924　Poirot Investigates《首相绑架案》
1926　The Murder of Roger Ackroyd《罗杰疑案》
1927　The Big Four《四魔头》
1928　The Mystery of the Blue Train《蓝色列车之谜》
1932　Peril at End House《悬崖山庄奇案》
1933　Lord Edgware Dies《人性记录》
1934　Murder on the Orient Express《东方快车谋杀案》
1935　Three—Act Tragedy《三幕悲剧》
1935　Death in the Clouds《云中命案》
1936　The ABC Murders《ABC谋杀案》
1936　Murder in Mesopotamia《古墓之谜》
1936　Cards on the Table《底牌》
1937　Dumb Witness《沉默的证人》
1937　Death on the Nile《尼罗河上的惨案》
1937　Murder in the Mews《幽巷谋杀案》
1938　Appointment with Death《死亡约会》
1938　Hercule Poirot´s Christmas《波洛圣诞探案记》
1940　Sad Cypress《H庄园的午餐》
1940　One，Two，Buckle My Shoe《牙医谋杀案》
1941　Evil Under the Sun《阳光下的罪恶》
1943　Five Little Pigs《五只小猪》
1946　The Hollow《空幻之屋》
1947　The Labours of Hercules《赫尔克里·波洛的丰功伟绩》
1948　Taken at the Flood《顺水推舟》
1952　Mrs．McGinty´s Dead《清洁女工之死》
1953　After the Funeral《葬礼之后》
1955　Hickory Dickory Dock《山核桃大街谋杀案》
1956　Dead Man´s Folly《弄假成真》
1959　Cat Among the Pigeons《鸽群中的猫》
1960　The Adventure of the Christmas Pudding《雪地上的女尸》

阿加莎·克里斯蒂 侦探作品年表

1963　The Clocks《怪钟疑案》
1966　Third Girl《第三个女郎》
1969　Hallowe'en Party《万圣节前夜的谋杀》
1972　Elephants Can Remember《大象的证词》
1974　Poirot's Early Stories《蒙面女人》
1975　Curtain—Poirot's Last Case《帷幕》

马普尔小姐系列

1930　The Murder at the Vicarage《寓所谜案》
1932　The Thirteen Problems《死亡草》
1942　The Body in the Library《藏书室女尸之谜》
1943　The Moving Finger《魔手》
1950　A Murder Is Announced《谋杀启事》
1952　They Do It with Mirrors《借镜杀人》
1953　A Pocket Full of Rye《黑麦奇案》
1957　4.50 from Paddington《命案目睹记》
1962　The Mirror Crack'd from Side to side《破镜谋杀案》
1964　A Caribbean Mystery《加勒比海之谜》
1965　At Bertram's Hotel《伯特伦旅馆》
1971　Nemesis《复仇女神》
1976　Sleeping Murder《沉睡谋杀案》
1979　Miss Marple's Final Cases《马普尔小姐最后的案件》

其他系列及非系列

1922　The Secret Adversary《暗藏杀机》
1924　The Man in the Brown Suit《褐衣男子》
1925　The Secret of Chimneys《烟囱别墅之谜》
1929　Partners in Crime《犯罪团伙》
1929　The Seven Dials Mystery《七面钟之谜》
1930　The Mysterious Mr. Quin《神秘的奎因先生》
1931　The Sittaford Mystery《斯塔福特疑案》
1933　The Witness for the Prosecution and Other Stories《控方证人》
1934　Why Didn't They Ask Evans?《悬崖上的谋杀》

阿加莎·克里斯蒂 侦探作品年表

1934　The Listerdale Mystery《金色的机遇》
1934　Parker Pyne Investigates《惊险的浪漫》
1939　Murder Is Easy《逆我者亡》
1939　And Then There Were None《无人生还》
1941　N or M?《桑苏西来客》
1944　Towards Zero《零点》
1945　Sparkling Cyanide《闪光的氰化物》
1945　Death Comes as the End《死亡终局》
1949　Crooked House《怪屋》
1950　Three Blind Mice and Other Stories《三只瞎老鼠》
1951　They Came to Baghdad《他们来到巴格达》
1954　Destination Unknown《地狱之旅》
1958　Ordeal by Innocence《奉命谋杀》
1961　The Pale Horse《灰马酒店》
1967　Endless Night《长夜》
1968　By the Pricking of My Thumbs《煦阳岭的疑云》
1970　Passenger to Frankfurt《天涯过客》
1973　Postern of Fate《命运之门》
1991　Problem at Pollensa Bay《神秘的第三者》
1997　While the Light Lasts《灯火阑珊》

出版前言

纵观世界侦探文学一百七十余年的历史，如果说有谁已经超脱了这一类型文学的类型化束缚，恐怕我们只能想起两个名字——一个是虚构的人物歇洛克·福尔摩斯，而另一个便是真实的作家阿加莎·克里斯蒂。

阿加莎·克里斯蒂以她个人独特的魅力创造着侦探文学史上无数的传奇：她的创作生涯长达五十余年，一生撰写了八十余部侦探小说；她开创了侦探小说史上最著名的"黄金时代"；她让阅读从贵族走入家庭，渗透到每个人的生活中；她的作品被翻译成一百多种文字，畅销全球一百五十余个国家，作品销量与《圣经》《莎士比亚戏剧集》同列世界畅销书前三名，她的《罗杰疑案》《无人生还》《东方快车谋杀案》《尼罗河上的惨案》都是侦探小说史上的经典，她是侦探小说女王，因在侦探小说领域的独特贡献而被册封为爵士，她是侦探小说的符号和象征。她本身就是传奇。沏一杯红茶，配一张躺椅，在暖暖的阳光下读阿加莎的小说是一种生活方式，是惬意的享受，也是一种态度。

午夜文库成立之初就试图引进阿加莎的作品，但几次都与版权擦肩而过。随着午夜文库的专业化和影响力日益增强，阿加莎·克里斯蒂的版权继承人和哈珀柯林斯出版公司主动要求将版权独家授予新星出版社，并将阿加莎系列侦探小说并入午夜文库。这是对我们长期以来执着于侦探小说出版的褒奖，是对我们的信任与鼓励，更是一种压力和责任。

新版阿加莎·克里斯蒂作品由专业的侦探小说翻译家以最权威的英文版本为底本，全新翻译，并加入双语作品年表和阿加莎·克里斯蒂家族独家授权的照片、手稿等资料，力求全景展现"侦探女王"的风采与魅力。使读者不仅欣赏到作家的巧妙构思、离奇桥段和睿智语言，而且能体味到浓郁的英伦风情。

阿加莎作品的出版是一项系统工程，规模庞大，我们将努力使之臻于完美。或存在疏漏之处，欢迎方家指正。

新星出版社
午夜文库编辑部

Agatha Christie

Over the next few years, we plan to celebrate two very important Agatha Christie anniversaries. In 2015, it is the 125th anniversary of her birth in Torquay, South Devon, England, and in 2020 it will be 100 years after her first book, THE MYSTERIOUS AFFAIR AT STYLES, featuring her famous detective, Hercule Poirot, was published. This is therefore a very appropriate moment to publish a new edition of her works, and I am delighted that HarperCollins has chosen to work with New Star on these new editions. New Star is China's top crime publisher, and has a strong and dedicated editorial staff and a continued passion for Agatha Christie, making them the ideal partner. It is the right time to make these classic books available in modern translations and so to bring Agatha Christie's books anew to her many fans in China, giving them a new reason to re-read these much-loved stories, as well as introducing them to a whole new audience. How delighted Agatha Christie would have been that her stories (as she called them) are still giving so much pleasure to so many people all over the world!

I think there are two very remarkable things about Agatha Christie's stories. The first is that they are so adaptable. It doesn't really matter which language they appear in, the stories and the plots still give the same thrill, still provide the same puzzles, and the characters still have the same attraction. Readers in China will I am sure enjoy Hercule Poirot and Miss Marple just as much as we do in England, and readers in China will still be transfixed by the surprises and horrors of AND THEN THERE WERE NONE, one of the great classics of 20th century detective fiction, as we are here.

Agatha Christie

The second is that the stories give a wonderful picture of England, particularly rural England, at the time Agatha Christie lived. She wrote books from 1920 until 1970 but it is sometimes hard to tell which part of her life each book was written in. Her characters and the life they lived were very much the same. The life we all live is changing very quickly these days but "the Agatha Christie world stays the same. Perhaps the Miss Marple stories provide the best example of this, and in some ways, THE BODY IN THE LIBRARY and NEMESIS are quite similar, despite the fact that thirty years elapsed between the time they were written.

Perhaps I might end by mentioning three Agatha Christies (other than the ones mentioned above) which I think demonstrate why she is so popular, even in the twenty-first century. The first is MURDER ON THE ORIENT EXPRESS, one of the most famous with one of the most ingenious and human plots. Read this on one of your long train journeys in China! Next is A MURDER IS ANNOUNCED, a Miss Marple which was her 50th book. It has my favourite murderer in it! And last is ENDLESS NIGHT a story about evil and how it affects three young people, written at the time when I knew her best, and understood how deeply she cared and sympathised with young people and the world they lived in.

Whichever are your favourites I hope you enjoy these stories that New Star are introducing to you again. I think it is a great publishing event.

Mathew Prichard
Grandson of Agatha Christie
Chairman of Agatha Christie Ltd

致中国读者
（午夜文库版阿加莎·克里斯蒂作品集序）

在未来的几年中，我们将要筹备两个非常重要的关于阿加莎·克里斯蒂的纪念日。二〇一五年是她的一百二十五岁生日——她于一八九〇年出生于英国的托基市，二〇二〇年则是她的处女作《斯泰尔斯庄园奇案》问世一百周年的日子，她笔下最著名的侦探赫尔克里·波洛就是在这本书中首次登场。因此，新星出版社为中国读者们推出全新版本的克里斯蒂作品正是恰逢其时，而且我很高兴哈珀柯林斯选择了新星来出版这一全新版本。新星出版社是中国最好的侦探小说出版机构，拥有强大而且专业的编辑团队，并且对阿加莎·克里斯蒂的作品极有热情，这使得他们成为我们最理想的合作伙伴。如今正是一个良机，可以将这些经典作品重新翻译为更现代、更权威的版本，带给她的中国书迷，让大家有理由重温这些备受喜爱的故事，同时也可以将它们介绍给新的读者。如果阿加莎·克里斯蒂知道她的小故事们（她这样称呼自己的这些作品）仍然能给世界上这么多人带来如此巨大的阅读享受，该有多么高兴啊！

我认为阿加莎·克里斯蒂的作品有两个非常重要的特征。首先它们是非常易于理解的。无论以哪种语言呈现，故事和情节都同样惊险刺激，呈现给读者的谜团都同样精彩，而书中人物的魅力也丝毫不受影响。我完全可以肯定，中国的读者能够像我们英国人一样充分享受赫尔克里·波洛和马普尔小姐带来的乐趣，中国读者也会和我们一样，读到二十世纪最伟大的侦探经典作品——比如《无人生还》——的时候，被震惊和恐惧牢牢钉在原地。

第二个特征是这些故事给我们展开了一幅英格兰的精彩画卷，特别是阿加莎·克里斯蒂那个年代的英国乡村。她的作品写于二十世纪二十年代至七十年代间，不过有时候很难说清楚每一本书是在她人生中的哪一段日子里写下的。她笔下的人物，以及他们的生活，多多少少都有些相似。如今，我们的生活瞬息万变，但"阿加莎·克里斯蒂的世界"依旧永恒。也许马普尔小姐的故事提供了最好的范例：《藏书室女尸之谜》与《复仇女神》看起来颇为相似，但实际上它们的创作年代竟然相差了三十年。

最后，我想提三本书，在我心目中（除了上面提过的几本之外）这几本最能说明克里斯蒂为什么能够一直受到大家的喜爱。首先是《东方快车谋杀案》，最著名，也是最机智巧妙、最有人性的一本。当你在中国乘火车长途旅行时，不妨拿出来读读吧！第二本是《谋杀启事》，一个马普尔小姐系列的故事，也是克里斯蒂的第五十本著作。这本书里的诡计是我个人最喜欢的。最后是《长夜》，一个关于邪恶如何影响三个年轻人生活的故事。这本书的写作时间正是我最了解她的时候。我能体会到她对年轻人以及他们生活的世界关心至深。

现在新星出版社重新将这些故事奉献给了读者。无论你最爱的是哪一本，我都希望你能感受到这份快乐。我相信这是出版界的一件盛事。

阿加莎·克里斯蒂外孙
阿加莎·克里斯蒂有限责任公司董事长
马修·普理查德
二〇一三年二月二十日

阿加莎·克里斯蒂侦探作品集㊺
蓝色列车之谜
The Mystery of the Blue Train

[英]阿加莎·克里斯蒂 著
舒金佳 译

新 星 出 版 社　NEW STAR PRESS

目录

1	第一章	白发男人
7	第二章	侯爵先生
12	第三章	火焰之心
17	第四章	在柯曾大街
25	第五章	能干的情报员
37	第六章	米蕾
44	第七章	两封来信
53	第八章	坦普林女士的信
61	第九章	拒绝贿赂
67	第十章	"蓝色特快"
79	第十一章	谋杀
93	第十二章	雏菊别墅
102	第十三章	致冯·阿尔丁的电报
107	第十四章	艾达·梅森的证词
113	第十五章	罗歇伯爵
120	第十六章	波洛分析案情
128	第十七章	清白的绅士
139	第十八章	德里克的午餐

目录

143	第十九章　不速之客
151	第二十章　凯瑟琳的新友
158	第二十一章　网球场上
169	第二十二章　帕波波鲁斯的早餐
176	第二十三章　新的推测
181	第二十四章　波洛的忠告
188	第二十五章　威胁
195	第二十六章　警告
203	第二十七章　同米蕾的谈话
216	第二十八章　波洛如松鼠
228	第二十九章　家乡的来信
239	第三十章　瓦伊娜小姐的判断
247	第三十一章　艾伦斯先生的午餐
251	第三十二章　凯瑟琳和波洛交换意见
257	第三十三章　新的推论
261	第三十四章　再乘"蓝色特快"
266	第三十五章　波洛的说明
276	第三十六章　在海滨

献给忠犬勋章的两位卓越成员——卡洛和彼得①

---
①一九二八年,时值多事之秋,婚变、丧母,种种事件接连发生,可以说是阿加莎生活的一大转折。那些一直默默给予她支持和安慰的朋友就被称为"O.F.D."(Order of the Faithful Dogs,忠犬勋章成员)。卡洛是她的秘书,彼得是她心爱的硬毛猎犬。

第一章　白发男人

将近子夜时分，一个人正走过协和广场①。尽管身上贵重的皮毛大衣遮住了他消瘦的躯体，但还是不难看出他的虚弱与潦倒。

这是一个长着一副老鼠面孔的小人物。可以说，这样的一个人不可能惹人注目或者在任何领域有所建树。然而，在下这样的结论时，旁观者们可能已经犯了错误。因为尽管他看起来是那么的渺小和微不足道，但他也能发挥重要的作用来改变世界。就算是在由老鼠所统治的王国中，他也是万鼠之王。

此时此刻，有一个重要的任务在等待着他回家完成。但在回家之前，他还要做一件交易，而这件交易与他的任务是毫不相干的。他的脸在月光的照耀下泛着白光，面容也渐渐清晰起来：瘦瘦的鼻子有着少许的弧度。他的父亲是一位老裁缝，一位来自荷兰的犹太人。而他今夜还游荡在国外，要完成一笔他父亲喜爱的交易。

他来到塞纳河畔，穿过桥，走进了巴黎一个声名狼藉的街区。他在一栋没人看守的大楼前停下了脚步，走上了楼梯，来到一间位于四层楼的公寓。没等他伸手敲门，一个女人就把门打开

---

① 巴黎最大的广场，位于塞纳河右岸，城西北部。

了,这个女人仿佛就是在等待着他的到来。她一言未发,默默帮他脱掉了大衣,带他走进装修得十分俗气的客厅。电灯上笼罩着污秽的粉色的花彩装饰,然而这样的灯光并不能完全遮盖住女人画着粗糙妆容的面庞,而她那显著的带有蒙古人种特点的外貌特征,也在这灯光下一览无遗。奥尔加·德米罗夫娜的职业,和她的国籍一样,如此显而易见。

"都办妥了吗?小宝贝。"

"都办妥了,鲍里斯·伊万诺维奇。"

他点了点头,压低了嗓门:"我相信没人盯我的梢。"

但是他的声音里流露出了胆怯。他走到窗前,把窗帘轻轻拉开,向窗外仔细观察了一会儿,蓦然回过头来说道:

"有两个人,在街那边的人行道上。这看起来是⋯⋯"他不再出声,咬着手指甲思索起来,这是他感到恐惧时的一个小习惯。

而那个俄国女人若无其事地慢慢摇了摇头。

"他们在你来之前就在那里了⋯⋯"

"时间的先后并不能说明什么。在我看来,他们是在监视这栋楼房。"

"有可能。"她附和着说道。

"如果是这样的话⋯⋯"

"那又如何呢?就算嗅到了什么,他们想要跟踪的人也不会是你,这里只是他们跟踪的起点。"

一丝刻薄的笑容浮现在这个男人的嘴角。

"你说的对。"男人承认道。

他思虑了一两分钟,然后慢声细语地说道:"这个该死的美国佬真是比谁都会保护自己。"

"确实如此。"

他又走到了窗前。

"真是位麻烦的客户!"他冷笑着嘟囔道,"我估计警察都已经盯上他了。好吧,好吧,祝你们这些恶棍能成功!"

奥尔加·德米罗夫娜摇摇头。

"若是那个美国人真的像人们所说的那样,那么,就算两个恶棍也不是他的对手。"她停顿片刻,"我在想……"

"怎么?"

"没什么。只是今晚有一个人曾两次经过这条街,那是一个白发男人。"

"那又怎样?"

"是这样。当他经过这两个人的时候,好像故意掉下一只手套在地上,其中一个人把手套拾起来又交还给了那个白发男人。好老套的手法。"

"你是说,这个白发男人是这两个家伙的雇主吗?"

"有点儿像。"

俄国人看起来似乎感到了惊恐和焦虑。

"你能确定包裹还安全吗?没有什么人动过?事情越来越难说了……越来越复杂。"

他又开始啃指甲。

"你自己看吧。"

她在火炉旁弯下腰,熟练地把煤块移开。在煤块下方,她从一堆杂乱无章的报纸中取出一个椭圆形包裹,它被满是油污的报纸包得严严实实,她将这个包裹递给了他。

"真聪明!"他说道,赞许地点了点头。

"这幢房子已经被搜查了两次,我的床单都被撕破了。"

"就像我刚刚说的，"他嘟囔着，"事情已经越来越难说了。在价格方面争论不休，真是一个失误。"

他撕去了包裹的外层，里面是一个小的棕色纸包。他打开纸，看了一眼里面的东西，又再次紧紧地包上。就在此时，电铃声突然尖锐地响起来。

"美国人准时到了。"奥尔加看了一下钟，说道。

她走出房间。没过多久她带进来一个陌生人，他高个头、宽肩膀，从外貌上一眼就可以看出是个美国人。他的目光在屋内的两个人身上扫视着。

"您是克雷斯内先生吗？"他客气地问。

"正是。"鲍里斯回答道，"请原谅，接头地点变动了。但最紧要的是能够保密。我——我不能把货带在身上去接头。"

"啊，是这样。"美国人很有礼貌地说道。

"您曾对我说过，这桩交易只能在我们之间进行，是吗？确保绝对的安全，这是此桩买卖的重要条件之一。"

美国人点了一下头。

"在这方面我们已经达成共识。"他冷淡地说，"现在，也许，您应该把货拿出来让我看一下。"

"您的钱拿来了吗？现钞？"

"是的。"对方回答道。

但他并没有想拿出钱的意思。片刻的犹豫之后，克雷斯内把纸包放在了桌子上。

美国人打开纸包，走到灯光下把里面的东西取出来，细心地检查了一会儿，露出了满意的神情。他从口袋里掏出一个厚厚的皮制钱包，从里面拿出一沓钱交给了俄国人。俄国人接过钱后，谨慎地数了遍钞票。

"对吗？"

"谢谢，完全对。"

"很好！"美国人说道。他迅速将棕色的纸包胡乱塞进自己的口袋，对奥尔加鞠了一躬。

"再见，小姐。再见，克雷斯内先生。"

然后他便离开了房间，关上了房门。剩下的两个人面面相觑。男人张开干燥的嘴唇嘟囔道："我在想，他能不能安全地回到他下榻的饭店呢？"

两人不约而同地向窗外望去，正好看到那个美国人走到街上。他向左手边拐弯，随即头也不回地迅速向前走去。门口的那两个身影悄无声息地跟在了他身后。跟踪者和被跟踪者都被笼罩在漆黑的夜幕之中。

奥尔加·德米罗夫娜开口道："他一定能安全回家。你不用担心他的安危，也不要期待会有任何其他的意外。"

"你为什么认为他一定很安全呢？"克雷斯内好奇地问道。

"如果一个人有那么多钱，那他绝不会是傻瓜。"奥尔加说，"既然说到了钱……"她意味深长地看着克雷斯内。

"嗯？"

"我的那一份呢，鲍里斯·伊万诺维奇？"

他很不情愿地给了她两张钞票。她面无表情地点了点头，表示感谢，把钱塞进袜筒里。

"很好。"她心满意足地说。

他好奇地看着奥尔加。

"您不感到惋惜吗？奥尔加·德米罗夫娜？"

"惋惜？有什么值得惋惜的？"

"你居然放弃了那么值钱的东西。我相信，大多数女人对这种东西爱得发狂。"

她点点头。

"你说的对。很多女人都会为它而疯狂，可是我不会。我现在只想知道一件事……"

"是什么？"克雷斯内好奇地问道。

"这个美国人拿到了这些东西，并且我深信最终他和东西都会安然无恙。可是以后会怎样呢……"

"你在想些什么呢？"

"他肯定会把这东西送给一个女人。"奥尔加沉思着说道，"我在想，如果一个女人得到了它，那她会怎么样呢？"

她开始不耐烦起来，于是又走到窗前。突然她发出一声惊呼，把头转向她的同伴。

"看，我刚刚提到过的那个人，现在正走在路上。"

他们一起从窗户往楼下看去，一个又瘦又高、举止潇洒的男人正悠闲地走过。他头戴一顶圆帽，穿着大衣。在他经过路灯底下时，可以清楚地看到他露在圆帽外边的白发。

第二章　侯爵先生

　　白发男人似乎对周遭的一切都漠不关心，只顾优哉地继续走自己的路。他哼着歌，在一个路口右拐，又在下一个路口左拐。

　　突然他停住脚步，专心地听着什么。他听到了某种声音，这声音听起来有点像轮胎爆炸，又有点像枪声。他的嘴角浮现出一丝好奇的微笑，然后又继续他悠闲的步伐。

　　在街角的拐弯处，他看到了一个热闹的场面：有个警察在笔记本上记录着什么，一两个夜归路过现场的人聚集在这里。白发男人也混在这些围观者中，礼貌地向周围人询问一些信息。

　　"请问这里发生了什么事情吗？"

　　"是这样的，先生。两个恶棍袭击了一个稍有年岁的美国人。"

　　"他们伤着那个美国人了吗？"

　　"实际上并没有。"回答者笑了，"那个美国人，他的衣袋里有一只左轮手枪。那两个恶棍还没来得及下手，美国人就朝他们近距离开了枪。两个家伙吓得屁滚尿流、撒腿就跑。至于警察嘛，同往常一样，总是姗姗来迟。"

　　"这样啊。"白发男人说道。

　　此事似乎没能引起他情绪上的任何波动。

　　他泰然自若地继续赶路。不一会儿，他就走过了塞纳河，来到这个城市的富人区。他又走了大概二十分钟的路，来到一条安静的大街上，这儿有许多上层人士的住所，在其中的一栋房子前，他停下了脚步。

眼前是一家商店。作为一家商店来说，它实在是素雅、低调，毫不引人注目。它的主人是帕波波鲁斯博士。作为一位极其有名望的古玩商人，帕波波鲁斯博士并不需要用什么广告招揽生意，而且实际上，他的生意也很少在商店的柜台上成交。帕波波鲁斯先生在香榭丽舍大街有一幢豪宅，在这样的时间点，在那里遇见他似乎比在这家店铺里找到他更为可能。但白发男人看起来很有信心地按响了门铃，并且迅速扫视了一下他身后空无一人的街道。

他的信心看来并不是毫无根据。商店的门开了一条缝，一位戴着金耳环、面容黝黑的男人出现在昏暗的光线中。

"晚上好。"造访者说道，"请问您家主人在吗？"

"我的主人在房间里。但是他不会在此时接待一位不速之客。"门房不满地嘟囔着。

"我想他会愿意见我的。请告诉他，他的朋友，侯爵先生来了。"

听了这话，门房将房门打开，让白发男人进房间等候。

这个自称为侯爵先生的男人，在讲话时总是用手遮住自己的脸。当门房过来回复说他的主人很乐意在此时与到访者见面时，侯爵先生的表情有了些细微的变化。这位门房一定接受过良好的训练，当他看清来访者脸上用一小块黑色丝质面纱来掩饰五官时，丝毫没有露出惊讶的表情。他只是平静地带领着这位侯爵先生来到大厅尽头的一间房间，为他打开门，用充满敬意的声音报告道："侯爵先生到了。"

那个起身欢迎来宾的身影看起来令人肃然起敬，这就是帕波

8

波鲁斯先生，他总是给人这种德高望重的感觉。他拥有饱满的额头和修剪得十分整洁的白色胡须，举止行为中透露出一种传教士般的善良。

"欢迎您，我亲爱的朋友！"帕波波鲁斯先生用法语说道。

他的语调中满溢着一种虚情假意的甜腻。

"请原谅！"来访者说，"这么晚了还来打扰您。"

"不不不，一点儿也不。"帕波波鲁斯先生继续说，"对于今晚来说，这正是一个非常有意思的时间。我猜，您也许也已经度过了一个非常有趣的夜晚。"

"对我个人来说并非如此。"侯爵先生答道。

"对您个人来说……"帕波波鲁斯先生重复道，"不不，当然不是说您个人。那么，您是有什么新闻要告诉我吗？"

他一边问着，一边向这个到访者投去尖锐的一瞥，这一瞥既不神圣也不友善。

"没有任何新闻。我们的计划失败了。除了此事，我想不到还有什么值得向您汇报。"

"果然如此。"帕波波鲁斯先生说，"任何暴力的行为——"

他摆了摆手，表明他对任何形式的暴力都非常排斥。也确实，在帕波波鲁斯先生日常的生活和生意中，没有任何需要使用暴力的地方。他在欧洲的王室成员中也非常有名，他们亲切地称呼他为"德米特里厄斯"[①]，而由于对文物有着敏锐的判断力，他在业界也颇有声誉。所有这一切如同贵族般的声望，帮他解决了很多非常棘手的买卖。

"这种直接的进攻——"帕波波鲁斯先生摇着头说道，"有的

[①] 德米特里厄斯（Demetrius），希腊哲学家，编辑了第一部伊索寓言集：《伊索故事集成》（Assemblies of Aesop's Tales）。

时候也许能起效果,但更多的时候没有什么用。"

侯爵先生耸了耸肩膀。

"但这样节约时间。"他强调,"并且就算失败了至少我们也没有任何损失。我还有另一个计划,另一个不会失败的计划。"

"是吗?"帕波波鲁斯先生说,热切地注视着他。

来者慢慢点了点头。

"由于您的,呃,您的声望,我对您很有信心。"古玩商人说道。

侯爵先生柔和地一笑。

"我想我可以保证,"他喃喃地说,"一定不辜负您的信赖。"

"我知道您有着独一无二的条件。"帕波波鲁斯先生说道,他的语调里有掩藏不住的羡慕。

"那都是靠我自己创造的。"侯爵先生说。

他起身,拿起先前漫不经心挂在椅背上的大衣。

"我将继续通过之前的渠道与您联系,帕波波鲁斯先生。但我们的合约必须不受任何的影响或者阻碍。"

这话让帕波波鲁斯先生看起来不是十分好受。

"我拟定的合约从来就不会有任何变动。"他抱怨道。

侯爵先生咧嘴一笑,随即没有再多说一句告辞的话就转身离开了房间,并随手关上了房门。

帕波波鲁斯先生思索了片刻,捋了一下他那修剪得体的白胡须,随即转身来到另外一扇朝里打开的门前。当他转动门把,拉开房门时,一个年轻的女郎绊倒在门口,看来她之前把耳朵贴在钥匙孔上,一字不落地听完了刚才的谈话。帕波波鲁斯先生既不惊讶也不感到担心。看起来他已经对此习以为常。

"好吧,齐娅,你想怎么样?"他问道。

"我并没有听到他离开。"齐娅解释道。

她是一位有着优美线条的年轻貌美的女郎，忽闪着一双亮晶晶的黑眼睛。她的整体气质同帕波波鲁斯是那样相像，明眼人很容易看出这是一对父女。

"太讨厌了，"她继续恼火地说道，"从这个钥匙孔里无法既看到现场又听到声音。"

"这也确实时常让我恼火。"帕波波鲁斯先生率直地表示。

"所以，他就是侯爵先生咯？"齐娅慢悠悠地说，"他经常戴着面纱吗？爸爸。"

"经常。"

一阵短暂的停顿。

"我猜，你们是在讨论红宝石的事情？"齐娅问道。

她的父亲点了点头。

"你觉得怎么样，孩子。"他询问道，闪亮的黑色眼睛里闪过一丝顽皮。

"您是说侯爵先生吗？"

"是的。"

"在我看来，"齐娅慢悠悠地说，"他这样土生土长的英国人能将法语说得这般流利，这事儿不太常见。"

"噢，"帕波波鲁斯先生说道，"所以，你是这样想的。"

和往常一样，他并没有表态，但对于女儿的评价表示了一定程度的认可。

"我还觉得，"齐娅说道，"他的脑袋好像有些畸形。"

"是巨大。"她的父亲说，"他的头有点过大了。但一般戴了假发的人，都会有这种效果。"

父女俩对视了一眼，会心地一笑。

第三章　火焰之心

鲁夫斯·冯·阿尔丁穿过伦敦萨伏依酒店的旋转门，来到接待桌前。前台微笑着同他打招呼。

"很高兴再次见到您，冯·阿尔丁先生。"他说。

这位美国百万富翁漫不经心地点了一下头表示回应。

"一切都安排好了吗？"他问道。

"是的，先生。奈顿少校已经在楼上的套房中等候您了。"

冯·阿尔丁又点点头。

"有我的信吗？"

"都已经送到楼上去了，冯·阿尔丁先生。噢，对不起，请您稍等。"

他埋头在信件夹里翻找了一会儿，拿出了一封信。

"这封信是刚到的。"

鲁夫斯·冯·阿尔丁从他手中接过信。当他看到信封上是女人流畅的字迹时，他的脸色一下就变了：脸上那严厉的线条缓和了，僵硬的嘴角也舒缓下来，一切都让他看起来像换了一个人似的。他拿着信走进电梯，唇边的微笑怎么也收不住。

在他套房的客厅里，一个年轻人正坐在桌子旁十分熟练地处理着信件，明显就是接受过长期的训练。他见鲁夫斯·冯·阿尔丁进门，立刻站起身。

"你好啊,奈顿。"

"看见您回来真让人高兴,先生。您在巴黎过得好吗?"

"马马虎虎。"这位百万富翁心不在焉地说,"巴黎已经变得乏味而简陋了。但我仍然得到了我想要的东西。"

他露出了一个更加冷酷的笑容。

"我相信您总是能心想事成。"他的秘书满脸堆笑地说道。

"那是当然的。"百万富翁说道。

他用理所应当的语气说了这话,就好像他的秘书只不过在陈述一个世人皆知的事实一样。脱掉厚重的外套之后,他走向那张堆满信件的桌子。

"有什么要紧的事吗?"

"没什么特别的事情,先生。其中大部分都是一些日常事务,有些我还没来得及处理完。"

冯·阿尔丁点了一下头,没做任何评价。他是一个不轻易称赞和责备别人的人,而且对待职员的方式也非常简单:公平地分配给他们薪水,迅速解雇那些没有效率的人。他在择人方面的品位也相当独特。就拿奈顿来说,这是他两个月前在瑞士的一个度假村里偶然认识的。冯·阿尔丁看了奈顿的作战记录,了解到他的腿是因为战争而瘸的,对此他表示非常赞赏。当时奈顿毫不掩饰地告诉冯·阿尔丁,其实他正在找工作,并且非常踌躇地问他是否知道什么合适的职位。在这些往事又萦绕在冯·阿尔丁的脑海里时,他露出了一丝愉悦的笑容:当听说冯·阿尔丁决定录用他当自己的私人秘书时,这个年轻人陷入了完全的惊讶之中。

"但是,但是我并没有任何做生意的经验啊。"他惊讶得都有点口吃了。

"这一点儿都没关系。"冯·阿尔丁回答说,"我已经有三个私人秘书来处理那些生意上的事儿了。但考虑到在接下来的六个月中，我可能都要待在英国，因此我需要一个英国秘书，他要深谙那些社交的窍门，有体面应酬的才能。"

到目前为止，冯·阿尔丁对他当初的判断都相当满意。奈顿很聪明，反应敏捷，人脉资源丰富，而且在行为举止中透出一股独特的吸引力。

秘书指着单独摆放在一边的三四封信。

"这几封信最好由您亲自过目，先生。"奈顿建议道，"最上面的那封涉及与科尔顿的那桩交易——"

可是冯·阿尔丁却打了个暂停的手势。

"今天晚上我坚决不看一眼这些东西。"他义正词严地宣布道，"都留到明天再说。不过，这一封可要另当别论了。"冯·阿尔丁看着手里的那封信补充道。此时他脸上的表情又如之前那样发生了变化，抑制不住的笑容渐渐布满了他的脸庞。

理查特·奈顿也露出了友善的微笑。

"是凯特林夫人的信吗？"他轻声问道，"昨天和今天她都给您来过电话，看起来她迫不及待想要见到您。"

"是的，是她！"

笑容渐渐从他的脸庞上消失了。他急忙拆开了手中的信并且拿出了所附的纸片。他读着信，脸色逐渐变得阴沉起来，眉头紧锁，嘴角的线条变得十分僵硬，整个华尔街都对这僵硬的线条相当熟悉，那是这名百万富翁生气的预兆。奈顿及时预警到了这一切，转身埋头于自己拆信然后分类整理的工作中。一句低声的咒骂从百万富翁的嘴里喷薄而出，他紧握拳头，重重地击打在桌面上。

"我绝不容许这种事情！"他嘟囔着，"可怜的小女孩，但好在你有你的老父亲做后盾。"

冯·阿尔丁皱着眉，在房间里来回踱着步。奈顿仍然在桌前坚持不懈地工作着。突然冯·阿尔丁停下了脚步，顺手拿起了之前被扔到座椅上的大衣。

"先生，您又要出门了吗？"

"是的，我要去看看我的女儿。"

"如果科尔顿方面的人来电话……"

"你就告诉他们，让他们见鬼去吧！"冯·阿尔丁说。

"好的。"秘书面无表情地回答说。

此刻，冯·阿尔丁已经穿上了大衣，一边戴上帽子一边走向门口，他拉着门把手的时候停顿了一下，"你是一个很好的雇员，奈顿。"他说，"你在我烦躁的时候从不给我添乱。"

奈顿微笑了一下，但没有回应。

"露丝是我唯一的孩子。"冯·阿尔丁说，"在这个世界上，不会有人知道她究竟对我意味着什么。"

一抹微笑照亮了他阴暗的脸庞。他慢慢将手伸进口袋。

"奈顿，你想看点有意思的东西吗？"

冯·阿尔丁转身走向秘书。

他从口袋里拿出了一个由棕色包装纸随意包裹着的纸包。当他把外面的那一层纸撕掉时，露出一个大而破旧的红色绒布盒子，盒盖的当中是一个皇冠，在皇冠下歪歪扭扭地绣着一些大写字母。他打开盒子，秘书猛然屏住了呼吸：在有些脏的白色底衬上，几颗宝石散发出血红的光芒。

"我的天啊！先生！"奈顿惊叹道，"它们，它们是真品吗？"

冯·阿尔丁愉悦地咯咯大笑起来。

"我并不奇怪你会如此惊讶。这些宝石中有着全世界最大的三颗宝石。俄国女皇叶卡捷琳娜二世曾经佩戴过它们，奈顿。中间的就是被人们称为'火焰之心'的那颗。它毫无瑕疵，简直堪称完美。"

"既然如此，"秘书喃喃道，"它们必然身价不菲。"

"价值四十万到五十万美元。"冯·阿尔丁淡然地说道，"这还没有算上这一宝物的历史价值。"

"您就这样把那么值钱的珍宝像刚才那样随意放在口袋里，带来带去？"

冯·阿尔丁顽皮地一笑。

"好吧，现在我明白了，为什么凯特林夫人在电话里那么焦虑。"秘书小声说。

但他的老板摇了摇头，脸上的表情又严肃起来。

"你弄错了。"他说，"她还不知道这件事，这本是我为她准备的小小惊喜。"

他把盒子盖上，又缓慢地把它包好。

"奈顿，世人能为他们所爱之人所做的事情少之又少，这点太让人难受了。"他开口道，"我能够为她买下这世上大部分的东西，只要能对露丝的生活起到丝毫的帮助，我都愿意去做，然而这并没有什么用。当我把这串珠宝戴在她的脖子上时，也许能够给她带来片刻的欢乐，然而——"

他摇了摇头。

"当一个女人在她自己的家里都无法展露笑颜的时候……"

冯·阿尔丁的话说到这里停住了。秘书谨慎地点了点头，他比谁都了解有关那位尊贵的德里克·凯特林先生的传言。冯·阿尔丁叹了口气，把那包东西又放进口袋里，向奈顿点点头便转身离开了房间。

第四章 在柯曾大街

德里克·凯特林夫人住在柯曾大街。管家开门后，一眼就认出了冯·阿尔丁，并对他展现出欢迎的微笑，紧接着，他领着这位百万富翁走上楼梯，来到位于二楼的双厅房间。

那个正坐在窗口的女子一看到冯·阿尔丁，立刻惊呼起来。

"噢！爸爸！我实在太高兴了！我成天给奈顿少校打电话，想跟您联系。可是他总是不能告诉我您回来的确切时间。"

露丝·凯特林今年二十八岁，她算不上美丽，也跟"迷人"这个词沾不上边，但是她身上的各种色彩却着实吸引人。冯·阿尔丁年轻的时候曾被称作"胡萝卜"和"生姜"，露丝遗传了他的基因，拥有一头赤褐色的头发，再配上黝黑的眼睛，墨黑的睫毛，这一切使得她的外貌像被艺术加工过了一样。而且她还会根据自己的这些色调来打扮自己。她有着修长的身材，且仪态优美，乍看之下真像拉斐尔画笔下的圣母。如果有人再仔细端详她的脸庞，就会发现她拥有同她父亲一样线条刚硬的下巴，这样的线条对男人来说很合适，但出现在女人的脸上就显得不是那么和谐。从小时候开始，露丝·冯·阿尔丁就惯于坚持己见，假如有人敢于挑战她的固执，那他将很快会意识到：冯·阿尔丁的女儿是从不屈服的。

"奈顿告诉我，你给他打过电话。"冯·阿尔丁说，"半小时前我刚刚从巴黎回来,德里克到底是怎么回事?"

露丝气得满脸通红。

"这事儿简直难以启齿,"她喊道,"他——他完全不听我说的话。"

她的声音里充满了慌张与愤怒。

"他会听我的话的。"百万富翁冷酷地说。

露丝继续说道:"我上个月压根没怎么见到他。他和那个女人整天到处胡混。"

"和哪个女人?"

"米蕾,那个在帕提衣饭店跳舞的舞女。"

冯·阿尔丁点了一下头。

"上星期我到雷康布里家去过,我和他父亲,雷康布里勋爵谈了谈,他很喜欢我,也完全站在我这边,他说他一定找机会教育他的儿子。"

"算了吧。"冯·阿尔丁嗤之以鼻。

"您为什么这么说?爸爸。"

"露丝,你一定知道为什么我对此不屑一顾。可怜的老雷康布里,他完全是个没用的家伙。他当然站在你这一边,当然要安抚你的情绪。想想吧,他的儿子,也就是他的继承人,娶了全美富豪榜上赫赫有名的人的女儿,他当然不想让这事儿黄了。但是,世人都知道,他的一只脚已迈进了坟墓,他的儿子已经听不进他的任何话了。"

"爸爸,您能帮点忙吗?"停顿了一两分钟之后,露丝哀求道。

"当然。"百万富翁思考片刻之后继续说,"我可以做任何事情,但只有一件事对你来说是真正有好处的。露丝,告诉我你现在心中有多少勇气？"

露丝凝视着父亲，冯·阿尔丁对女儿点了点头。

"就像我刚刚说的那样，你是否有勇气向公众承认自己犯的这个错误？这是唯一可以使你摆脱这种尴尬境地的办法，和过去一刀两断，开始新的生活吧！"

"您是说……"

"离婚。"

"离婚！"

冯·阿尔丁冷冷地一笑。

"露丝，你说这个词的时候好像你从未听到过它似的。可是你周围的朋友中每天都有人离婚。"

"话虽如此，可是……"

露丝说不下去了，她咬紧了嘴唇。父亲看了她一眼，投以理解的目光。

"露丝，我了解你。你同我一样，不能忍受这样轻易的放弃。可是我已学会了，而你也要尝试去学习，那就是：有很多时候，放弃是唯一的选择。我可以做很多事情让德里克重新回到你的身边，可是在那之后，这些痛苦还是不会远离你。他已经无可救药了，露丝，他将越来越堕落。我经常责备自己，为什么会允许你同他结婚。但是你就是看中了他，而且那时候看起来他正迫不及待地想要翻开人生的新篇章。再说了，在你的婚姻问题上，我曾阻止过你一次。"

说最后一句话时，冯·阿尔丁没有抬眼看女儿，否则他会发现露丝的脸色瞬间起了变化。

"您确实成功阻止过我一次。"露丝·凯特林的声音很僵硬。

"可惜我当时实在太过心软，没有阻止你第二次。我可以告诉你，我现在有多后悔。露丝，这些年你过得太糟糕了。"

"您说的没错。"凯特林夫人赞同道。

"所以我说这一切应该结束了！"他用手"啪"地拍了一下桌子。"你可能对那家伙还有留恋。到此为止吧！面对现实！德里克·凯特林是为了钱才和你结婚的。这就是全部的事实。让他从你的生活里滚蛋，露丝！"

很长一段时间，露丝死盯着地板，随后她头也不抬地说：

"可是，如果他不同意呢？"

冯·阿尔丁惊讶地看着她。

"在这件事上他压根没有发言权。"

露丝又激动起来，她咬着嘴唇说：

"不，不，不，他当然没有说话的机会。我只是说——"

她停下来，她的父亲尖锐地看了她一眼。

"你想说什么？"

"我想说，"她停顿了一会儿，仔细斟酌了一下措辞，继续说道，"他可能不会让这事儿这么轻易结束。"

百万富翁简直要咆哮起来。

"你是说他会跟我打官司？让他去！只要他敢！但是我要告诉你，你的判断肯定是错误的。我不相信他会这样做。不论他去找哪个律师，律师都会告诉他与我作对，他全无胜利的可能。"

"难道您不觉得他会……"露丝犹豫不决，"我是说，他可能会为了折磨我而制造出许多麻烦，让整件事变得非常难堪？"

父亲看着女儿，脸上现出不解的神色。

"你是说，官司会变得很难堪？"

他摇摇头。

"不，不太可能。你看，要打官司的话，他必须要有所依凭。"

露丝没有回答父亲的话,冯·阿尔丁严肃地看了女儿一眼。

"露丝,过来,说出来吧,有什么事情困扰你,都说出来吧。"

"没事儿,爸爸,确实没有什么。"

但是露丝的声音很不坚定。

"你是怕公共舆论?是吗?这个让我去处理好了,我会让一切都悄然无声地过去。"

"那好吧,爸爸,如果您觉得这是最好的处理方法。"

"露丝,你还是喜欢这小子?是吗?"

"不。"

露丝的声音很坚决,冯·阿尔丁感到十分满意,他拍了拍女儿的肩膀。

"一切都会好起来的,我的小女孩。完全不用担心。现在忘掉这些烦恼的事情吧,我从巴黎给你带回了一点儿小礼物。"

"给我的?一定是些非常漂亮的东西吧?"

"但愿你能觉得它们非常漂亮。"冯·阿尔丁微笑着说道。

他从口袋里掏出那个纸包递给她。露丝迅速撕去外面的包装纸,打开盒子,发出了长长的一声"啊!"的惊叹。露丝·凯特林喜欢宝石,她一向喜欢这些玩意儿。

"噢,爸爸,这多好看啊!"

"是货真价实的好东西!"百万富翁满意地说道,"你喜欢吗?"

"何止是喜欢,简直是至宝,您是怎么得到手的?"

冯·阿尔丁微微一笑。

"哈,这是我的秘密。当然,交易必须在暗地里进行。这些首饰太有名了。看到中间的那颗大宝石了吗?你可能已经听过它的名字,这就是历史上著名的'火焰之心'。"

"'火焰之心'！"露丝重复道。

她从盒子里取出宝石，把它握在手心贴在胸前。百万富翁看着自己的女儿，想着那些曾佩戴过这块宝石的女人，想着因为宝石而引起的一系列的伤心、绝望和嫉妒。"火焰之心"同所有那些有名的宝石一样，身后也有着悲剧和暴力的故事。此刻，这宝石被牢牢地握在露丝·凯特林的手心里，它身上那种邪恶的力量似乎消失了。这个美国女人似乎能以她的冷静和镇定来抵御一切悲剧和令人心碎的事情。露丝把宝石放回盒中，然后跑到爸爸面前，跳起来搂住了他的脖子。

"谢谢，谢谢，谢谢！爸爸，这件首饰太好了。您总是送给我最好的礼物。"

"就应该这样。"冯·阿尔丁亲切地说，拍拍女儿的肩膀，"你就是我的一切，小露丝。"

"爸爸，您能在这儿待到吃饭的时候吗？和我一起吃饭？"

"恐怕不能。你不是要准备出门了吗？"

"是的，我原来打算要出门。但没关系，不是什么特别的事情，我完全可以推掉它。"

"不，"冯·阿尔丁说，"你尽管去吧，反正我还有好多事要做。明天见，亲爱的。若是我给你打电话，我们能够在加尔布雷恩那儿见面吗？"

加尔布雷恩和卡斯博森，都是冯·阿尔丁在伦敦的诉讼律师。

"呃，好吧，爸爸。"她犹豫了一下，"我希望这件事不会妨碍我去里维埃拉①的旅行。"

---

① 里维埃拉（Riviera），位于地中海沿岸，包括意大利的波嫩泰、勒万特和法国的蓝岸地区，为旅游度假圣地。

"你什么时候出发？"

"十四号。"

"那没有什么问题，毕竟还需要一段时间来安排这件事情。另外，露丝，如果我是你的话，我不会把这些宝石带出国。你最好把它们存在银行里。"

露丝点点头。

"我可不愿意因为这颗'火焰之心'而使你遭劫或被暗杀。"百万富翁开玩笑说。

"可是您却那样随意地把宝石装在口袋里到处走。"女儿笑着回应。

"是的——"

她从父亲的语气里听出了一些与平时不一样的东西，那种迟疑吸引了她的注意力。

"怎么了，爸爸？"

"没什么。"他笑了，"想起了我在巴黎的那场小小的冒险。"

"冒险？"

"是的，就在我买这些东西的那天晚上。"他指着那个宝石盒子说道。

"说给我听听嘛。"

"没什么好说的，孩子。只是有些恶棍想找麻烦，我朝他们开了枪，然后他们就被吓跑了。就这些，没什么大事儿。"

她带着骄傲的表情看着她父亲。

"您可真是条好汉，爸爸。"

"你说的没错，露丝。"

他亲昵地吻了女儿一下然后转身走了。一回到萨伏依酒店，他就对奈顿指示道：

"在我的笔记本里有一个叫哥比的人的地址，你找出来，通知他明天九点半到我这里来。"

"好的，先生。"

"我还想和凯特林先生谈一谈。掘地三尺你也要帮我找到他。试试去他常去的俱乐部，不惜代价，一定要联系到他，让他明天上午来见我。最好帮我把时间安排在十二点左右，这种人是不会早起的。"

秘书点了点头，表示他已经明白了要做的事情。冯·阿尔丁全部交代给他的这位雇员之后便离开了。洗澡水早已准备好，他舒舒服服地躺在热水中，回想起了先前同女儿的谈话。大体上他还是满意的。他早就敏锐地看出离婚是帮助女儿摆脱困境的唯一办法，而且女儿比他希望中的要更加愿意采取这个方法。然而，尽管女儿表现得十分顺从，他仍然隐约感觉到这件事有些让人不太放心，在她的行为举止中，他觉出有些非常不自然的地方。他紧锁起眉头。

"也许是我想多了，"他咕哝着，"不过，我敢打赌，她肯定有些事情瞒着我。"

第五章 能干的情报员

鲁夫斯·冯·阿尔丁的早餐十分简单，只有咖啡和干面包，不过他通常也只允许自己吃这么多。奈顿进房间的时候，他刚刚吃完饭。

"哥比先生已经在楼下了，先生，他等您见他。"

百万富翁看了一下钟，正好是九点半。

"好吧，"他扼要地说，"让他上来。"

一二分钟后，一个衣衫褴褛、身材瘦小的老头走进屋里，他就是哥比先生。他仔细打量着屋里的每个角落，却一眼都没看眼前的那个人。

"早晨好，哥比！"百万富翁说，"请坐吧。"

"谢谢，冯·阿尔丁先生。"

哥比坐在椅子上，双手放在膝盖上，两眼死盯着壁炉。

"我这儿有一份工作要交给您去做。"

"好的，冯·阿尔丁先生，您请说。"

"你可能知道，我女儿同德里克·凯特林阁下结了婚。"

哥比先生的目光从壁炉转向了写字台的左手抽屉，一抹歉意的微笑闪过他的脸庞。哥比先生知道很多内幕，但他经常不愿面对这些现实。

"根据我的建议，我的女儿将要准备起草一份离婚协议。当然，原本这些都是律师的事情。但出于一些私人的原因，我想要得到最为详细和完整的情报。"

哥比仰望了一下天花板，咕哝了一句：

"关于凯特林先生的？"

"是的，是关于凯特林先生的。"

"好吧，先生。"

哥比站起身来。

"什么时候能给我看这些东西？"

"这件事情很急迫吗，先生？"

"我的事情一向都很急迫。"百万富翁回答道。

哥比望着壁炉，会心地一笑。

"那么，我们把时间定在下午两点，怎么样？"他问。

"非常好，"听者赞同道，"再见，哥比。"

"再见，冯·阿尔丁先生。"

"这是一位非常能干的人。"当哥比走出房间，百万富翁对走进来的秘书说，"在他这一行，他就是个专家，简直无可挑剔。"

"哪一行？"

"情报。给他二十四小时的时间，他能把有关坎特伯雷①大主教私生活的内幕全部摆在你面前。"

"确实是个非常能干的家伙。"奈顿微笑着说道。

"他已经成功帮我处理过一两件事情了。"冯·阿尔丁说，"好了，现在让我们开始工作吧，奈顿。"

接下来的几个小时，他们都沉湎于忙碌的工作中。时间过得

---

①英国英格兰东南部城市，中世纪时曾是宗教朝圣地。

很快，在中午十二点半的时候，电话响了，冯·阿尔丁先生接起电话，前台在电话中说德里克·凯特林先生已经来了。奈顿看了一眼他的老板，冯·阿尔丁先生简单地点了一下头，说："请凯特林先生上楼来。"

秘书把文件整理了一下，便离开房间。他在门口碰上了德里克，德里克·凯特林一闪身让了一下路，然后走进房间，随手关上了房门。

"您好，岳父大人。我听说您急切地想同我谈一谈。"

他那懒洋洋的声音和略带嘲讽的语调唤起了冯·阿尔丁先生的许多回忆。他的声音听起来有一些魅力，应该说总是充满了魅力，冯·阿尔丁死盯着他的女婿：德里克·凯特林先生身材匀称，脸庞很窄，肤色微黑，今年三十四岁的他看起来甚至还有点儿孩子气。

"进来坐下吧。"冯·阿尔丁简短地说了一句。

凯特林坐在扶手椅上，望着他的岳父，脸上一副无所谓的嬉笑神态。

"咱们很久没见了，先生。"他愉快地说着，"我敢说都快两年了。您见过露丝了吗？"

"我昨天晚上见过她了。"冯·阿尔丁说。

"她看起来很不错吧？"凯特林轻快地说。

"据我所知，你们根本不经常见面。"冯·阿尔丁干巴巴地说道。

德里克·凯特林扬了扬眉毛。

"是吗？可是我们经常在同一家俱乐部遇见呢。"他继续保持着轻快的语气。

"我没有时间和兴致和你多费口舌，我已经建议露丝和你离婚了。"冯·阿尔丁简短地说。

德里克·凯特林看起来不为所动。

"多么残酷的决定啊!"他嘟囔道,"先生,我想抽支烟,不知您是否介意?"

他点燃一支香烟,一边吞云吐雾一边漫不经心地问道:

"所以,露丝对此如何回应呢?"

"露丝决定接受我的劝告。"这位父亲说道。

"她真的这么说?"

"你没有别的话可说吗?"冯·阿尔丁尖锐地问道。

凯特林把烟灰弹进壁炉里。

"我认为,"他冷冷地说,"她正在犯一个大错。"

"以你的立场来看,当然如此。"冯·阿尔丁气愤地说道。

"得了吧,"百万富翁的女婿回答道,"我们最好别从个人的角度来看问题。此刻,我并不是在想着我自己,而是为露丝着想。您知道的,所有的医生都说我的老父亲,可怜的老戈闻诺不会活太久了。如果露丝再等上个一两年,那时我就将成为雷康布里勋爵,她将成为雷康布里城堡的女主人。她不也就是为了这个身份才同我结婚的吗?"

"我已经听够了你那些厚颜无耻的说辞。"冯·阿尔丁咆哮道。

德里克·凯特林微笑了一下,表情仍然没有变化。

"您说的对,这确实是个愚蠢的念头。"他说,"如今社会中贵族的称号毫无用途。但是,雷康布里家族仍然是一个非常高等级的贵族家庭,我们毕竟还是英国最古老的家族之一。如果有一天露丝发现,在她与我离婚之后,另有其他女人取代她成为雷康布里城堡的女主人,被人们尊称为雷康布里夫人,那将会令她非常懊恼的。"

"我现在正严肃地和你谈问题，年轻人。"冯·阿尔丁提醒道。

"哎呀，我也是啊，岳父大人，我也在很严肃地同您谈论这个问题。"凯特林说，"在经济方面我十分窘迫，如果露丝在此时同我离婚，那么将会把我推入深渊。既然她已经忍受了我十年，那为何不再继续忍受一段时间呢？我可以向您保证，我的老父亲绝对不会活着超过十八个月，并且，就像我之前所说的，如果此刻她与我离婚，她就无法得到她之前想得到的，那实在是太可惜了。"

"你认为我的女儿是为了称号和地位才和你结婚的吗？"

德里克·凯特林狂笑起来，笑声极为刺耳。

"难道直到今天，您还相信这是一桩因为爱情而结合的婚姻吗？"

"我只知道。"冯·阿尔丁说，"十年前，在巴黎的时候，你可完全是另外一种说法。"

"是吗？不过这也很有可能。露丝当时非常漂亮，她就像一位天使或是一位女神，或者是从教堂的圣龛中步入凡间的圣母。我想起来了，我当时的想法也很美好，想踏入新的人生，想安定下来，和一位漂亮又爱我的妻子过上高品质的英式生活。"

说到这里，他的笑容更加诡异。

"但是，您完全不会相信我曾有过这样的想法吧？"他问。

"我一直认为你是为了钱和露丝结婚的，对此我毫不怀疑。"冯·阿尔丁不为所动地说道。

"那么她是为了爱情才和我结婚的？"女婿的声音里满是嘲讽。

"没错。"冯·阿尔丁说道。

德里克·凯特林凝视对方足有一分钟的时间,然后若有所思地点点头。

"我看出来您认定她是为了爱情才同我结婚的。"凯特林说,"其实当时我也这样想,可是现在我可以直言不讳地说,亲爱的岳父,后来我很快就醒悟了。"

"你悟出什么来我不管。"冯·阿尔丁说,"并且我也丝毫不感兴趣。我只知道你对露丝实在太糟糕了。"

"噢,确实如此。"凯特林轻声附和道,"可是,怎么说呢,她毕竟是您的女儿,在她柔弱的外表下有着一颗如花岗岩般坚硬的内心。人们常说您是一位冷酷无情的人,这我也有所耳闻,但同您相比,露丝更加冷酷。您至少还能够去爱一个人,甚至超过爱您自己,但她永远不会这样。"

"够了!"冯·阿尔丁说,"我叫你来是为了开诚布公地说明我的意图。我女儿的生活本来应该充满幸福,而且你不要忘记,她有我做后盾。"

德里克·凯特林站起身,走到壁炉旁,把香烟头弹进火里,他的声调显得十分沉静。

"请问,您这么说是什么意思?"他说。

"我的意思是,"冯·阿尔丁说,"你最好不要对离婚协议提出反对意见。"

"啊,原来如此。"凯特林说,"这是威胁吗?"

"随便你怎么理解。"冯·阿尔丁说。

凯特林拿了把椅子搬到写字台跟前,坐在百万富翁的对面。

"如果,"他缓缓说道,"我是说如果啊,我准备打这场离婚官司呢?"

冯·阿尔丁耸了一下肩膀。

"你没有任何人能给你撑腰,你这个笨蛋。问问诉讼律师吧,他们会告诉你的。全伦敦都知道你的那些荒唐行为。"

"露丝可能对我和米蕾这件事有点嫉妒,她这个小傻瓜。我可从不过问她同她的那些'朋友们'的事情。"

"你这是什么意思?"冯·阿尔丁严厉地问道。

德里克·凯特林笑出声来。

"先生,我可算看出来了,您什么事情都不了解。"他说,"您的判断可能是,基于某种先天的成见。"

他拿起帽子和手杖走到门口。

"我从来不喜欢劝说别人。"他掷出最后一击,"但此刻,我倒是想给您提个建议:你们父女间最好能进行一次开诚布公的谈话。"

话音刚落,他就快速走出房间,并关上了房门。在他的身后,百万富翁暴跳如雷。

"见鬼,他那么说到底是什么意思?"冯·阿尔丁重重地跌回椅子里。

那种不愉快的感觉又充满了他的胸膛,好像一直有些什么事情是他所不知道的。他拿起手边的电话拨打了女儿的电话号码。

"喂喂,是梅费尔区①八一九〇七吗?凯特林夫人在家吗?噢,她不在,出去吃饭去了?她什么时候回来?……您不知道?好吧……不,没有留言需要转告。"

他放下话筒,再次浮现出烦恼的神色。时针指向了两点,他在房间里来回踱步,焦急地等待着哥比先生。终于,在两点过十

---

①梅费尔区(Mayfair),伦敦的上流住宅区。

分钟的时候,那位能干的先生来了。

"怎么样?"百万富翁急切地询问道。

然而矮个的哥比先生一点儿也不慌张。他不慌不忙地在桌边坐下,掏出一个破旧的笔记本,用一种单调的声音读着,百万富翁聚精会神地倾听,面孔逐渐变得明朗起来。哥比终于念完了他的笔记,然后饶有兴趣地盯着报纸篮。

"嗯,"冯·阿尔丁咕哝着,"这都是些很有用的材料。这样看来,官司应该很轻松就能打赢。有关宾馆的证据也都收集好了吧?"

"铁证如山。"哥比先生答道,他的目光又转移到一把嵌金的靠椅上。

"他在财政上已经完全陷入了窘境。据您刚才说,他正想要借一笔贷款?他四处举债,总数几乎已经超过了他能获得的遗产数目。一旦离婚的风声传出去,毫无疑问,他别想再借到一个子儿,不仅如此,那些向他讨债的人一定会蜂拥而至。他已经被我们掌握在手心里了,哥比,他已经被我们逼到死胡同里了。"

冯·阿尔丁的手掌"啪"的一下拍在桌面上,脸上满是冷酷的笑容和志在必得的神色。

"看来,"哥比用低哑的声音说,"我的情报还算能让您满意。"

"我要立即到我女儿那里去。"百万富翁说,"非常感谢您,哥比,您实在是太帮忙了。"

这个小个男人的脸上浮现出了一丝苍白而满足的微笑。

"谢谢您,冯·阿尔丁先生。"他说,"我只是尽力为您效劳。"

冯·阿尔丁没有直接去柯曾街。他先到市里进行了两次令他十分满意的会谈。然后乘地铁到了女儿住处附近。当他沿着柯曾大街步行的时候,看到从一六〇号房子里走出一个男人的身影,这个男人迎面向他走来,与他擦肩而过。起初,因为那人的身形和个头都很像他的女婿,他以为那是德里克·凯特林。但是,当那人走近时,他才发现是个陌生人。不,也不是完全陌生,这张脸唤起了百万富翁的一些非常不愉快的记忆,这种感觉让他很难受。他绞尽脑汁却仍是徒劳,就是想不起来关于这张脸的具体的事情。他一面走一面焦躁地摇了摇头,真讨厌这种摸不着头脑的感觉。

露丝·凯特林显然早就在等候冯·阿尔丁了。房门打开后,她立刻跑到父亲面前,吻了他一下。

"爸爸,事情进行得怎样了?"

"非常顺利。"冯·阿尔丁说,"但是,露丝,我需要和你谈谈。"

冯·阿尔丁几乎是本能地感到她有些异样:她先前问候时的热情被一种戒备和机警的神态所替代。她坐在了一张大扶手椅上。

"好吧,爸爸。"她问,"谈什么?"

"今天上午我见过你丈夫了。"冯·阿尔丁说。

"您见过德里克了?"

"是的。他说了很多话,但其中大部分内容都非常无礼。在他准备离开的时候,说了几句我不是很理解的话。他说什么建议我们父女之间应该坦诚相见。露丝,他为什么会这么说呢?"

凯特林夫人在椅子上不安地动了一下。

"我,我不知道,爸爸。我怎么会知道呢?"

"我相信你是知道的。"冯·阿尔丁说,"他还说了一些别的话,关于他有自己的'朋友'并且从不干涉你交友之类的。这是什么意思?"

"我不知道。"露丝·凯特林仍然如此回答。

冯·阿尔丁坐下了,他的嘴抿成了一条直线。

"听着,露丝,我可不想两眼一抹黑地搅和到这件事里。我也不确定你的丈夫是不是会因此生事。当然,他现在还不能怎样,这点我能保证。我当然有办法让他安静下来不再四处捣乱,但我要确切地知道现在我是否需要这样做。告诉我,他所说的,你也有自己的朋友,这话到底什么意思?"

凯特林夫人耸了耸肩。

"我的朋友有很多。"但她的语气并不坚决,"我不知道他在说谁,是的,我的确不知道。"

"不,你知道。"冯·阿尔丁说。

他以对待生意对手的口吻说着话。"我来把问题简化一下,那个男人是谁?"

"哪个男人?"

"那个男人。就是德里克揪住不放的那个男人,一个对你来说很特别的小伙伴。不要担心,亲爱的,我知道,这事儿其实也没什么要紧的,但是我们必须要做到事无巨细,对在法庭上会出现的任何情况都有所准备。你要知道,法庭上那些人,哪怕是点小风浪都会被他们拿来大做文章。我要知道这个男人是谁,你们的关系到底亲密到何种地步,以便想应对的措施。"

露丝没吱声。她的两只手神经质地反复摆弄着。

"在你老爸面前不要害怕,亲爱的。"冯·阿尔丁温柔地说,"是我平时对你太严厉了吗?尤其是在巴黎的时候……真该死,是的!"

他突然停住话头,露出恍然大悟的震惊表情。

"对，就是他。"他喃喃道，"我觉得我认得他的脸。"

"您在说什么呀，爸爸，我完全不明白。"

百万富翁冲到女儿面前，紧紧地抓住她的手腕。

"同我说实话，露丝，你又去见那个家伙了？"

"哪个家伙呀？"

"就是那个在多年之前弄得我们父女关系紧张的家伙！你我都知道我在说谁！"

"您是说，"露丝犹豫不决地说，"您是说罗歇伯爵？"

"好一个罗歇伯爵！"冯·阿尔丁的鼻孔里都像要喷出火来，"我那个时候就告诉过你，这家伙完全是一个流氓骗子。你当时被他骗得深陷其中无法自拔，但是感谢上帝，我及时把你从他的魔爪下解救出来了。"

"是的，您确实成功了。"露丝痛苦地说，"然后我就同德里克·凯特林结了婚。"

"是你自己想要同他结婚。"百万富翁尖锐地指出。

露丝耸了一下肩膀。

"可是现在，"冯·阿尔丁接着说："你又同他混在了一起，就算我曾那样劝说过你。他今天也在这所房子里，是的，我在外面见到的人就是他，但当时我没有认出来。"

露丝·凯特林从之前恍惚的状态中恢复过来。

"我只想告诉您一件事情，爸爸。您对阿尔曼特，也就是罗歇伯爵的看法是错误的。是的，我知道他年轻的时候行事是有些荒唐，他把那些事儿全都告诉我了，但是，他一直挂念着我。您当时在巴黎强迫我们分开的时候，他的心都要碎了，现在——"

父亲的一声怒吼打断了她的话。

"所以现在你又一次陷入了他布下的迷魂阵，是吗？你！我的女儿！我的天啊！"

他猛然举起双手。

"为何女人都是如此愚蠢！"

第六章　米蕾

德里克·凯特林从冯·阿尔丁的公寓里出来之后,在走廊里冒冒失失地撞到了一位女士,他赶紧道歉,那位女士莞尔一笑,接受了他的歉意。她那温文尔雅的气质和一对盈盈的灰色眼睛给他留下了很深刻的印象。

在同岳父谈话时,他虽然表面上很平静,内心却波涛汹涌。一个人吃过午饭后,他皱了皱眉,便来到一栋豪华的住宅,那里面住着的便是舞蹈演员米蕾了。一个衣着整洁的法国侍女笑容满面地接待了他。

"您先请进吧,先生,小姐正在休息呢。"

侍女把他引到一个有着东方陈设的长长的房间里,对这里的一切他都很熟悉。米蕾正躺在卧榻上,身边摆满了琥珀色的靠垫,这些同她那赭色的肤色十分相称。这位舞蹈演员长得非常娇媚动人,尽管在黄色面纱下的脸庞有着些许的憔悴,但也自有一种迷人的诱惑力。她妩媚地朝德里克·凯特林笑了笑。

凯特林吻了她一下,坐到了椅子上。

"你刚刚在做什么呀,宝贝?我猜你才起床?"

她那橘红色的唇边现出一丝微笑。

"不,"舞蹈演员回答道,"我刚刚在工作呢。"

她那细长而白皙的手指向一架钢琴,那上面杂乱无章地堆着很多乐谱。"

"阿姆布罗泽刚刚在这儿,他为我弹了首新歌剧的曲子。"

凯特林心不在焉地点了点头,他对克劳德·阿姆布罗泽及其舞剧《贵族琼特》都不是很感兴趣。米蕾也是如此,她对此的全部兴趣也只在她所演的这个剧的主角安妮塔身上。

"那舞蹈实在是太美了。"她自言自语地说,"我将把我所有的热情倾注于此。我要浑身佩戴着珠宝来跳这支舞,哦,这简直太棒了。说到这里,我想起来了,我的朋友,昨天在邦德大街我看到一颗珍珠,一颗特别迷人的黑珍珠。"

她很讨人喜爱地看着他,停了下来。

"我亲爱的姑娘,"凯特林说,"现在跟我说黑珍珠已经完全没有用了。此刻,我的钱袋已经彻底空空如也。"

听见这话,她立刻坐了起来,睁大了一双黑色的眼睛盯着他。

"你说什么,德里克?发生了什么事?"

"我那尊敬的岳父大人这次下了狠心,"凯特林说,"他准备要与我做个彻底的了断。"

"什么?"

"换句话说,他要让我的妻子同我离婚。"

"太愚蠢了。"米蕾说,"她为什么要和你离婚?"

德里克咧嘴笑了笑。

"多半是为了你,我的心肝儿。"他说。

米蕾耸了一下肩膀。

"就是这样才说她愚蠢。"她下结论道。

"实际上也的确太傻。"德里克附和着。

"你准备怎么应对呢?"她问道。

"我的心上人啊，我能怎么办呢？一方是家财万贯的百万富翁，一方是债务满身的我。不用再多说，就知道哪方将会占上风。"

"这些美国人总是不走寻常路。"米蕾说，"看来你的妻子也并不爱你。"

"好吧，"德里克说，"可是我们该怎么做呢？"

她满腹疑团地看着他。他凑近她，抓住她的双手。

"你不会离开我吧？"

"你什么意思？你是说在你离婚后——"

"是的，"凯特林说，"在我离婚后，那些债主一定会像饿狼扑向羊羔般扑向我。我是如此爱你，米蕾，你难道准备抛弃我吗？"

她把手从他的手中抽出来。

"我很爱慕你，这点你是知道的，德里克。"

他从她的语气中察觉到了她的闪躲。

"好吧，事情就是会这样发展，不是吗？你还是会离开我，大难临头各自飞。"

"噢，德里克！"

"少来这一套！"他粗暴地说，"那时你就会抛弃我，不是吗？"

她耸了一下肩。

"我非常喜欢你，我的朋友……真的，我是爱你的。你的确很迷人，是位可爱的小伙子，但对于我来说不切实际。"

"所以说你只是有钱人的奢侈品吗？这就是你想说的？"

"如果你愿意那样理解的话。"

她往后一仰，又缩回那堆枕头里。

"然而我还是一如既往地爱你，德里克。"

他走到窗边，背对着她，站在那儿往外呆望了一会儿。这时，舞蹈演员挑起眉毛，饶有兴致地盯着他的背影。

"你在想什么呢？我的朋友。"

他扭头，越过自己的肩膀，冲她咧嘴一笑，这个诡异的笑容让她感觉很不舒服。

"此时此刻，我正在想一个女人，亲爱的。"

"一个女人，嗯？"

米蕾敏锐地捕捉到了一些她在此刻能够了解的信息。

"你正在想另一个女人？是吗？"

"噢，别紧张，只是想象中的一幅肖像画而已。一幅名为'灰色眼睛的女士'的肖像画。"

米蕾严厉地问道："你是什么时候遇到她的？"

德里克·凯特林笑了，这笑声里满是嘲笑和讽刺。

"我是在萨伏依酒店的走廊里遇见的这位女士。"

"很好！那她说什么了？"

"根据我的记忆，我说：'对不起'，然后她答：'没关系'。类似这些内容的话。"

"然后呢？"舞蹈演员步步紧逼。

凯特林耸耸肩。

"然后，就没有然后了。这个邂逅到此结束了。"

"你说的话我一个字都不懂。"米蕾总结道。

"这位长着灰色眼睛的女士，"德里克喃喃地沉思道，"她给我的感觉就是：我再也不想见到这个人了。"

"为什么？"

"她也许会给我带来不幸，女人给我带来的总是不幸。"

米蕾立刻从沙发上跳起来,跑向他,用长长的、像蛇一般的手臂搂住他的脖子。

"你这个笨蛋,德里克。"她喃喃地说,"你真的太笨了,你是这么漂亮的一个小伙子,我非常喜欢你。但我不能忍受贫穷,是的,这点是确凿无疑的。现在听我说,这一切都非常简单。你必须要同你的妻子和好。"

"但恐怕实施起来有难度。"德里克不动声色地说道。

"你为什么要这么说呢?我不明白。"

"主要问题在于冯·阿尔丁,亲爱的,跟他打交道可不是开玩笑的,他是那种一旦下定决心就绝对会坚持到底的人。"

"我听说过他,"女演员点头说道,"他非常富有,是吗?几乎是全美国最有钱的人了。几天前,他在巴黎买了世界上最好的宝石,那颗被称为'火焰之心'的宝石。"

凯特林没有作答。女演员继续沉浸在她对宝石的憧憬里:

"那是多漂亮的一枚宝石啊,它应该属于像我这样的女人。我爱珠宝,德里克,它们如此诱人,总是在对我细语着什么。噢,想想吧,能戴上一枚如同'火焰之心'一样的宝石。"

她轻叹一口气,又回到现实中来。

"你肯定不明白这些事情,德里克,你是个男人。我猜冯·阿尔丁很可能把这些宝石给了他女儿。他只有这么一个宝贝女儿吧?"

"是的。"

"如果冯·阿尔丁死了,她将继承所有的遗产,她会成为一个非常有钱的女人。"

"她已经很有钱了。"凯特林慢悠悠地说,"结婚的时候她爸爸给了她几百万美元。"

"几百万？真是一笔巨款。如果她突然身亡，嗯，那这些钱岂不是都成为你的了？"

"按照现在的情况看，是这样的。"凯特林缓缓说道，"据我所知，她还没有立遗嘱。"

"我的上帝！"女演员说道，"如果她死了，那岂不是什么事情都能解决了。"

一阵沉寂过后，凯特林大笑起来。

"我喜欢你这种简单而又切实的想法，米蕾，但恐怕你的愿望要落空了。我妻子的身体非常健康。"

"好极了！"米蕾说，"可是万事都有意外啊。"

他一言不发地死盯着她。

她继续往下说。

"但你是对的，我的朋友，我们不能总是想这些不切实际的东西。现在，我的小德里克，最重要的是要阻止你的妻子同你离婚，一定要让她放弃这个想法。"

"她要是不放弃呢？"

米蕾眯起眼睛。

"我想她会放弃的。她不会是那种喜欢将私生活暴露给公众的人，在她的身上有那么一两个小故事，她肯定不希望她的朋友们在报纸上读到这些逸闻。"

"你指的是什么？"凯特林严肃地问道。

米蕾仰面大笑起来。

"当然了！我说的是那位自称罗歇伯爵的男人，这个人我很了解。请你不要忘记，我是个巴黎人。她结婚之前，那人可是她的情人，你不知道吗？"

凯特林气愤地抓住了她的双肩。

"这完全是无耻的捏造!"他说,"也请你不要忘记,你正在谈论的是我的妻子!"

米蕾显然有点吃惊。

"你们这些英国人啊,都是些怪物。"她抱怨道,"不过不论怎么措辞,事情都是一样的。那些美国人太冷血了,不是吗?也许我这样说能好听点儿,我的朋友,你的妻子在结婚之前曾爱恋过他,然后她的父亲插了一脚进来,用钱打发走了罗歇伯爵。这位可怜的小姐当时不知流了多少眼泪,但是最终还是屈从了父亲的意志。而现在,你肯定同我一样清楚,那就是事情有了一些变化。他们几乎每天都见面,本月十四日她和他在巴黎还有一个约会。"

"这一切你是从哪里知道的?"凯特林质问道。

"我?我在巴黎有些朋友,亲爱的德里克,他们同这位伯爵非常熟悉。这一切事先都安排好了。她声称要去里维埃拉度假,实际上是要去巴黎见罗歇伯爵,至于他们在巴黎见面之后会发生什么事,谁知道呢?是的,没错,我可以向你保证,这一切都是早已安排好了的。"

德里克·凯特林呆若木鸡地站在那里。

"懂了吗?"米蕾不怀好意地说,"如果你是一个聪明人,你就能将她完全掌握在你的手心里。你能把她推入一个非常尴尬的境地。"

"噢,天啊,看在上帝的份儿上,你赶紧住口吧!"凯特林叫道,"闭上你那该死的嘴!"

米蕾笑着坐回到卧榻上。凯特林拿起帽子和大衣,砰的一声关上了门,离开了这间公寓。女演员坐在卧榻上还在暗自发笑。她对自己刚刚的行为感到非常满意。

第七章　两封来信

"萨米尔·哈菲尔德夫人向凯瑟琳·格雷小姐致以最诚挚的问候，同时希望能够在格雷小姐还没有留意到的时候为她指出——"

哈菲尔德夫人一鼓作气写到此处停住了，她遇到了一个所有人在写这类信的时候都会遇到的一个不可逾越的障碍：如何流畅地用第三人称来表述自己想要说的事情。

犹豫了一会儿之后，哈菲尔德夫人撕下了一张便签又重新开始写。

亲爱的格雷小姐，非常感谢您能够尽心尽责地照顾我的艾玛表姐（她的去世对我们来说着实是一个巨大的损失），我不得不觉得——

哈菲尔德夫人写到这里又卡住了，这封没写完的信跟上一封一样被丢进了废纸篓。在废纸篓装了四封没写完的信之后，哈菲尔德夫人总算写出了一封让自己颇为满意的信。这封信被封好，贴上邮票，信封上写上了凯瑟琳·格雷小姐的地址：肯特郡圣玛丽米德镇的小克兰普顿村。次日清晨的早餐时分，它就同另一封装在考究的蓝色长信封里的信一起被放到了凯瑟琳小姐的餐桌上。

凯瑟琳·格雷首先打开了哈菲尔德夫人的信,信件内容如下:

亲爱的格雷小姐:

您为我可怜的表姐所做的一切都让我的丈夫和我满怀感激。尽管我们知道在最后的时间中,她时常不省人事,但她的死对我们来说仍然是非常大的打击。我了解到她的遗嘱分配极其古怪,这份遗嘱在任何法庭上都站不住脚,我想,聪明如你也一定察觉到了这个事实。我的丈夫说,处理这些事情最好的方式是我们能够私下解决。我们也将很乐意为您推荐一个相似的职位,并且希望您能接受一份小礼物。请相信我,亲爱的格雷小姐。

忠实于您的:

玛丽·安娜·哈菲尔德

凯瑟琳·格雷读完这封信之后,笑了一下,又从头读了一遍。读完第二遍之后,她脸上的笑容更加明显了。然后她拿起了第二封信,简单看了一遍之后,她放下信,出神地凝视着前方。这次她的脸上没有笑容,也没有任何表情,她安静地陷入了沉思之中,旁人无法在这位女子的脸上读出她的内心究竟有什么样的情绪波动。

凯瑟琳·格雷小姐今年三十三岁,她本出身名门,但她的父亲破产了,所以她不得不从小就自力更生。在二十三岁的时候,她到老哈菲尔德女士家做了保姆。

所有人都知道,老哈菲尔德女士十分挑剔。她家的保姆频繁地换来换去。她们满怀希望而来,但都饱含泪水而去。然而当十年前,凯瑟琳·格雷踏入小克兰普顿时,之前的一切混乱都结束了。没人知道她是怎么办到的,于是人们只能将这归功于天赋,凯瑟琳·格雷就是有这样的天赋,她能不着痕迹地降伏老太太、小男孩和狗。

二十三岁的她是一位有着一双水汪汪的眼睛的安静姑娘。三十三岁的她是一位安静的女士,那双灰色的眼睛还是那么楚楚动人,眼中闪动的那种宁静丝毫不会为外界所打扰。除此之外,她还有一种天生的幽默感,并且这种幽默感并没有随着年岁的增长而消失。

她正坐在早餐桌边盯着前方出神的时候,门铃伴随着门环的撞击声急促地响了起来。侍女急忙跑去开门,急喘吁吁地向她报告道:

"是哈里松医生来了。"

伴随着门环嘈杂的撞击声,这位身形高大的中年医生活力四射地出现在凯瑟琳面前。

"早上好,格雷女士。"

"早安,哈里松医生。"

"我这么早来拜访您,"医生解释道,"是因为我估计您可能已经收到了一封来自哈菲尔德那些亲戚的信。这位自称为萨米尔夫人的人实在是太恶毒了。"

凯瑟琳一声不响地把桌上那封来自哈菲尔德夫人的信递给他,然后饶有兴趣地注视着他。医生认真地看着这封信,他的眉头越皱越紧,鼻子和嘴巴里不时地发出嘲讽的哼声,看完之后,他猛地把信扔回桌上。

"太龌龊了!"他怒气冲冲地说,"简直一派胡言。别被他们吓住了,亲爱的。哈菲尔德夫人写遗嘱的时候同你我这样的正常人一样清醒,没人能对这份遗嘱的内容提出反对意见。他们自知理亏,说什么拿去法庭的那些话也纯属胡扯,因此他们想方设法地想和你私下了结这件事。听着,亲爱的,也别被他们的阿谀奉承所蒙骗了。你要记住,你有权利得到这笔钱,千万别感到有任何顾虑或者良心上的不安。"

"我恐怕不会有这些顾虑。"凯瑟琳说,"这些都是哈菲尔德夫人丈夫的远亲,在她活着的时候,他们也从未来探望过她。"

"你是一位很善解人意的人。"医生说,"我比谁都了解,过去十年中你都遭了哪些罪。你理当全数继承那位老夫人的遗产。"

凯瑟琳若有所思地笑了一下。

"全数继承。"她重复道,"您还不知道一共有多少钱吧?医生。"

"嗯,我想每年最多能有大概五百英镑左右。"

凯瑟琳点了点头。

"我原先也是这样想的。"她说道,"现在请您读一读这封信。"

她把那封从蓝色信封中拿出的信递给了他。医生读完信之后的惊讶之情溢于言表。

"不可能吧。"他咕哝着,"这简直太令人难以置信了。"

"她是莫特劳德公司的原始股东之一,这个公司一直生意兴隆。这四十年来,她的年收入都在八千到一万镑之间。而我敢肯定,她每年顶多用四百英镑。她对待钱总是特别精打细算,我相信她每花一个铜板,都得算计算计。"

"而且,她的这些财产一直有增无减。亲爱的孩子,您将是一位非常富有的女士。"

凯瑟琳·格雷点了点头。

"是的。"她说,"我会成为一位非常富有的人。"

她用一种事不关己的语气说着这句话,就好像是在谈论旁人的事情一样。

"好吧。"医生一边说一边准备要离开,"我衷心地祝贺你。"他用关节敲了敲桌上那封哈菲尔德夫人的信,"别为这个女人和这封令人恶心的信担心。"

"说实在的,这封信也并不是那么令人作呕。"格雷小姐却很大方地说,"在这样的形势下,我倒认为她这么做是情有可原的。"

"有的时候你真的令我很惊讶。"医生说道。

"为什么呢?"

"你的那些所谓'情有可原'的事情。"

凯瑟琳·格雷大笑起来。

吃午饭时,哈里松医生把这一重大新闻告诉了他的太太,后者听了极为激动。

"古怪的哈菲尔德老夫人,她竟然这么有钱。真高兴她把这些钱都留给了凯瑟琳·格雷。那姑娘可是位天使。"

医生做了一个鬼脸。

"我一向认为天使都不太好打交道。而凯瑟琳·格雷作为天使来说有点儿太有烟火气了。"

"她是一位有幽默感的天使。"医生太太说,她眨了眨眼睛,"而且我猜你绝对不会忽视一点,那就是她确实是一位美人。"

"凯瑟琳·格雷?"医生吃了一惊,"好吧,我承认她的眼睛很美。"

"噢,你们这些男人。"他夫人嚷嚷道,"简直什么也不懂。凯瑟琳是个美人坯子,只是差在了衣服上!"

"衣服？她的衣服怎么了？我倒认为她的穿戴一向十分得体啊。"

哈里松夫人恼火地叹了口气，医生接着说他的打算。

"你最好去探望她一下，波莉。"他建议道。

"我会去的。"哈里松夫人迅速答道。

下午三点，哈里松夫人前去拜访了凯瑟琳小姐。

"我是多么为你高兴啊，孩子！"她热切地说，"整个村子肯定都像我一样为你高兴。"

"非常感谢您前来看我。"凯瑟琳说，"快点儿进来吧，我想问问您有关强尼的事儿呢。"

"噢！强尼。好吧——"

强尼是哈里松夫人的小儿子。上次她过来拜访凯瑟琳的时候，详细诉说了她这个小儿子扁桃腺肿大的不幸故事，当时凯瑟琳满怀同情地听完了她的诉说。一个人的习惯总是很难改变的，在过去的十年中，倾听已经成为凯瑟琳生活的一部分。她与哈菲尔德老夫人常常进行这样的对话，"亲爱的，我有没有跟你说过朴茨茅斯①的海军炮弹？有没有告诉过你查尔斯伯爵是在什么时候称赞我的晚礼服的？"通常，凯瑟琳都会温柔地回答道："我想您之前一定告诉过我了，哈菲尔德夫人，但是我已经忘了。能不能麻烦您再跟我说一遍呢？"然后，这位老夫人就会手舞足蹈地叙述起来，其中还会不断地修改之前所讲的话，会停顿下来想起更多的细节，每当这个时候，凯瑟琳会集中一半的注意力听她叙述，在老夫人停顿的时候适时地予以回应……

现在，带着同昔日一样的好奇感，她认真听哈里松夫人讲着

---

① 英国城市，波特锡岛上的老海军基地，紧临英吉利海峡。

她小儿子的事情。

半小时过去了,叙述者突然想起了她此行的目的。

"我刚刚说了太多我自己的事情了。"她惊呼道,"我今天到这儿来是想谈谈你的事情和你今后的规划的。"

"我不知道,我还没有任何打算。"

"亲爱的——你不会打算要离开这儿吧。"

哈里松夫人语气里的惊讶让凯瑟琳笑出了声。

"是的,我想去旅行。我对世界了解得太少了。"

"我本应该想到这点的。这些年你在这儿过得太辛苦了。"

"我也不是很确定是不是辛苦,"凯瑟琳说,"但这儿的生活给了我很多自由。"

哈里松夫人此刻倒吸了一口气,她的脸微微变红了。

"这听起来一定很蠢。是的,过去几年我没有多少时间休息。"

"我也这么觉得。"哈里松夫人叹了口气,回想起过去的十年中凯瑟琳一直不知"休息日"为何物。

"但从另一方面来说,身体的劳累能让你的心灵更加自由,能让你总是自由地思考。过去的岁月中我的思绪是十分自由的。"

哈里松夫人摇了摇头。

"我不明白你这话的意思。"

"噢!如果您身处我的处境您就会明白的。但是,在享受这种自由的同时,我也想要做出一些改变。我想要,嗯,想要生活中能发生一些事情。噢!不是说在我的身上要发生什么事情。我是说,我想要经历一些事情,一些有趣的事情,哪怕只是围观这些事情也好。但你知道,在圣玛丽米德,什么都不会发生。"

"的确如此。"哈里松夫人热切地附和道。

"我得先去趟伦敦。"凯瑟琳说,"不管怎样我都要先在那儿见见律师。然后我将去国外旅行。"

"太棒了！"

"但，当然，有一件事是最要紧的——"

"怎么？"

"我要穿戴一下。"

"我同我丈夫上午还在讨论这件事。"这位医生夫人叫嚷道，"你知道吗？凯瑟琳，若是在穿戴上多费点儿神，你会更漂亮些。"

格雷小姐不为所动地笑了笑。

"得了吧。我才不相信我能美到哪里去。"她真诚地说，"但是能有几件真正的好衣服也确实感觉不错。这话听起来就像我把我自己都当作一个怪物在评论。"

哈里松夫人敏锐地看了她一眼。

"你的面貌一定能焕然一新。"她面无表情地说道。

在离开村子之前，凯瑟琳去老瓦伊娜小姐那儿道别。瓦伊娜小姐比哈菲尔德夫人要年长两岁，能活过她的老朋友，这种胜利让她非常有成就感。

"你是不是压根没想到我能活得比简·哈菲尔德久？"她向凯瑟琳炫耀着她的胜利，"我们从上学的时候就认识了。结果呢，现在她去世了，而我还活着。谁能想到这事儿呢？"

"您总是在晚餐的时候吃黑麦面包，不是吗？"凯瑟琳不带感情地回复道。

"真高兴你还记得，亲爱的。是的，如果我的老朋友能和我一样每晚吃一小片黑麦面包再搭配上一点酒，那么她现在还能活着。"

这位老夫人停住了，得意扬扬地点了点头。这时，她突然想起了一件事。

"噢，我听说你现在得到了一大笔财产？很好，很好，好好保管它。你准备去伦敦找找乐子？别想着在那儿能遇到什么结婚对象，亲爱的，你不是那种能够吸引男人目光的人。你只会这样一个人慢慢老去。你现在多大岁数了？"

"三十三岁。"凯瑟琳告诉她。

"好吧，"瓦伊娜小姐含糊地说，"情况还不算太遭。当然你也不是那么年轻了。"

"的确如此。"凯瑟琳说到这儿变得开心了一点。

"但你是一位非常好的女孩儿。"老妇人友好地说，"我能肯定，会有男人愿意娶你的，你比那些整天裸着大腿卖弄风骚的人要好多啦。再见，亲爱的，祝你玩得开心，但人生当中很少有那么简单的事情。"

听了这些临别的赠言之后，凯瑟琳准备踏上旅途。火车站上，几乎全村的居民都来同凯瑟琳告别。那个包揽了一切家务的小侍女，艾丽斯，也带着一捧用硬金属丝扎起来的花束赶来了，她哭得格外伤心。

"像她这样的人现在可不多了。"她呜咽地说，这时火车已经缓慢地开动了。"查理为了那个乳品店的姑娘而离开我时，格雷小姐对我是那样体贴。尽管在处理家务的问题上她对我的要求也很严格，但在我遇到麻烦时，她总能够及时发现。不论什么时候，我都会尽我所能地帮助她。我总是说，像她这样的人才算得上是一位真正的淑女。"

就这样，凯瑟琳离开了圣玛丽米德。

第八章 坦普林女士的信

"好吧,"坦普林女士念叨着,"很好。"

她把《每日邮报》巴黎版放下,若有所思地望着地中海海面上的波涛。合欢树的一枝金黄色的枝丫在她的头上摇曳着,整个这一切构成了一幅颇为动人的画面:一位金发碧眼的女士正身着一袭华丽的睡衣。她的金发还有白里透红的肌肤,可能要归功于后天的加工,但她那双碧蓝的眼睛绝对是上天的恩赐,这让四十四岁的坦普林还能够称得上是一位美人。

但是,此刻的坦普林女士不是在思考自己的事情,也就是说,此时她并不在乎自己的外貌看起来如何。她正在思索一个要解决的棘手问题。

坦普林女士在里维埃拉是个有名的人物,她刚刚才在玛格丽特别墅里举行过派对。她曾经有过四任丈夫,生活经历十分丰富。与第一任丈夫的婚姻太过轻率,所以她很少提及。不过好在那个男人适时死了,于是寡妇就同一个富有的纽扣厂老板结了婚。可是这一任丈夫在三年之后也到了冥间,据说意外是在同几个志趣相投的好友度过愉快的聚会之后发生的。第三任丈夫名叫威斯康特·坦普林,他把妻子带入了上流社会,这正是她的夙愿。当再次结婚的时候,她保留了坦普林这个姓氏。她的第四段婚姻完全是为了迎合自己的喜好,查理·艾万斯先生今年二十七岁,是一位长得非常有魅力的小伙子,他举止得体,爱好体育运动,对这世间的一切都心怀感激之情,并且他还一贫如洗。

坦普林女士对自己的生活现状颇为满意,但也时不时地会为自己的财产感到担忧。纽扣老板给她留下了一笔相当可观的财富,可是按照坦普林女士的说法,"总有那么一两件事情很花钱——(一件是指由于战争而引起的股票下跌,另一件则是坦普林勋爵的挥霍浪费)。"她的生活还算是比较舒适的,可是只是"比较"舒适并不能让罗莎莉·坦普林满意。

在这样一个普通的一月的早晨,她瞪大了眼睛看着面前报纸上的一则新闻,吃惊得一个音节都发不出来。"好吧。"她又喃喃念道。在此刻的阳台上,她的身边只有她的女儿——蕾诺斯·坦普林。有这样一位女儿在身边总是让坦普林女士很不安,这姑娘虽然看起来很老成,却完全不通晓人情世故,她的那种玩世不恭的嘲讽态度,常常让人啼笑皆非。

"亲爱的,"坦普林女士说,"这多奇怪啊。"

"什么呀?"

坦普林女士把手中的报纸递给了她的女儿,用手指了指她刚刚看了半天的那条新闻。

蕾诺斯看了一眼报上的新闻,完全没有她母亲刚刚表现出来的那样惊讶。她把报纸还给她妈妈。

"这件事值得这么大惊小怪吗?"她问道,"这类事儿多得是。无依无靠的老夫人孤独地在乡间别墅中离世,留给她们身边忠诚的保姆几百万块钱。"

"是的,我知道这事儿很常见,亲爱的。"她母亲答道,"但通常那些遗产的数额都不会很大,报纸上登的数目虽然不一定可靠,可就是其中的一半数目也够多的了——"

"就算如此，"蕾诺斯说，"她也没说要把这些钱留给我们呀。"

"她确实没说要把钱给我们，我的孩子。"坦普林女士说，"可是这个女孩，这个叫凯瑟琳·格雷的女孩，却是我的一个堂妹。她是伍斯特郡的格雷家的孩子，埃奇沃思那边的，我嫡亲的堂妹啊！多有趣！"

"哎呀！"蕾诺斯嚷嚷道。

"所以我在想——"她母亲说。

"如果这能对我们有点儿什么帮助……"女儿把母亲的话接下去说完后撇嘴一笑，她这个表情总是让她的母亲不是很理解。

"亲爱的……"坦普林女士想要责备她的女儿，但语气太过微弱。

这语气确实太微弱了，因为坦普林女士早已习惯了女儿的口无遮拦和她所谓的会让人啼笑皆非的说话方式。

"我在想——"坦普林女士再一次说道，皱起了精心描过的眉毛。"是不是应该——哦！早上好啊！亲爱的丘比。你准备现在去打网球吗？多好啊！"

丘比——这正是坦普林女士为丈夫起的爱称——微笑着敷衍道："你在这幅画面里看起来真是美极了！"话音未落他便消失在阳台的梯子上。

"可爱的小伙子。"坦普林女士多情地目送着自己的丈夫。"让我想想，刚刚我要说什么来着？对了！"她再一次将注意力转移到自己的计划上，"我在想——"

"看在上帝的份上，妈妈，你已经说了三遍这样的话了，你到底在想什么？"

"是的，孩子。"坦普林女士说，"我在想，如果能写信给这位亲爱的凯瑟琳小姐,邀请她来我们这儿小住一段时间,那岂不是很好。她之前一定从未与上流社会打过交道。如果需要有人出面来把她带入这个圈子,没有人会比我更合适了。这个计划不论是对她还是对我们来说,都是非常有益的。"

"你认为从她身上可以榨出多少油水来?"蕾诺斯问道。

母亲略带责备地看着女儿,喃喃地说道:"我当然希望能在经济上有所获益了,你知道,总有那么一两件事情很花钱,战争啦,你爸爸啦——"

"现在还得加上丘比。"蕾诺斯说道,"真要算起来的话,他可是一件昂贵的奢侈品。"

"在我的印象里,她是一个好姑娘。"坦普林女士顺着自己的思路说道,"她安静,从来不想着出人头地,她不算漂亮,也不热衷于与男性暧昧。"

"所以,她绝不会缠着丘比是吗?"蕾诺斯说。

坦普林女士瞪着女儿,抗议道,"丘比可从来不……"

"得了吧,"蕾诺斯说,"我才不相信呢。他可懂得如何将自己的利益最大化了。"

"亲爱的,"坦普林女士说,"你总是把话说得那么粗鲁。"

"请原谅!"蕾诺斯说道。

坦普林女士拿起那份《每日邮报》、化妆包,还有其他的一些信件。

"我要立即给亲爱的凯瑟琳小姐写信,帮她回忆起在埃奇沃思的那些美妙时光。"

她双眼闪烁着坚毅的光芒,走回到房间里去。

同萨米尔·哈菲尔德夫人不同,坦普林女士下笔如有神,没有任何停顿或者卡壳的地方就写完了一封长达四页的信。她又检查了一遍，没有发现任何错字和需要改动的地方。

凯瑟琳到达伦敦的第二天就接到了这封长信。她一行都没有看，就把它塞进了手提包，然后出发去找哈菲尔德夫人的律师。

律师事务所位于伦敦住宅区的一栋老建筑里，在迟到了几分钟后，凯瑟琳出现在了这位哈菲尔德夫人的资深合伙人面前，这是一位有着一双精明的蓝色眼睛的，如同慈父般慈祥的老人。

在开始的二十分钟里，他们讨论了哈菲尔德夫人的遗嘱和资产分配等杂事。然后，凯瑟琳递给律师一封信，正是那封萨米尔夫人的信。

"尽管看起来很荒唐，但我还是认为应该给您看看这封信。"凯瑟琳说。

律师读了信之后微微一笑。

"这简直是无耻的觊觎，格雷小姐。我可以郑重地告诉您，这些人完全无权染指遗产，任何法律都不会支持他们的这种行为。"

"我也是这样想的。"

"人的天性有时看起来很愚蠢。我要是处在他们的地位，只会祈求您宽宏大量的施舍。"

"我正想同您谈谈这件事。我想给哈菲尔德夫人的这些亲属留下一笔钱。"

"您完全不必承担这样的义务。"

"我知道。"

"就算您给他们这笔钱，他们也不会领情，只会觉得您想要用钱打发他们走，而他们也绝不会满足于这个数目。"

"这些我都知道，这笔钱并不会起到什么作用。"

"格雷小姐，我建议您尽快打消这个念头。"

凯瑟琳摇摇头，"我知道，你说得没错，这些我都明白，但我还是要坚持留一笔钱给他们。"

"他们会毫不客气地收下这笔钱,然后继续纠缠您。"

"好吧,"凯瑟琳说,"如果他们觉得这样做有意义,那就让他们继续缠着我吧,每个人都有自己所追寻的生活的意义。但毕竟他们还是哈菲尔德夫人的亲属。尽管哈菲尔德夫人在世的时候这些亲戚从未过问过她的生活,但我还是不想就此斩断他们之前的亲属关系。"

尽管律师表现得很不乐意,但她还是一再坚持自己的意见。现在,她一身轻松地走在伦敦的大街上,终于可以自由地花那笔钱了,也终于可以好好地为未来做一些规划,而现在的首要任务是要去一趟当地有名的服装店。

接待她的是一位身材瘦长、有点年岁的法国女人,她看起来很像是一位举止优雅的老板娘。凯瑟琳用略带天真的口吻说:

"如果可以的话,我想把我的衣服全部交给您设计。我之前一直很穷,也不懂得穿戴,现在我有了一大笔钱,我想要好好打扮一下。"

这位法国女人看起来大受鼓舞。她也有着一些艺术家似的脾气,上午的早些时候,有个来自阿根廷的胖女人来这里挑三拣四了大半天,最后坚持认为这里的衣服不能够满足她那艳丽的审美观,这使她甚为恼火。她用行家的眼光打量着凯瑟琳:"当然,当然,这将会是我的荣幸。小姐,您的身材很好,对您这样的身材来说,简单的线条是最为合适的。小姐,您是位典型的英国人,有些人听到这话会认为这是对他们的嘲弄,但对您来说绝对不是。一位美丽的英国淑女,这形象简直太完美了。"

这位老板娘之前那优雅的仪态突然在一瞬间消失了。她冲着那些人形模特的方向大声嚷嚷着:"克罗蒂尔德!维尔日妮!快快，我的姑娘们，赶紧准备灰色的连衣裙和晚会用的罩衫——'秋日之叹'。噢，玛莎尔，亲爱的，你去准备一下那件绉纱制的含羞草系列西装。"

这真是一个热闹的上午。玛莎尔、克罗蒂尔德和维尔日妮，这些服装店的姑娘们面带着不耐烦和轻蔑的表情，慢悠悠地拿着各式各样最时新的服装，在凯瑟琳面前展示着。老板娘拿着小本子，站在她旁边，匆匆记录着。

"小姐，您挑的这件衣服真漂亮。小姐您真有眼光。是的，没错，我很确信，如果您要去里维埃拉度假，那这些套装会是小姐您最好的选择，是的，在这个冬天的最好选择。"

"让我再看看那件晚礼服。"凯瑟琳说，"那件粉色和淡紫色相间的。"

维尔日妮拿着衣服走上前来，缓缓转了一圈。

"这件比任何一件都好。"凯瑟琳低下头，仔细看了看衣服上那些精致的淡紫色、灰色还有蓝色的装饰品，问道，"您管这件衣服叫什么来着？"

"'秋日之叹'。是的，是的，这件衣服正适合小姐您穿。"

当凯瑟琳离开服装店的时候，"秋日之叹"这个词又浮现在她的脑海里。可为什么会带给她一种淡淡的忧伤之情呢？

"'秋日之叹'。这件衣服正适合小姐您穿。"的确，此刻正是她人生中的秋天，她从未经历过春和夏，就来到了秋，而过去的时光也一去不复返了。她所丢失的那些时间，也不会有人能够再补还给她，她在圣玛丽米德就像用人般地度过了十年，是的，时间就是这样流逝的。

"我是一个傻瓜。"凯瑟琳说，"我真是一个傻瓜。我究竟想要什么呢？为什么我感觉一个月之前的生活，要比现在充实很多呢？"

她从手提包里拿出了那封坦普林女士写给她的信。凯瑟琳并不愚蠢。她很清楚信中字里行间的那些隐晦的含义，而且她也明白这位失联已久的堂姐在此时突然写信给自己到底意味着什么。坦普林女士那样热切地盼望亲爱的堂妹能去她那儿，绝对不是为了什么亲情，而是为了能在这次的姐妹相见中有所收益。可是，就算如此，她为什么不走这一趟呢？这将是一次互有助益的旅途。

"我会去的。"她默默说道。

于是她走过皮卡迪利大街，拐进了库克旅行社以便办理去里维埃拉的各种手续。还要再稍等片刻才能轮到她，排在她前面的那个正在买票的男人也打算去同样的地方。她感到似乎这个世界上的所有人，在这个时间段里，都会想着要去里维埃拉。很好，她人生头一遭赶上了这种"所有人"都会赶的热闹。

那个男人突然转身离开了，她向前一步来到了那位卖票的工作人员面前。她说明了自己的目的地，但同时，脑中有一半的脑细胞正忙于思考一些另外的事情：刚刚那张男人的脸，看起来颇为熟悉。是在哪里见过呢？突然她记起来了，是今天早晨在萨伏依酒店，那个时候她刚出房门，在走廊上与他撞了个满怀。一天中与同一个男人遇见两次，这是一种怎样古怪的巧合啊。她浑身都有一种不自在的感觉，但她也说不清为什么会如此心神不宁。她偷偷越过肩膀向后瞥了一眼，发现那个男人也正在门口望着她，她打了一个冷战。一种即将会发生某种悲剧的预感萦绕在她的心头，就好像这一切都是命中注定一般……

想到这儿，她立刻用自己那一贯的乐观态度从这种不好的预感中挣脱出来，将所有的注意力都集中到与工作人员的谈话上。

第九章 拒绝贿赂

德里克·凯特林很少会受情绪的控制。他表现出来的那种平易近人和漫不经心的态度，使他在很多紧要关头能够从容应对。哪怕是现在，他从米蕾的公寓一出门就冷静了下来，并且他也必须要冷静，现在他所处的境地比之前任何一次都要棘手，这一次他有点儿不知所措了。

他苦苦思索着，眉头紧皱，脸上全无往日的乐观与自信。他的脑海里闪过很多种今后将会出现的情况，其实德里克·凯特林并没有别人所以为的那么蠢，他想了很多种解决问题的方法。最终可以走得通的只有那一条路了，如果他有半点儿退缩，那么这个机会将会就此错过。死马也要当活马来医，他非常了解自己的岳父。在这场德里克·凯特林与冯·阿尔丁的战争中，这个方法将是他德里克的制胜法宝。德里克诅咒金钱，但他又是那样热切地渴望能得到金钱。他匆匆走过圣詹姆斯街，穿过了皮卡迪利大街，直奔皮卡迪利圆形广场。他径直走过库克旅行社，一边走一边在脑子里想着他那些烦心事儿。最后，他似乎下定决心一般对自己点了点头，猛然一转身。他这个转身太突然了，以至于直接撞上了他身后的行人。他按着来时的路往回走，这次在经过库克旅行社的时候，他停下了脚步，走了进去。旅行社里的人不多，很快他就来到柜台前。

"下周我要去尼斯①，能帮我预订下车票吗？"

"具体是哪一天呢？先生。"

"十四号。哪趟车最好？"

"当然是'蓝色特快'了。坐这趟车可以免去在加来②过海关的那些麻烦事。"

德里克点了点头。他对此都相当了解。

"十四号的车，"工作人员默默道，"'蓝色特快'的票太紧俏了，经常提前好几天就已售空。"

"请您再看一下，是否还有卧铺。"德里克说，"如果没有的话——"他露出好奇的微笑，并没有把话说完。

工作人员走进办公室，几分钟之后就带着微笑回来了。"都办妥了先生，还有三张卧铺票。我可以给您订一张，您贵姓？"

"帕维特。"德里克说道，并把他在杰明大街的地址写给了对方。

工作人员点点头，记下了他的地址，礼貌地祝德里克拥有一个美好的早晨之后，就开始招呼排在他身后的那位女士。

"我想在十四号那天去尼斯，听说有一趟'蓝色特快'可以去是吗？"

德里克猛然回过头。

巧合，这真是一种奇怪的巧合。

偶然，真是少有的偶然！他与米蕾开玩笑时说的话又涌现在他的脑海里："这位长着灰色眼睛的女士；我再也不想见到这个人了。"可是现在他又一次遇见了她，不仅如此，她还将在同一

---

①地中海沿岸法国南部城市，地处法国马赛和意大利热那亚之间，为阿尔卑斯省首府，是法国仅次于巴黎的第二大旅游胜地。
②法国北部港口城市。从伦敦到欧洲大陆的旅客，多在此登岸。

天，和他一同前往里维埃拉。

这种带有一丝迷信色彩的相遇让他不寒而栗。他曾经半开玩笑地说这个女人会给他带来厄运，想想看，如果预言成真呢？他站在门口，盯着正在和工作人员交谈的她：这位女士是位真正意义上的淑女，不是很年轻，也并不是那种引人注目的漂亮。但她身上总有些什么——可能是她的那双灰色的眼睛能够看穿这世间万物吧。他出了大门，但心中仍然挂念着那位女士，宿命感油然而生。

他回到自己在杰明大街的住处，召唤来仆人说道：

"帕维特，拿上这张支票，去皮卡迪利大街的库克旅行社。在那儿我用你的名字订了一张车票，你把支票给他们，把车票帮我拿回来。"

"好的，先生。"

帕维特离开了。

德里克走到茶几跟前，拿起堆放在那里的满满的邮件。不用看他就知道，这些信件的内容都大同小异：小额账单，大额账单，除了账单还是账单，都是来向他讨债的。但是催账的口气还算客气。他很清楚，一旦那个新闻传播出去，这些账单的口吻将会立刻发生变化。

他闷闷不乐地把自己丢进那张皮质的椅子里。一个可怕的深渊，是的，他现在就是身处这样一个可怕的深渊，所有能够从这个深渊里爬出去的方法，看起来都是那么的不切实际。

帕维特气喘吁吁地回来了。

"先生，奈顿少校先生想见您。"

"奈顿？"

德里克皱着眉头站起来，心中拉响了警铃。他用一种只有自已能听见的声音,喃喃说道:"奈顿,什么风把他吹来了?"

"呃,先生,我应该把他带来见您吗?"

德里克点了点头。当奈顿走进房间时,他发现正在等他的那个人显得情绪高涨而又热情友好。

"对您的拜访我感到非常高兴。"德里克说道。

奈顿显得有点紧张。

德里克那敏锐的眼光立即就发现了这一点,看起来这位秘书身上所领的那件差事不是那么的让人愉快。他只是木然地应付着德里克那些漫无边际的闲谈,拒绝了德里克递过来的酒和其他任何东西,随着时间的流逝,他的态度也越来越僵硬。德里克最后只好单刀直入了。

"好吧,"他爽快地说:"我那受人尊敬的岳父想要我做些什么?我猜您是为了他的事情才到我这儿来的吧?"

奈顿并没有对他的热情报以微笑。

"是的,我是为了冯·阿尔丁先生的事情到这儿来的。"奈顿斟字酌句地说,"我也希望冯·阿尔丁先生能够派别人来同您谈这件事。"

德里克故作沮丧地挑起了眉。

"没有那么可怕吧?我的脸皮很厚的,奈顿,我敢向您保证。"

"也不是特别糟糕。"奈顿说,"就是——"

他停住了。

德里克热切地注视着他。

"继续啊,继续往下说,"他热情地说,"我都能想象,我那亲爱的岳父大人交给您的肯定不是什么愉快的差事。"

奈顿清了清嗓子。为了不让自己看起来过于尴尬,他勉强用一种正式的腔调诉说了他的来意:

"我受冯·阿尔丁先生的委托来向您提出一个明确的报价。"

"报价?"在那么一瞬间,德里克做出了惊讶的表情。奈顿的这番开场白是他完全没有预料到的。他递给奈顿一支烟,自己也点燃了一支,靠向椅背,用一种略带嘲讽的语气低语道:

"他居然要给我一笔钱?这简直太有意思了。"

"我能否继续往下讲?"

"请您继续说。对我刚刚表现出来的惊讶,我感到非常抱歉。现在我觉得,在我们白天的谈话结束后,我那亲爱的岳父似乎做出了一些让步。而'让步'这两个字很少出现在如他那样强势的人的字典里,他可是金融界拿破仑式的人物。这种行为看起来,至少在我看起来,似乎他察觉到自己的处境并没有他想象中的那么有利。"

奈顿面无表情,很有礼貌地听着德里克用愉快而充满嘲讽的语调讲完他的话,紧接着迅速说道:

"我将用最简短的语句陈述我们的这项提案。"

"您继续。"

奈顿看也不看他对面的人,简明扼要、公事公办地说:

"事情很简单:您已经知道,现在就是签署一份离婚协议书的事儿。如果您在签署协议书之后不再提出申诉,那么当判决生效后,您将得到十万块钱。"

德里克突然把点着的香烟掐灭了。"十万!"他发出了一声刺耳的声音,"美元吗?"

"英镑。"

在一片死一样的沉寂中,凯特林皱起眉头深思着。十万英镑,这意味着他还能够把米蕾带在身边继续过无忧无虑的生活。这也意味着,冯·阿尔丁已经从他女儿那里获悉了一点内情。

冯·阿尔丁才不会平白无故就给人钱。他起身，倚靠在壁炉架边。

"如果我不接受他这笔慷慨的捐赠呢？"他用一种冷淡而嘲弄的口气问道。

奈顿做了一个不以为意的手势。

"凯特林先生，我可以向您保证。"奈顿真挚地说，"我真的非常不愿意到这儿来与您谈这件事。"

奈顿直起腰，他的话已经讲得比之前流利很多了。

"如果您拒绝这项提议，"他说，"冯·阿尔丁先生让我向您明确转达下面这句话：他将会彻底击垮你。就这些。"

凯特林挑起了眉毛，但他那轻快和欢乐的语气并没有丝毫的变化。

"很好，非常好！"他说，"我想他当然能够轻易击垮我。在这位美国百万富翁的重拳下我肯定连爬起来的可能都没有。十万英镑！如果想要贿赂一个人的话，这似乎是最佳的选择了。但是我若提出要二十万英镑呢？那会怎样？"

"我将会把您的这个诉求带给冯·阿尔丁先生。"奈顿面无表情地说，"这就是您的回复，是吗？"

"不！"德里克说，"这个答案很可笑，但绝不是我的答复。你去告诉我岳父：让他带着他的那笔贿赂金见鬼去吧！你明白我的意思了吗？"

"非常好。"奈顿说，他站起身，犹豫了一会儿之后，激动地说，"我，请您不要介意我这样说，凯特林先生，我非常高兴您能做出如此答复。"

德里克没有吭声。在奈顿离开之后，他出神地发了会儿呆。一抹古怪的笑容浮上唇边。

"对，就是这样。"他喃喃地说道。

第十章 "蓝色特快"

"爸爸！"

凯特林夫人惊呼出声，今天上午她的神经完全处于一种紧绷的状态。她身穿一件精致的长貂皮大衣，头戴一顶中国红的帽子。刚刚她正在拥挤的维多利亚车站站台上沉思地踱着步子，而她的父亲突然满怀热情地出现，这让她一时间措手不及。

"怎么了？露丝。你看起来这样惊慌。"

"我没有预料到您会来这儿，爸爸。您昨晚就已经同我告过别了，说您今天有个会，所以不能来送我了。"

"今天我确实有会议要参加。"冯·阿尔丁说，"但是，对我来说你比这世界上那些该死的会议重要多了。我要有好长时间见不到你了，所以我特地赶来看看你。"

"爸爸，您真是太好了。真希望您能跟我一起走啊。"

"那我跟你一起出发吧，好吗？"

这番话完全就是一句玩笑，可是冯·阿尔丁惊讶地发现此刻他女儿的脸颊上现出几抹红晕，眼睛中还闪过一阵惊慌。她尴尬地笑了笑。

"刚刚有那么一会儿，我还以为您真要和我一块儿去呢。"她说。

"如果我也去的话，你会高兴吗？"

"当然了。"她夸张地回答道。

"我非常高兴听到你这样回答。"冯·阿尔丁说。

"爸爸,您也不会被困在这座城市太久的。"露丝继续说,"您下周不是又要出门了吗?"

"哼。"冯·阿尔丁面无表情地说,"总有一天,我会跑去告诉那些在哈利街①上班的家伙们,我也需要晒晒太阳,呼吸呼吸新鲜空气。"

"别这么懒惰。"露丝嚷嚷道,"下个月的时候大自然的空气比这个月还要新鲜。您现在满脑门的事儿,怎么能说走就走呢。"

"好吧,你说得没错。"冯·阿尔丁叹了口气,"露丝,你赶紧上火车吧。你的座位在哪儿呢?"

露丝·凯特林茫然地向身后的火车看了一眼。她的女仆——一位浑身黑色的瘦高个女子正站在头等卧铺车厢的门口,看到凯特林,她立刻迎上前来。

"我已经把您的化妆包放在座位底下了,以免您需要使用。毯子要我拿走吗,还是给您留一条?"

"谢谢你,梅森。我不需要毯子,你可以回你自己的座位去了。"

"是,夫人。"

女仆离开了。

冯·阿尔丁陪着露丝走进了车厢。找到座位后,他把一大堆报纸和杂志放在她座位前的桌子上。对面已经有一位女士入座,美国人向她投去了好奇的目光。她那双灰色的眼睛和整洁的旅行

---

① 伦敦有百年历史的"世界名医街",南丁·格尔曾经于一八五三年在这里工作过。从十九世纪开始,这条街上陆续迁来了许多著名的医生和诊所。哈利街一直是名人、皇室、名流的医疗首选。

装给他留下了深刻的印象。他又同女儿聊了一些人们在道别时常说的家常话。

火车的汽笛拉响了，冯·阿尔丁看了看手表。

"我得赶紧走啦，再见，亲爱的女儿。别担心，我待会儿还有很多事情要做。"

"哦！爸爸！"

冯·阿尔丁突然转过身。露丝声音里包含的某种情感与平常如此不同，以至于让他不寒而栗。这几乎像是绝望的呼喊。在那一瞬间，她失态地向她的父亲跑去，但仅仅是几分钟之后她就控制住了自己的情绪。

"下个月见。"她小心翼翼地说。

两分钟之后火车开动了。

露丝一动不动地坐在那里，咬着下嘴唇，竭力控制那不由自主地流下来的眼泪。她蓦然感到自己是那样的孤独。她真想现在就跳下火车，在一切还来得及挽回的时候阻止那些将要发生的事情。她，以往是那样的冷静与自持，生平第一次感受到现在的自己如同风中的落叶一般无助。如果她的父亲知道这些事儿，他会说些什么呢？

胡闹，是的，这就是胡闹！她人生中第一次受情感的驱使，去做一件她明知是很可笑很荒唐的事情。作为冯·阿尔丁的女儿，她十分清楚自己这样做是多么的愚蠢，也在心底里无数次地谴责自己的行为。但她也同她的父亲一样，一旦下定决心，不撞南墙就绝不回头。从摇篮时起，她就是一个固执己见的女孩，后来这种性格在成长中愈演愈烈，以至于今时今日，这样的执着仍然驱使着她去做这件蠢事。好吧，既然木已成舟，她就要独立承担这一切。

她环顾了一下四周，目光被对面的那位女士吸引住了。刹那间，她似乎感到这位女士读懂了她心中所想。那双灰色的眼睛里满是理解，还有同情。

这种感觉飞转即逝。两位女士的表情仍然如平常一样，显得非常有修养。凯特林夫人拿起了一份杂志，凯瑟琳·格雷则望着窗外那连绵不绝的令人压抑的街道和乡村住宅。

露丝感到在这位女士面前很难把注意力集中在眼前的杂志上，除此之外，成千上万个念头在她的脑海里闪现着。之前她真的是个傻瓜！她这么做是有多愚蠢！她丧失理智时做的那些事，跟那些冷酷且自负的笨蛋有什么区别？然而这一切都太迟了……真的太迟了吗？哦，如果有人能跟她谈谈心该多好，如果有人能给她提个建议该多好。她从来没有过这样的感觉，她第一次希望有一个人能跟她谈谈心，帮她评价一下这件事，替她出出主意，但是现在——她这是怎么了？是因为恐慌，是的，这是最正确的答案。她，露丝·凯特林，现在正处于极度的恐慌之中。

她偷偷地瞟了一眼对面坐着的女士。如果她能认识像这位女士一样的人就好了，像她那样善良、冷静、镇定且富有同情心。这样的人看起来是那么的平易近人，容易攀谈。但是她不能就这样同一个陌生人攀谈啊，连她自己都觉得刚刚的想法有点儿好笑。她再一次拿起那本杂志，暗暗下决心要用理智控制住自己的行为。毕竟她已经仔细考虑过这件事情了，也是完全按照自己的意愿下的决定。在这一生中，她曾拥有过那么一丁点儿的幸福吗？她焦躁不安地问自己："我为什么就不快乐呢？谁也给不了我答案。"

* * *

多佛① 很快就到了，在这儿露丝将要乘船前往法国。露丝并不晕船，但她不喜欢太过寒冷的环境。所以当找到她通过电话预定的私人客舱时，她非常满意。她时常觉得有些巧合都是命中注定的，这看起来有点儿迷信，尽管她自己并没有意识到这一点。她在法国加来下了船，同她的女仆一起登上了"蓝色特快"，找到了她所预定的双人隔间，然后便独自一人去了餐车。当看到对面坐着的那位女士正是在头等车厢里遇到的那位时，她感到有些意外。两位女士相视一笑。

　　"这实在是太巧啦。"凯特林夫人说。

　　"对啊，"凯瑟琳说，"真巧。"

　　忙碌的侍者端来了两碗汤，两人的谈话暂停了一会儿。当侍者撤走汤换上煎蛋卷的时候，两位女士已经像老朋友般交谈起来了。

　　"在这个季节去沐浴阳光，简直是天堂般的享受。"凯特林感叹道。

　　"我敢肯定那感觉一定非常舒服。"

　　"您对里维埃拉熟悉吗？"

　　"不，这是我第一次到那里去。"

　　"不会吧。"

　　"我猜您每年都去那儿吧？"

　　"几乎年年如此，一、二月份的伦敦实在令人讨厌。"

　　"我一直住在乡下。那儿没有什么春天的概念，总是很泥泞。"

　　"您怎么突然决定去旅行了呢？"

　　"钱，"凯瑟琳说，"过去的十年中，我一直在有钱人家做保

---

①英国东南部海港。

姆，我所挣的钱只够买一双户外运动鞋。而现在，我继承了一笔遗产，但可能这笔遗产的数目对您来说并不算什么。"

"您为什么这样认为呢？也许我并不像您所估计的那样富有。"

凯瑟琳笑了，"我自己也不知道！我只是凭空猜测而已。在我的印象里，您就是这个世界上最富有的人之一。当然，这只是您给我的感觉，也可能是错误的。"

"不，"露丝说，"您没有猜错。"她突然严肃起来，"我想让您说说，您对我还有什么别的印象。"

"我……"

露丝不顾对方的尴尬，突然插话道："拜托您了，别说那些客套话。我想要知道您是怎么看待我的。在离开维多利亚站的时候，我就有这样的感觉，那就是您非常了解我的心里正在想些什么。"

"我可不是个算命先生，这点我可以向您保证。"凯瑟琳微笑着说道。

"我知道，但我还是想拜托您，把您对我的印象如实告诉我。"

她说得是那样的真挚和诚恳，让人不忍拒绝。

"好吧，如果您坚持，我就告诉您，您可千万别觉得我无礼。我认为您现在正在受到一些事情的困扰，在心灵上承受了非常大的压力，对此我深表遗憾。"

"您说得对，您说得非常对。我现在的处境很糟糕，如——如果可以的话，我想和您谈谈这件事。"

"哦，天啊。"凯瑟琳暗自思忖，"这世界真的走到哪里都一样！在圣玛丽米德的时候人们爱找我诉苦，在这里还是有人找我诉苦，但我实在不想听任何人倒苦水了！"

但是她仍旧非常有礼貌地回答道：

"请您一定和我说说。"

此刻她们刚刚吃完午饭。露丝喝完她的咖啡，从座位上起身，也不理会凯瑟琳的咖啡还没有开始喝，就说道："请您到我的包厢一叙。"

凯特林的包厢由两个房间组成，它们通过一道门相连。在其中的一个房间里坐着凯瑟琳在维多利亚站见过的那个瘦瘦的女仆，她正挺直了背坐着，手中紧紧抓着一个深红色的摩洛哥山羊皮的小包，上面有R.V.K.的字样。凯特林夫人关上了那扇门，坐在了椅子上。凯瑟琳坐在她的身旁。

"我正处于麻烦之中，而且不知道如何是好。我爱上了一个人，特别特别爱他。在年少的时候，我们就彼此中意，但被残忍地分开了。现在，我们又一次相遇了。"

"然后呢？"

"现——现在我要去见他了。噢！您肯定觉得这事儿大错特错。但您不了解内情，我的丈夫实在是太坏了，他的行为令我蒙羞。"

"然后呢？"凯瑟琳又说了一遍。

"只是有一件事使我伤心：我欺骗了我的父亲，就是在火车站上和我告别的那位先生。他主张我同丈夫离婚，可是他哪里知道，我正在赶去见另一个男人的路上。如果他获知实情，一定会认为我是个十足的傻瓜。"

"您觉得这是件傻事吗？"

"我……我认为是的。"

露丝·凯特林低头瞅着自己的手，它们正神经质地颤抖着。

"但我已经没法回头了。"

"为什么？"

"我——他为我安排好了一切,我若反悔的话他会心碎的。"

"并不见得吧。"凯瑟琳坚定地说,"一个人的心是不会那样轻易破碎的。"

"他会认为我是个意志薄弱且没有勇气的人。"

"在我看来,您现在的所作所为,既欠考虑,也不明智。"凯瑟琳说,"并且您自己也已经意识到了这点。"

露丝·凯特林用双手蒙住了脸。"我不知道,我什么都不知道!在离开维多利亚站的那一瞬间,我就预感到肯定有事情将要降临在我身上,我无处可逃。"

她痉挛地握住了凯瑟琳的手。

"您一定觉得我疯了才跟你说这些事情,但是,真的,我有预感,一些非常可怕的事情将要来临了。"

"别这样想,"凯瑟琳说,"您要设法振作起来。等到了巴黎,您可以给您的父亲发封电报。他一定会立刻赶来的。"

露丝脸上的气色舒缓起来。

"是的,我可以这样做。我那亲爱的老爸,直到今天我才发现,我是多么爱他。"她直起身,用手帕擦干眼泪,"之前我是有多蠢啊,非常感谢您能愿意同我聊天。我也不明白为什么自己会陷入如此古怪而又歇斯底里的境地。"

她站了起来,"我想我现在真的感觉好多了。我只是需要找人谈谈心,我为什么要把自己折腾成那样一个傻瓜呢,这简直令人难以置信。"

凯瑟琳也站起身来。

"我真高兴您已经平复下来了。"她尽量用一种与之前相比没有任何变化的语调说。往往在倾吐完秘密之后,倾诉者总会有一种尴尬感,对于这点她再清楚不过了。于是她巧妙地说道:

"时间不早了,我必须要回我的包厢去了。"

凯瑟琳匆匆离开凯特林夫人的包厢来到走廊上。几乎是同一时间,她看到凯特林的女仆也从包厢的另一个房间里出来。在她们面对面的一瞬间,女仆的目光越过了凯瑟琳的肩膀,似乎看见了什么令她异常讶异的人,凯瑟琳转过头,然而那个人好像已经回到了自己的包厢,此刻凯瑟琳身后的走廊上空无一人。凯瑟琳继续走向她位于另一节车厢的包厢。当她走到本节车厢最后一个包厢时,门突然"哗"的一下打开了,一张女人的面孔出现在门口,她四处张望了一下,又重重地关上了门。这个女人拥有一张让人过目不忘的脸庞:黑皮肤,鹅蛋脸,化着略显怪异的妆容。凯瑟琳想她如果下次再见到这个女人,一定会立刻认出她来,但又隐隐觉得似乎在哪儿遇见过她。

此后,凯瑟琳径直回到自己的包厢中,坐在座位上回想着刚刚的谈话。她百无聊赖地想着刚刚那个穿貂皮大衣的女人到底是什么身份,她的故事到底会迎来怎样的结局。

"如果能够阻止别人去做傻事,那也算是积了德。"凯瑟琳思索着,"可是谁知道呢?那个女人看起来从小就固执己见、任性惯了,也许此刻在行为处事上稍加改变,对她来说也不失为一件好事。噢,得了吧,我想我再也不愿意见到她了,她也肯定不想再见我了。人们在倾吐完秘密之后就不会再想见到彼此,凡人总是如此。"

她希望能去别处吃晚饭,不是说她与这个环境格格不入,而是她觉得如果再遇见那位女士,她们彼此都会感到很尴尬。她十分疲惫地躺在枕头上,一阵茫然的空虚感向她袭来。火车快到巴黎了,缓慢地在城郊绕行,数不胜数的临时停车使凯瑟琳感到很无聊。到了里昂车站的时候,终于可以下车去站台上走动走动了，这让凯瑟琳感觉很高兴。站台上凉爽的空气将人从车厢里带出来的闷热感一扫而空。看来她那位穿貂皮大衣的朋友也用自己的方式避免了她们的再次碰面，当凯瑟琳看到一个餐盒被递到那位女士的车厢窗口，然后被女仆接了过去的时候，她咧嘴一笑。

列车又开动了，刺耳的铃声预示着已经到了晚饭时间，凯瑟琳浑身轻松地走进了餐车。这次，坐在她对面的是与先前的那位女士完全不同类型的人：一位瘦小的、长着一个蛋形脑壳的男士，他的外貌明显不是英国本地人，那一撮小胡子上打满了蜡，看起来硬邦邦的。凯瑟琳带了一本书到餐车来，此时她发现那位男士正眨巴着眼睛，饶有兴趣地盯着书的封面看。

"女士，我看这是一本侦探小说，您很喜欢读这类题材的书吗？"

"是的，很喜欢。"凯瑟琳回答道。

男士非常理解地点了点头。

"人们总说这类书是畅销书。可是为什么呢？女士。为什么侦探小说都如此畅销？"

凯瑟琳觉得这个谈话越来越有趣了。

"我猜，可能人们在阅读这样的书时，能体验到一种幻想中的刺激生活。"凯瑟琳说道。

他很郑重地点了下头。

"嗯，算一部分原因。"

"那是当然啦，所有人都知道书里的事情都不是真的。"凯瑟琳继续说道，但她的话立刻被那位男士打断了。

"女士，有的时候，有的时候！我会经历一些书里所写的事情。"

凯瑟琳迅速又好奇地瞥了他一眼。

"谁能预料到呢,也许突然有一天您会被卷进一个案子中去。"他继续说,"什么事儿都有可能发生。"

"这我可真的不信。"凯瑟琳说,"这样的事情从来不会发生在我的身上。"

他的身体向前倾了倾,说道:

"您想让这种事情发生吗?"

这个问题把凯瑟琳吓了一跳,她猛地倒吸了一口凉气。

"也许这只是我个人的胡言乱语。"那位男士一边娴熟地擦亮手中的叉子,一边说,"但我总有这样的感觉,那就是您总期待着发生一点儿有意思的事情。呃,好吧,从我全部的人生经验来看,我得出一个结论——'想什么就来什么!'不过,谁知道呢。"他做了一个滑稽的鬼脸,"有可能您将经历比预想中还要刺激的事情。"

"这是预言吗?"凯瑟琳一边问一边笑着站起身来。

那位男士摇了摇头。

"我从来不作任何预言。"他自负地说道,"但毫不吹嘘地说,我的预测永远都被证明是正确的。晚安,女士,祝您好梦。"

凯瑟琳沿着过道向自己的包厢走去,她回想着刚刚同桌人的话,觉得非常有趣。当她经过白天遇见的那位朋友的包厢时,她看到乘务员正在铺床。身着貂皮大衣的女士正站着向窗外张望,透过那扇连接两间包厢的小门,她看到另外一间里空荡荡的,毯子和包都堆在座位上,而女仆没在里面。

凯瑟琳回到自己的包厢时,看到床铺已经铺好了,她实在是太累了,于是九点半就熄了灯。

也不知过了多久,她突然间惊醒,看了一下手表,发现已经停了。一种强烈的紧张感弥漫开来,而且这种感觉越来越强烈。

最后她从床上直起身，披了一件晨衣，来到了走廊上。整列火车似乎都陷入了沉睡之中。凯瑟琳坐在窗边，打开了窗子，呼吸着外面的新鲜空气，尝试着以此来平复她那恐惧不安的心理。不一会儿，她决定去本节车厢的车尾那儿找找乘务员，询问一下确切的时间，好重新校正一下手表。等她走到乘务员的座位时，却发现那里空无一人。犹豫了片刻之后，她向另一节车厢走去。她看着眼前这条长长的、昏暗的走廊，突然惊讶地发现一个男人正站在一间包厢门前，手放在包厢的门把上，而这个包厢正是那位穿着貂皮大衣的女士的包厢，应该说，她只是凭直觉认为那是她下午去过的包厢，走廊忽明忽暗，她也有可能看错了。他背对着她站在门口，看起来似乎犹豫了一两分钟的样子，然后慢慢转过身来。当凯瑟琳看清这位男士的脸时，那种命中注定的奇怪感觉又向她袭来，她已经见过他两次了：一次在萨伏依酒店的走廊里，另一次在库克旅行社里。他随后又转身打开了包厢的门，走了进去，随即又关上了门。

一个念头闪过凯瑟琳的脑海，难道这位就是今天白天那位女士所说的那个人吗，那位她为之踏上这段旅途的男子？

很快凯瑟琳就告诫自己不要过于异想天开，最大的可能就是她认错了包厢。

她回到了自己的包厢里。五分钟后，车速慢慢变缓，刹车器发出一声又长又哀怨的嘶鸣，又过了几分钟，火车停在了里昂市内的一个站台边。

第十一章　谋杀

　　第二天早晨凯瑟琳在阳光中醒来。她早早就去了餐车吃早饭，但是没遇见一个熟人。回到自己包厢的时候，她看到包厢内已经被一位留着弯曲的胡子、满面愁容的黑皮肤乘务员整理干净了。

　　"女士您真是幸运！"他说，"今天的阳光很明媚，如果是阴天的话会很让人扫兴的。"

　　"是的，的确如此。"凯瑟琳说。

　　乘务员正准备要离开。

　　"女士，列车有些晚点。"他说，"快到尼斯时我会通知您的。"

　　凯瑟琳点了一下头，她坐在窗口边，欣赏着在阳光照耀下的自然风光：棕榈树树林，深蓝色的海面，淡黄色的合欢树。这一切都深深地吸引着这位十四年来都只在英国度过单调冬天的女士。

　　火车到达戛纳的时候，凯瑟琳到站台上散了一会儿步。她好奇地看了看那位穿貂皮大衣的女士的包厢，窗帘紧紧地拉上了，整列火车里，只有她包厢的两扇窗户的窗帘是拉上的。凯瑟琳又徘徊了一会儿便回到了车厢，当她经过那位女士的包厢时，发现两个房间的门都是锁住的，看来，这位女士并不喜欢早起啊。

　　不久之后，乘务员就过来通知凯瑟琳说列车很快就要到尼斯了。凯瑟琳给了他小费,他道了谢,可是仍然踟蹰着没有离去。他的行为实在是太古怪了,一开始凯瑟琳还在想是不是因为自己的小费给少了,但后来她发现完全不是因为小费的问题。他脸色煞白,浑身颤抖着,好像刚刚遭遇了什么这辈子最可怕的事情。他仔细端详了凯瑟琳一会儿,唐突地问:"请原谅我的无礼,女士,请问有人在尼斯车站接您吗?"

"也许会有。"凯瑟琳说,"怎么了?"

但这个人只是摇了摇头,嘟囔了几句凯瑟琳没听清的话,就转身离开了。在接下来的时间里,这位乘务员再也没有出现过。列车终于到站了,乘务员适时出现,帮着凯瑟琳从窗口往外递行李。

凯瑟琳在站台上迷茫地站了一会儿,这时走过来一位年轻俊朗的男士,犹豫地向她问道:

"您是格雷女士吗?"

凯瑟琳点了点头。年轻人爽朗地笑着说:"我是丘比,坦普林女士的丈夫。我希望她向您提起过我,但也可能她忘了。您拿到您的行李牌了吗?我今年来的时候就把我的行李牌弄丢了,您绝对想不到这件事儿处理起来有多麻烦,典型的法国官僚主义!"

凯瑟琳把行李牌交给了他,正想同他一起离开,突然耳边响起了一个非常有礼貌的声音:

"请您稍等一会儿,女士。"

凯瑟琳回头一看,她的身后是一位男士,他的身形在缀满了金色装饰物的制服下显得非常瘦小,这个人解释道:

"还有一些手续要办。如果您能跟我去一趟,我将非常荣幸。警察局的那些规定——"他挥了挥手臂,"多半都很无聊,但没办法，规定就是规定。"

由于法语水平有限，丘比·艾万斯先生对刚刚那段话只听了个大概。

"这正是法国佬惯有的作风。"艾万斯先生嘟囔着说。他是那种典型的英国人，当他们身处他国时从不会将自己当成外人，并且还对当地人的行为举止深恶痛绝。"他们永远都会找一些这样那样的可笑借口。即便如此，他们也从未在这个火车站上拦住过什么人。他们居然拦住了您，这实在是太新奇了。我想您必须得跟他走一趟了。"

凯瑟琳同这位男士一同离开了。而让她有点惊讶的是，这位男士带着她来到了一节停靠在支线轨道的火车车厢外，而这节车厢正是属于刚刚那辆"蓝色特快"的。他在前面领着凯瑟琳走进车厢，经过走廊，来到一个包厢前，替她拉开了门。包厢里坐着一位看起来颇为自负的政府官员，他身边那位相对普通的人应该是书记员。这位政府官员彬彬有礼地站起来，向凯瑟琳鞠了一躬，然后说道：

"请您原谅，女士，还有些手续没办完。您会说法语吧？"

"完全没有问题，先生。"凯瑟琳用法语回答道。

"那太好了，您请坐。我是警察局的局长，您可以称呼我为科先生。"他一边说着，一边自豪地挺起了胸膛。凯瑟琳试着让自己看起来十分崇敬这位局长。

"您想检查一下我的护照吗？"她问道，"这就是，您可以拿去看看。"

警察局局长用敏锐的目光注视着她，咕哝了一声。

"谢谢，女士。"他说着从她手中接过护照，清了清嗓子，"不过，我最想要从您那儿了解的是一些小情况。"

"情况？"

局长缓缓点了点头。

"是有关您的那位旅伴的事情，那位曾在昨天与您一起吃午饭的女士。"

"那我恐怕无法向您提供任何关于她的情况。她对于我来说完全就是一个陌生人，我们只是在昨天午饭时才聊了会儿天。在此之前我从未见过她。"

"可是，"局长严肃地说，"午饭结束后，您还和她一起去了她的包厢，在那儿你们又聊了很久，不是吗？"

"是的，"凯瑟琳回答道，"是这样。"

局长似乎还等着她继续往下说点什么，他用鼓励的眼光看着凯瑟琳。

"然后呢，小姐？"

"然后什么，先生？"凯瑟琳反问道。

"也许您可以跟我说说，你们之后都聊了什么。"

"我可以告诉您。"凯瑟琳说，"但此刻，我不明白您有什么理由要求我这么做。"

作为一位英国人，这时的凯瑟琳有些愤怒，这位法国官员的行为在她看来非常无礼。

"没有理由？"警察局局长嚷嚷出声，"好吧，女士，我可以向您保证我完全有正当的理由。"

"很好，也许您应该说给我听听那是什么理由。"

局长摩挲着自己的下巴，默不作声地思索了一会儿。

"女士，"他终于开口了，"理由十分简单。刚刚我们谈论的那位女士今晨死在她的包厢里了。"

"死了！"凯瑟琳倒抽一口凉气，"怎么死的？因为心脏病吗?"

"不,"局长沉思着说,"不是因为疾病,她是被谋杀的。"

"谋杀!"凯瑟琳尖叫道。

"所以您明白了吧,小姐,为什么我们会如此迫切地想要知道关于她的一切情况。"

"但她的女仆肯定……"

"女仆已经失踪了。"

"噢!"凯瑟琳思绪混乱,说不下去了。

"乘务员曾经看到您在她的包厢里与她聊过天,因此他向我们汇报了这一情况。这也是我们找您来这儿的原因,我们希望能从您这里打听到任何有关那位女士的线索。"

"可惜的是,"凯瑟琳说,"我甚至都不知道她姓甚名谁。"

"她姓凯特林。我们是从她的护照和皮箱上的名牌得知的。如果我们……"

这时有人敲了敲包厢的门。科先生不满地皱了皱眉,微微将门打开了一条六英寸的缝隙。

"什么事?"他蛮横地嚷着,"我正忙着呢。"

凯瑟琳昨天晚饭时遇见的那位蛋形脑壳的人,正笑容可掬地出现在门口。

"我是赫尔克里·波洛。"他说道。

"不会吧。"局长结结巴巴地说,"不会是那位赫尔克里·波洛吧?"

"没错。"波洛先生说,"科先生,尽管看起来您已经把我忘了,但我记得咱们曾在巴黎的保安局见过一面。"

"没有,先生,怎么会呢。"局长热情高涨地说,"您快请进来,您知道这起——"

"对，我已经知道了。"波洛回答道，"我只是过来看看，能不能帮上些什么忙。"

"那简直是我的荣幸。"局长立即回答说，"波洛先生，请允许我为您……"他向仍握在手中的护照看了一眼，"介绍一下这位女士，呃，这位格雷小姐。"

波洛向凯瑟琳微微一笑。

"说来还真有点儿奇怪。"他轻声道，"这次我的预言竟然这么快就应验了。"

"唉！这位女士所知道的情况太少了。"局长说。

"我已经告诉局长先生了。"凯瑟琳说，"我完全不认识那位可怜的女士。"

波洛点点头。

"可是您与她聊过天，对吗？"他温和地问道，"您总该对她有点儿印象吧？"

"是的。"凯瑟琳深思地说，"我想她确实给我留下了一些印象。"

"是什么样的印象呢？"

"对，小姐！"局长突然走上前，"请您跟我们说说她给您留下的印象。"

凯瑟琳坐在那儿将整件事情在脑子里梳理了一遍。尽管她觉得这样做有点儿辜负那位女士的信任，但"谋杀"这两个丑陋的字眼悬在她的耳边，让她不敢再有所隐瞒。于是她尽可能的一字一句地向这个包厢里的其他人复述了她和那位现在已经死去的女士的对话。

"非常有趣。"局长说道，瞥了一眼那位鸡蛋脑壳的男士，"呃，波洛先生，很有意思吧？至于是否与这起犯罪有关……"他没有把话说完。

"我猜想她应该不是自杀吧。"凯瑟琳猜测着问。

"当然。"局长说,"绝不可能是自杀。她是被人用一条黑绳子勒死的。"

"天啊!"凯瑟琳战栗着说道。科先生歉意地摊开双手说:"当然,这是一起极其不愉快的案件。我想我们列车上的这些歹徒比起贵国境内的要更为凶残。"

"这太可怕了。"

"没错,没错。"他试着抚慰她的情绪,"但您非常有勇气,小姐。打从我见您第一眼起,我就这样告诉自己:'这位小姐看起来非常勇敢。'这也是我希望您能多帮我们点儿忙——可能让人不是很愉快的忙——的原因。但我可以保证,将要请您做的那些事情对我们来说是相当必要的。"

凯瑟琳胆怯地望着他。

他抱歉地伸出手。

"小姐,劳您的驾,陪我到另外一个包厢里去一趟。"

"我非去不可吗?"凯瑟琳萌生怯意。

"总得有人去确认一下尸体身份。"局长说,"既然那位女仆失踪了——"他意味深长地咳嗽一声,"在这列火车上,也只有您与她相处的时间最长了。"

"好吧。"凯瑟琳轻声说,"如果必须要——"

她站起身来,波洛赞许地向她点点头。

"您很通情达理。"波洛说,"科先生,我能跟你们一起去吗?"

"荣幸至极,波洛先生。"

他们来到走廊上,随即科先生打开了死者包厢的门。远处那

85

扇窗的窗帘已经被拉开了一半,因此他们可以清楚地看到包厢里的情况。死者躺在他们左手边的那张卧铺上,她看起来是如此安详,就好像仍在熟睡一样。她的身上盖着床单,脸冲着墙壁,只有赤褐色的卷发露在外面。科先生缓缓地扶住她的肩膀,将她的身子转过来,好让另外两个人看清她的脸。凯瑟琳被眼前出现的情景吓得往后退了一步,双手紧握,手指甲都陷进了手掌心里。眼前的这张脸遭受了痛击,五官被毁,已经难以分辨出原来的容貌。波洛发出了一声惊叹。

"我想知道这一击是在死亡前还是死亡后打的?"他问道。

"医生说是死亡后。"科先生说道。

"奇怪。"波洛愁眉紧锁。他转向凯瑟琳说道:"您要勇敢一点儿,小姐,麻烦您再仔细看看她,您能确定眼前这位女士就是昨天与您在火车上聊天的那位吗?"

凯瑟琳鼓起勇气仔细端详了眼前这具横卧的尸体。然后她走上前,抬起了这位女士的手。

"我完全可以确定这就是她。"她终于说道,"虽然脸已被毁得难以辨认,但整个身形和姿态都让我确信是她。除此之外,还有这个——"她指了指死者手腕上的一粒小痣,"在同她聊天的时候,我注意到她的手腕上有这颗痣。"

"很好。"波洛称赞地说,"您是一位极好的证人,小姐。毫无疑问,死者的身份已经确认了。但是,仍然有一些古怪。"他皱着眉,困惑地注视着眼前这具尸体。

科先生耸了一下肩膀。

"很明显,凶手是在暴怒之下作的案。"他说道。

"如果她是因脸上这一击致命的话,那还可以理解。"波洛自言自语地说,"但凶手是趁她不注意时,偷偷溜到她的身后出手勒死了她。他卡住她的脖子，她的喉咙口发出"咯咯"的声音，是的，这些都会弄出点儿声响。然后，再重重地划开她的脸。可问题是，凶手为什么要这么做？他难道希望通过毁坏她的脸来让她的身份不易被辨认吗？或者说，凶手是如此憎恨死者，就算已经勒死了她，还是忍不住想要毁了她的脸以此泄愤吗？"

凯瑟琳战栗着，波洛很和善地转向她说道：

"小姐，您最好别让我的这些念叨打扰到您。"他说，"对您来说，这一切都是从未遇见过的可怕事情，而对我来说，唉！这些早已司空见惯了。请您二位再给我一点儿时间。"

凯瑟琳和科先生背靠着门站着，看着波洛在包厢内迅速地来回扫视。他仔细看了看整齐地叠放在死者床铺上的那些衣物、吊钩上挂着的那件皮大衣、被扔在置物架上的那顶红色的漆皮帽子。然后他来到与这个包厢相连的另外一个包厢里，就是那个凯瑟琳曾看到女仆坐过的地方。这里的床铺根本就没人睡过，三四张毯子零乱地放在那里，除此之外还有一个帽盒以及一些手提箱。他突然对凯瑟琳说道：

"您昨天来过这儿。现在与昨天相比，您是否察觉到房间里有什么变化？有什么东西少了吗？"

凯瑟琳仔细地看了下这两间包厢。

"是的。"她说，"有一样东西没了——一个红色的摩洛哥山羊皮制的盒子，它上面还有'R.V.K.'这三个字母。它可能是一个小的衣服箱子或者也可能是一个大的珠宝箱。我看到的时候，它正被那个女仆抓在手里。"

"是这样啊。"波洛说道。

"但是，很显然。"凯瑟琳说道，"我——我当然不懂这些事。但现在这事情看起来很明显不是吗？女仆和那个珠宝箱一起消失了。"

"您认为女仆是个小偷？不，小姐，有个很充分的理由证明了您这个推断是错误的。"科先生说道。

"什么理由？"

"那位女仆被留在了巴黎。"

科先生转向波洛。"我想请您听听乘务员是怎么说的。"他带着一种处理机密事务的口吻低声说道，"他的话很有建设性。"

"我想这位小姐肯定也想听听吧。"波洛说，"您不会拒绝我这个请求吧？局长先生？"

"不会。"警察局局长说，但很明显他的语气里满是想要拒绝的意味。"当然不会了，波洛先生，既然您都已经开口要求了。您在这里的工作都完成了？"

"是的，快结束了，再给我一点点时间。"

他翻来覆去地检查着那些毯子，还拿着其中一块到窗户口仔细端详，然后用手指从上面取下来了什么东西。

"您找到了什么？"科先生好奇地问道。

"四根赤褐色的头发。"他低下头看了眼死者，"没错，正是这位女士的头发。"

"这意味着什么呢？您看出这里面有什么玄机了吗？"

波洛把毯子放回到座位上。

"这意味着什么？这个线索重要吗？在现在的情况下，谁都无法下任何判断。但我们不能轻易放过任何细微的线索。"

他们又回到了之前询问凯瑟琳的那个包厢里，不多一会儿，乘务员便到了。

"你叫皮埃尔·米歇尔？"警察局局长问道。

"是的，局长先生。"

"我想让你向这位先生，"他示意了一下波洛，"讲一讲火车在巴黎时的情形，就像你之前告诉我的那样。"

"好的，局长先生。火车刚离开里昂站时，我就进来整理床铺，我那时以为，那位女士可能正在餐厅里吃晚饭，可是我到了那里却发现她自己已在包厢中订了餐。她告诉我说她把女仆留在了巴黎，我只需要铺一张床就可以了。在我铺床的时候，她拿着饭盒坐到了隔壁的包厢里。她还对我说，天亮的时候不要过早地叫醒她，她要多睡一会儿。我说我会照办的，最后她向我道了声'晚安'。"

"你没有到隔壁的包厢里去过吗？"

"没有，先生。"

"所以你也没有注意到她的行李当中有个摩洛哥山羊皮制的红色盒子？"

"我没有看到，先生。"

"你认为在隔壁的房间里有可能藏着一个男人吗？"

乘务员想了一会儿。

"门是半开着的。"他说，"如果有人在门后面藏着的话，那我是看不见的。但是，当这位死去的女士走进包厢时，她肯定能够看到。"

"没错，的确如此。"波洛说，"你还有什么要告诉我们的吗？"

"没了，我已经把知道的都告诉了你们。"

"今天早晨呢？"波洛问道。

"早晨的时候我按照要求一直没来叫醒她。在火车快到戛纳时，我总算鼓起勇气敲了敲她的房门，但没有人应答，于是我推门走了进去。那位女士躺在床铺上似乎还在沉睡。我走过去拍拍她的肩膀想叫醒她，然后……"

"然后你就看到了已经发生的一切。"波洛补充说，"很好，我想我已经知道了所有我想了解的信息。"

"局长先生，我希望不会由于我的疏忽而产生任何不良后果。"乘务员很真诚地说，"在'蓝色特快'上居然发生了这种事，真是太可怕了！"

"请你放心，"局长说，"只要符合司法公正，我们会尽力将整件事情平息下去。在我看来，你并没有任何玩忽职守的行为。"

"那么，局长先生，您也会如此向我的上司们报告吗？"

"那当然了，那是当然的。"局长有些不耐烦地说，"目前就先这样吧。"

乘务员退出了包间。

"从法医鉴定的结果来看，"警察局局长说，"很可能在火车到达里昂之前，那位夫人就已经死去了。那么谁是凶手呢？按这位小姐的说法，死者踏上这趟旅途是要去见那位她们所谈论的男士。她将女仆留在了巴黎，这个举动很值得人深思。那位男士是否就是在巴黎上的火车，然后死者就将此人隐藏于另外一个房间里呢？如果是这样，那么他们是否继而爆发了争吵，于是男士在暴怒之下冲动地杀了女士？这种情况很有可能。另外一种与我的猜测更加吻合的情况是，死者遇上了一位火车盗窃惯犯，这位惯犯沿着车厢的走廊一路盗窃，并且还骗过了乘务员，他来到死者的包厢，杀了她之后拿着她的那个红色盒子就下了车，很明显那个盒子里有很多值钱的珠宝。并且嫌疑人很有可能在里昂下了车，我们已经电话通知了那边的警方，让他们密切注视所有在里昂下车的乘客。"

"或者他同大家一起到了尼斯。"波洛插话说道。

"这也有可能。"局长赞同道,"但他如果这样做也太大胆了点儿。"

波洛停顿了一下,说道:

"您刚刚说您认为的第二种情况是惯犯作案?"

局长耸耸肩。

"很有可能。我们应该立刻控制住那个女仆,也有可能那个首饰盒还在她那里。如果首饰盒没丢的话,那么这起案件就与那位神秘的男士脱不了干系,而且有可能是一起激情杀人案。从个人的观点看,我更偏向于这是火车惯盗作的案。这帮土匪这些年越发肆无忌惮了。"

波洛突然看了凯瑟琳一眼。

"那小姐您呢。"他问,"昨晚您看到或者听到什么可疑的情况了吗?"

"没有。"凯瑟琳回答说。

波洛转向警察局局长。

"我认为,我们没有理由再打扰这位小姐了。"他向局长建议道。

局长点头表示同意。

"您是否愿意把您的地址留下?"

凯瑟琳留下了坦普林女士别墅的地址。波洛微微地欠了一下身。

"小姐,您能允许我到贵处拜访吗?"他说,"但或许您的朋友非常多,导致您的日程都已排满了?"

"完全不是这样。"凯瑟琳说,"我的时间很充裕,非常高兴能够接待您。"

"太好了!"波洛向她友好地点了下头,"让我们一起调查这件案子,将它变成咱们两个人的'侦探小说'吧。"

第十二章　雏菊别墅

"所以你就是这样被卷入到这起案子中的！"坦普林女士羡慕地说道，"我的天，这多刺激啊，亲爱的！"她睁大了那双蓝色的大眼睛，轻轻地叹了一口气。

"一桩货真价实的谋杀案！"艾万斯先生扬扬自得地夸耀道。

"当然啦，我们的丘比对这样的事情完全没有概念。"坦普林女士接着说，"他连警察喊你去谈话的原因都不知道。亲爱的，这是多么好的一个机会啊！我肯定你能在这件事里捞到点儿什么好处。"

此时坦普林女士脸上露出的那种精明表情，完全毁坏了她那双蓝色眼睛里的纯真。

凯瑟琳感到有些不快。此刻他们刚吃完午饭，她看着坐在桌边的这三个人：坦普林女士——满脑子都想着那些精打细算的计划；艾万斯先生——天真地傻乐着；蕾诺斯——她那深色的面庞上露出了一抹怪异的笑容。

"你的运气该有多好啊！"丘比低语道，"我真希望我能跟你一起经历这个事件，看看这一切到底是怎么发生的。"他的语调里充满了孩子般的憧憬。

凯瑟琳没有接他的话。警方并没有要求她保守秘密，而且很显然，要遮盖住警察曾找她聊过天这件事或者想要不与这位女东道主分享这些内容,都是不可能的。但她情愿警察一开始就严格要求她保密。

"对了!"坦普林女士突然从自己的梦幻中惊醒过来,"我终于想到这时应该做些什么了。一篇详细的报道,这将能带来一小笔收入。一位目击者,一篇以女性的视角写就的文章:'小忆我是如何同那位被杀害的女士聊天的',大概就是这样的东西。"

"糟透了!"蕾诺斯说。

"你不懂。"坦普林女士柔和地、渴望地继续说道,"报纸可喜欢为这种花边新闻掏腰包了!当然啦,这篇文章必须要由一位有较高社会地位的人来写。你完全不必亲自动手,亲爱的凯瑟琳,我敢说,只要你给我个框架,我就能编完整个故事。哈维兰先生是我的一位重要朋友,我们在一些问题上达成过共识。他非常讨人喜欢,一点儿都不像其他记者那样惹人烦。凯瑟琳,你觉得这个主意怎么样?"

"我宁愿什么都不做。"凯瑟琳毫不客气地说。

这种断然的拒绝使坦普林女士大吃一惊。她叹了一口气,转换了话题,想再多打听点儿这件案子的详情。

"你刚刚说那是一位容貌出众的女士?我很好奇她到底长什么样。别人没有告诉你她的名字吗?"

"告诉过我,"凯瑟琳点头承认道,"但是我不记得了。我当时非常心烦意乱。"

"我也这么想。"艾万斯先生说道,"这件事不论发生在谁身上都会是个非常大的打击。"

但其实,就算凯瑟琳还记得那位死者的名字,她也未必会告诉坦普林女士,坦普林女士那些各种各样的提问已经引起了凯瑟琳的反感。蕾诺斯敏锐地注意到了这一点,于是她主动提出要带凯瑟琳上楼去看看她的房间。蕾诺斯把凯瑟琳带到了她的房间，在她离开前，她对独自留在屋里的凯瑟琳说："请您务必要原谅我的母亲，就算是对她自己那已经去世的外婆，她也是有一分就想着去赚一分。"

蕾诺斯走下楼，看到她的母亲正在和继父讨论着家里的这位客人。

"很不错。"坦普林女士说，"很中看。她的服装都很得体。那件灰色的裙子与格拉黛丝·库珀[①]在《埃及的棕榈树》那部电影里穿过的款式一样。"

"你注意到她的那双眼睛了吗——怎么了？"艾万斯先生的话被打断了。

"别想着她的眼睛了，丘比。"坦普林女士尖锐地说，"我们来谈谈眼下最要紧的事儿。"

"好吧，我闭嘴。"艾万斯先生不再作声。

"她对我好像，不是那么的，嗯，顺从。"坦普林女士犹犹豫豫地选择了这个词语来形容凯瑟琳女士的态度。

"就像书里说的那样，她那样的人自带淑女的属性。"蕾诺斯咧嘴一笑说道。

"目光狭隘。"坦普林女士低语，"我想那是因为受之前的环境所局限。"

"那你得费番功夫去拓展她的眼界了。"蕾诺斯又是一笑，说道，"但你很可能是竹篮打水。你刚刚也注意到了，听了你那番话，她完全没有想配合的意思。"

[①]格拉黛丝·库珀（Gladys Cooper，1888—1971），十九世纪英国著名演员。主要作品有：《像我这样的女孩》《窈窕淑女》《开心家族》《秘密花园》《包法利夫人》《多佛的白色悬崖》等。

"不管怎样。"坦普林女士满怀希望地说道,"在我看来,她不像是那么吝啬的人。有些人,总是会把钱的问题看得过于严重。"

"噢,好吧,那看来你将很容易在她身上得到你想要的东西。"蕾诺斯说,"毕竟,这也是当前最要紧的事情,不是吗?也是你把她请到这儿来的原因。"

"我请她来是因为她是我的堂妹。"坦普林女士一本正经地说。

"堂妹?嗯?"艾万斯先生打破了自己原来的沉默状态,"那我可以直接称呼她为凯瑟琳了,是吗?"

"你怎么称呼她都不重要,丘比。"坦普林女士说。

"很好。"艾万斯说道,"那我以后就称她为凯瑟琳好了。你觉得她会打网球吗?"他又满怀希望地问道。

"当然不会了。"坦普林女士说,"我告诉过你,她一直是个保姆。保姆是不会去打网球或高尔夫球的,可能会玩玩槌球①,但我想她们每天也就是干缠缠毛线啊,帮宠物狗们洗澡之类的活儿。"

"噢,苍天啊!"艾万斯先生说,"她们真的要做这些事吗?"

蕾诺斯又一次来到了凯瑟琳位于楼上的房间里,她推开门,相当敷衍地问:"我能进来吗?"

见凯瑟琳没有反对,她径直走进了房间,坐在了凯瑟琳的床沿上,满脸探究地望着眼前的这位客人。

"你为什么要来这儿呢?"最后她终于问出了口,"我是说,为什么要来这里跟我们待在一块儿。很显然,我们都不是你乐于相处的那一类人。"

---

①起源于法国,在平地或草坪上用木槌击球穿过铁环门的一种室外球类游戏。

"呃，我很迫切地想要加入上流社会。"

"别说这种傻话了。"蕾诺斯敏锐地捕捉到那一闪而过的笑容，迅速反应道，"你非常清楚我说的是什么意思。你同我想象中的不大一样。我是说，你居然还有一些非常漂亮的衣服。"她唉声叹气着，"但它们对我来说没什么用。我长得不好看，但是又喜欢漂亮衣服，真是太遗憾了。"

"我也喜欢。"凯瑟琳说，"但我至今也没穿过几件。你觉得这件如何？"

她和蕾诺斯满怀热情地讨论了好几套衣服。

"我很喜欢你。"蕾诺斯突然说，"我原本上来是想提醒你别掉入我妈的陷阱里，可现在看来这种提醒毫无必要。你拥有真诚、正直等等这类奇怪的性格，但你绝对不傻。噢，天啊！现在又是什么情况？"

坦普林女士那哀怨的声音从大厅里传来：

"蕾诺斯，德里克刚刚来电话说他晚上要过来吃晚饭，一切都没问题吧？我是指不会出现什么让人尴尬的东西吧，例如鹌鹑之类的？"

蕾诺斯下楼安抚了一会儿她的母亲便又回到了凯瑟琳的房间。她的脸庞看起来明亮了许多，心情看上去很不错。

"真高兴老德里克要到这儿来。"她说，"你会喜欢他的。"

"德里克是谁？"

"他是雷康布里伯爵的儿子，之前同一位很有钱的美国女人结了婚。女人们都对他很着迷。"

"为什么？"

"因为一个很常见的理由：他是个漂亮的花花公子。女人们都喜欢这样的男人。"

"你也是吗?"

"我有时也挺喜欢这样的。"蕾诺斯说,"但有时我又想找一个为人和善的乡下牧师结婚,一起住在农村,在农场里种点菜。"她停顿了一会儿又加上一句:"如果是爱尔兰的牧师那就最好了,要是这样的话,我就得好好找找。"

过了一会儿之后,她继续讨论上一个话题:"这位德里克有点儿古怪。你知道的,那样的家庭净出一些很疯狂的赌棍。过去,他们甚至都能输掉老婆和房产,而之所以要玩这种刺激的游戏仅仅只是因为他们喜欢玩。在这些嗜赌成性的人中,德里克可以称得上是一位完美的赌徒,他温文尔雅却又放浪不羁,而礼数又往往恰到好处。"她站起来走到门口,"你要是有兴趣的话,也可以下楼来看看。"

当屋里只剩下凯瑟琳一个人时,她深思起来。现在,她身边那种既宽松又嘈杂的环境让她感到特别疲惫。她那脆弱的神经还没从"蓝色特快"上那桩谋杀案中平复,这里的新朋友对这起案件的反应又让她的神经紧绷起来。她细细回想了那位被谋杀的女士。她虽然对露丝的死表示遗憾,但她又不能违心地说她对这位女士有什么好感,露丝身上所表现出来的那种极端的利己主义,让她不太喜欢。

在她抓住时机离开露丝的包厢时,她的心情有点儿愉悦,但也有那么一丁点儿受伤,因为当时露丝的态度有些冷漠。凯瑟琳很确信那时露丝已经做了某种决定,但她不知道那是什么样的决定。然而不管那是什么,死神伸出了魔爪,一切都成了泡影。这一趟命运之旅竟然以这样一桩残忍的凶杀案收尾,实在让人唏嘘。突然,凯瑟琳想起一件事,这件事她本应该告诉警察,只是当时一紧张就忘记了。但这件事真的重要吗?她想到自己确实目击那位男士进了那间包厢，但又意识到她可能看错了，可能那位男士进的是旁边的一间包厢，而且他看起来可一点儿都不像什么火车大盗。她清楚地记得与他前两次邂逅的情景——一次在萨伏依酒店，一次在库克旅行社。对，她肯定是搞错了。那位男士绝不可能进死者的包厢，没对警察提起这件事就对了，要不然肯定会给那位男士带来数不尽的麻烦。

她下楼，来到室外平台，加入了其余三个人的聊天中。她一边透过合欢树的枝杈注视着地中海上的蓝色波浪，一边漫不经心地听着坦普林女士和她闲聊，她很高兴最终还是来到了这里，这儿比圣玛丽米德要好太多了。

那天晚宴的时候，她在自己的房间里换上了那件被称为"秋日之叹"的礼服，微笑地注视着镜中的自己，然后带着一种生平第一遭的害羞心情走下了楼梯。

坦普林女士的大多数客人此时都已经到了。尽管坦普林女士的聚会一向都是以喧闹著称，可今天的场面已完全陷入了一片嘈杂之中。丘比向凯瑟琳跑来，递给她一杯鸡尾酒，护着她一路往前走去。

"你总算来了，德里克！"当大门打开迎进了最后一位客人时，坦普林女士尖叫了一声，"现在我们终于可以吃点东西了，我都快饿死了。"

凯瑟琳的目光越过房间向门口看去，她吓了一跳。这位——原来就是德里克。但她又意识到自己并没有很惊讶。她知道在奇妙的缘分之链的牵引下，自己一定会第四次见到他。他停住了脚步，与坦普林女士交谈了一会儿之后又继续向屋里走。他们又都一起来到了饭桌前，凯瑟琳发现，德里克的座位正好被安排在她旁边。他立刻转向她，脸上带着迷人的微笑。

"我就知道，我们很快就会再见的。"他说，"我只是没有想到会在这种场合下相遇。但这一切都是命中注定。在萨伏依酒店遇见一次，在库克旅行社又遇见一次，人们不都说'事不过三'嘛。您千万别说您不记得我或者没有注意过我，无论如何，我都坚持认为您已经关注到我了。"

"噢，我确实注意到您了。"凯瑟琳说，"但是你我今天的相遇并不是第三次，而是第四次。我之前在'蓝色特快'上见过您。"

"'蓝色特快'！"他的态度突然有了细微的变化，但凯瑟琳很难分辨出这是一种什么样的变化。就好像他突然被按了停止键，暂停了一会儿。然后他谨慎地问道：

"今天早晨的谣传到底是怎么回事？列车上真的死人了？"

"是的，"凯瑟琳缓缓地说，"是有人死了。"

"人啊，千万不能在列车上死掉。"德里克评论道，"我相信这将会引起各种各样的法律问题和国际问题，最重要的是这又给火车的一再晚点找到了新的借口。"

"凯特林先生？"坐在他对面的一个美国胖女人，向前倾着身子，故意用夸张的美国口音与他攀谈。"凯特林先生，我敢打赌您早就把人家忘了，可我还惦记着您这样一位讨人喜欢的人呢。"

德里克也前倾着身子，同那位女士交谈起来，而一旁的凯瑟琳却陷入了无限的震惊中。

凯特林！是的，就是这个姓氏！她想起来了，但现在这个情景是多么讽刺啊！昨晚她看着眼前这位男子走进他妻子的包厢，当然，在他离开包厢的时候，他的妻子肯定还安然无恙，现在，他坐在晚餐桌前，浑然不知自己的妻子遭受了怎样的厄运。是的，毫无疑问，现在的他什么都还不知道。

一位仆人向德里克耳语了几句，并递给他一封信。他向坦普林女士说了声抱歉之后就拆开了信。一种强烈的惊讶之情浮现在他的脸上，接着他对今晚聚会的女主人说道：

"这件事非同寻常。罗莎莉，万分抱歉，我不得不离开这里了。警察局局长要立刻见我。我不知道是什么事。"

"你犯了什么法吧。"蕾诺斯开玩笑说。

"很有可能，"德里克说，"也有可能是些无聊的蠢事，但无论如何我都得赶紧去一趟。这老小子怎么敢把我从晚饭桌上叫走呢？最好是真的有什么要紧事值得让他这么做。"他笑着推开椅子，站起身走出了房间。

第十三章　致冯·阿尔丁的电报

二月十五日下午的伦敦飘起了一阵黄色的薄雾。在这种天气里，鲁夫斯·冯·阿尔丁仍在萨伏依酒店的套间里孜孜不倦地工作着。过去的那几天，奈顿过得十分高兴，因为他发现他的这位老板总有点儿心不在焉，每当他鼓起勇气去催促冯·阿尔丁处理一些紧急公务时，总会被相当草率地拒之门外。而现在，冯·阿尔丁似乎打起了比平时多一倍的精神投入到了工作中，作为秘书的奈顿也充分利用了这段时间努力工作着。机智如奈顿，他总能不留痕迹地掩盖住自己那些触角，不让冯·阿尔丁察觉出他有任何情绪上的异样。

然而在这样忘我的工作中，冯·阿尔丁头脑中那点小小的忧虑还是被秘书无意中的一句话给点燃了。这股担忧的小火苗在他思维的田野里越燃越旺，逐渐扩大，最后他的整个思维都被这种担忧所占满了。

他一如既往地凝神听着奈顿的报告，但实际上没有听进去一个字。他毫无表情地点点头，当秘书正准备拿起另外一个卷宗时，冯·阿尔丁开口了：

"你能不能再跟我讲一下那件事，奈顿？"

秘书霎时间蒙了。

"您是指这件事吗，先生？"他拿起一份刚写好的公司报告。

"不，不，"冯·阿尔丁说，"我是指，你刚刚说昨晚你在巴黎遇见了露丝的女仆。我实在想不通这件事。你一定是弄错了吧。"

"我没有弄错，先生，我还和她当面谈过话。"

"好吧，那再跟我说说这整件事吧。"

奈顿顺从地继续说："我同巴尔特梅公司会谈结束之后就去了里兹饭店拿我的随身物品，当时我打算吃完晚饭就去巴黎北站乘九点的火车回来。可是在饭店的大厅里我看见了一位女士，我非常确定她就是凯特林夫人的女仆，于是我走上前去问她凯特林夫人是否与她一起在巴黎。"

"好吧，好吧。"冯·阿尔丁说，"你当然会以为她们在一起了。然后女仆就告诉你说，露丝继续乘火车去里维埃拉，而把她留在饭店里，等待进一步的指示？"

"对，就是这样，先生。"

"这太奇怪了。"冯·阿尔丁说，"非常奇怪。除非这个女仆犯了什么错或者行为不端，要不然露丝怎么会留下她呢。"

"如果是这样的话，"奈顿插话说，"那么凯特林夫人应该就会打发她回英国吧？让她待在里兹，这不太像凯特林夫人的做法。"

"对。"百万富翁嘟囔了一句，"没错。"

他本来还想说什么，但没有说出口。他很喜欢也很相信奈顿，但无论如何也不愿意与秘书讨论他女儿的私事。露丝的不坦白早就伤了他的心，而现在这个意外的消息则更让他感到忧虑。

为什么露丝把女仆留在了巴黎？她这么做的目的或者动机又是什么呢？

他思考了所有的可能性，露丝身上到底发生了什么事呢？她应该没有料到，事情居然会这么凑巧，女仆在巴黎遇到的第一个熟人竟然是她父亲的秘书吧。但是，事情不都是这样发生的吗，不都是这样凑巧地被旁人撞破的吗？

无意中想到这里，却让他面部的肌肉一阵抽搐，他的女儿难道真的有什么事情要"被撞破"吗？他真恨自己为何要想到这个问题，因为答案是显而易见的——他非常确信：阿尔曼特·德·拉·罗歇。

对冯·阿尔丁来说这是一件非常痛苦的事：他的女儿居然被这种人愚弄了。然而他不得不承认，这样的女人很多——任何一个有教养且聪明的女人都会轻易被这位伯爵的魅力所征服。男人总是很容易看清另外一个男人，而女人则不然。

此时他找了个借口来消除秘书的怀疑。

"露丝总是这样，经常改变自己的计划。"他说道，然后用一种漫不经心的口吻问道："那个女仆，有没有说任何，呃，有关为什么要改变计划的原因呢？"

奈顿尽量控制着自己说话的语调，努力显得自然一些，他回答说：

"女仆说了，先生，那是因为凯特林夫人偶然遇到了一个熟人。"

"是这样吗？"

奈顿那训练有素的耳朵捕捉到了老板那听似平静的语调里所隐藏的紧张情绪。

"好吧，我明白了。是一位男士还是女士啊？"

"据我所知，她说的是一位先生。"

冯·阿尔丁点了点头，他最担心的事情被证实了。他从椅子上站起身来，在屋里来回地踱着步子。每当感到焦虑不安时，他

总是习惯这样做。他再也控制不住此刻的情绪,脱口而出:

"有一件事情男人永远无法办到,那就是说服一个女人听从理智的指引。不论怎样,她们似乎就没有这种概念。而说到女性的本能,为什么,为什么全世界的人都知道凡是流氓恶棍,其身边必有一个女人跟着他。在遇到恶棍时,她们十个里面都没有一个人能分辨出来。那些家伙只要打扮得讨人喜欢,再说点儿漂亮话准保能俘获芳心。如果我有办法——"

他的话被打断了:听差拿来了一封电报。冯·阿尔丁打开电报,脸刷的一下变得惨白。他扶住了椅子背,以免跌倒在地,然后向听差挥了挥手让他出去。

"发生了什么事?先生?"

奈顿关切地问。

"露丝!"冯·阿尔丁嘶哑着嗓音说。

"凯特林夫人?"

"死了!"

"火车出事了?"

冯·阿尔丁摇了摇头。

"不是,从这份电报来看,她的财物似乎也被洗劫了。他们虽然没有这么写,但是奈顿,我可怜的孩子被谋杀了。"

"噢!天啊!"

冯·阿尔丁用食指轻叩着那封电报。

"电报是从尼斯警察局发来的,我必须乘最近的一趟车去那儿。"

奈顿像往常一样高效,他瞥了一眼时钟。

"有一趟五点从维多利亚火车站出发的班车。"

"好的。你陪我一起去,奈顿。告诉阿切尔我要出门,把你的行李整理一下,然后留在这里安排好一切。我要先去一趟柯曾街。"

电话铃尖锐地响了起来,秘书拿起了听筒。

"是的,请问您是哪位?"

他转头看向冯·阿尔丁:

"先生,哥比先生在楼下等着见您。"

"哥比?我现在没时间见他。不——等一下,我们还有时间。让他上来吧。"

冯·阿尔丁先生是一位坚强的人,他此时已经恢复了往日的镇定。在他同哥比先生打招呼的时候,人们很难从他的脸上发现什么异样。

"我现在赶时间,哥比。你过来是有什么重要的事情要告诉我吗?"

哥比先生咳嗽了一声。

"先生,事关凯特林先生的最新动向,您说过要及时向您报告的。"

"是的,怎么了?"

"凯特林先生昨天上午从伦敦出发到里维埃拉去了。"

"什么?"

他的语调让哥比先生大为惊讶。这位情报领域的行家与客户交谈时从不正视对方,而今天冯·阿尔丁先生的这种反应让他破了例,他偷偷瞄了一眼对面的百万富翁。

"他乘的是哪一趟车?"冯·阿尔丁问道。

"蓝色特快。"

哥比又咳了一声,望着壁炉上面的挂钟说道:

"米蕾小姐,就是那位帕提农的舞蹈演员,也同车前往。"

第十四章　艾达·梅森的证词

"先生，我们对您的到来表示最诚挚的敬意，对令爱的遭遇表示极大的惶恐与深切的同情。"

此时，卡内基治安官和警察局局长科先生与冯·阿尔丁先生在一起，科先生嘟囔着表达自己的遗憾之情。冯·阿尔丁先生粗暴地挥了挥手，将这些敬意、惊恐和同情都挥散在一旁。他们正站在尼斯的地方预审治安官办公室里，除了他们三人之外，房间里还有一位先生，这时，这位先生开口道：

"冯·阿尔丁先生，您真是位雷厉风行的人。"

"对了！"警察局局长惊叫道，"我忘了向您介绍了。冯·阿尔丁先生，这位是赫尔克里·波洛先生，您应该听过他的大名。尽管这几年他已经退休了，但他在如今的侦探届仍然赫赫有名。"

"非常高兴认识您，波洛先生。"冯·阿尔丁用多年都没有用过的呆板的客套话与这位侦探寒暄道，"您已经不干侦探这一行了？"

"是这样，先生。现在我正尽情地享受这个世界。"

这位小老头做了一个很浮夸的动作。

"波洛先生碰巧乘坐了这趟'蓝色特快'。"警察局局长解释说，"他十分友好地表示，要用他那丰富的经验协助我们破案。"

百万富翁颇有兴致地看着他，突然开口说：

"我有的是钱,波洛先生。人们都说,有钱人常常自认为他们能用钱买来这世间所有的东西和所有的人。这话并不正确。我在我自己的领域算是个人物,而我现在请求您这个侦探届的大人物来帮我这个忙。"

波洛赞赏地点了下头。

"冯·阿尔丁先生,您说得非常好。我将尽我所能为您效劳。"

"谢谢您。"冯·阿尔丁说,"我只能向您许诺,不论何时我都愿意为您效劳。那么,先生们,现在让我们言归正传吧。"

"我建议,"卡内基先生说,"先审问一下女仆艾达·梅森。据我所知,您已经把她带来了。"

"正是。"冯·阿尔丁说,"我们路过巴黎时把她接来了。尽管听闻女主人的死讯后她非常难过,但说清楚她所知道的事还是能做到的。"

"那现在就把她带进来吧。"卡内基先生说。

他按响了桌上的电铃,过了不久艾达·梅森走进了房间。

她穿着整洁的黑色套装,鼻尖有点发红。她原本的灰色旅行手套也换成了一副黑色的小山羊皮手套。她惊恐地扫视了一圈办公室内的人,但当看见女主人的父亲时,她显得稍微安心了一点。治安官表现得十分亲切,尽力让这个惊恐的姑娘平静下来。波洛先生作为两人的翻译,他那友好的态度也帮助这位英国女士舒缓了紧张的心情。

"您的名字是艾达·梅森,对吗?"

"正是,艾达·碧翠斯是我的教名。"梅森小姐拘谨地答道。

"好的。我们都能够理解,梅森小姐,这起案件一定让您受了很大的刺激。"

"噢,的确如此,先生。我曾为很多女士工作过,并且我觉得她们对我都非常满意。我从未想过在我身边居然会发生这样的事情。"

"是的，没错。"卡内基先生说。

"当然，我也经常在《星期日快报》上看到这样的新闻。那时我总会想那些国外的火车——"她说到这儿突然意识到，在场的这些先生是与这些"国外的火车"同一个国家的。

"现在，让我们梳理一下整个案件吧。"卡内基先生说，"离开伦敦时，您的女主人从没提起过您将被留在巴黎吗？"

"没有，先生。我们是准备同路去尼斯的。"

"在此之前，您和您的主人一同出过国吗？"

"没有，先生。我在我主人那里做事才两个月。"

"在旅途开始后，您有没有发现您的主人有什么不正常的表现呢？"

"她显得有点儿忧心忡忡，敏感又易怒，我不知道怎样做才能让她满意。"

卡内基先生点了点头。

"那么，梅森小姐。您是什么时候知道您要被留在巴黎的呢？"

"在里昂站，先生。我的女主人想到站台上走一走，透透气。她刚走到走廊上就发出了一声惊呼，接着就同一位先生回到了包厢。她关上了那扇与我的包厢相连的门，所以我看不到也听不到他们说了什么，然后她突然打开门，告诉我说行程有所改变。她给了我一些钱让我下车去里兹饭店住下，她说饭店的人和她很熟，他们会给我提供一个房间的，她让我就在那里等待她的进一步吩咐。我刚整理好我的行李跳下火车，火车就开动了，这一切都非常匆忙。"

"在凯特林夫人向您吩咐这些事情的时候,那位先生在哪里?"

"他就在隔壁的包厢里,站在窗前看着外面。"

"您能否向我们描述一下这位先生的模样?"

"呃,先生,我几乎没有看清他的模样。他一直都是背对着我。他个头很高,身着暗色的衣服,我只能记得这么多。他同另一位穿着深蓝色大衣、头戴灰色帽子的先生很像。"

"他是'蓝色特快'上的旅客吗?"

"我觉得不是,先生。在我看来他是专程赶到车站来见凯特林夫人的。不过,当然他也有可能是列车上的乘客,只是我从未想到这点。"

看起来,梅森小姐对刚刚的那个猜测感到有点儿疑惑。

"对了!"卡内基先生轻快地转换到了另外一个话题,"您的主人后来曾要求乘务员早上不要过早叫醒她,在您看来这件事情正常吗?"

"完全正常,先生。主人从来不吃早餐。她经常夜里睡不好,因此早晨总是想多睡一会儿。"

卡内基又转换了话题。

"在你们的行李中有一个摩洛哥山羊皮制的红色盒子,是吗?"他问,"您的女主人的首饰盒?"

"正是。"

"您把这个盒子带到里兹去了吗?"

"我能把女主人的首饰盒带到里兹!噢,不,不可能,先生。"梅森小姐的语调听起来大受惊吓。

"这么说您把首饰盒留在了火车上?"

"是的,先生。"

"您是否知道,凯特林夫人随身带了多少首饰?"

"非常多,尤其是在听闻了国外那些抢劫案之后,我对此时常觉得很不安。我知道它们都是投了保险的,但是带着它们旅行仍然是一场冒险。女主人曾经告诉过我,光是那些宝石就值几十万英镑。"

"宝石!什么宝石?"冯·阿尔丁突然插话道。

梅森小姐转向他说:"先生,我想应该就是不久前您送她的那些宝石。"

"我的天啊!"冯·阿尔丁大叫了起来,"你不是在说她把那些宝石也随身携带了吧?我明明告诉过她要把那些宝石留在银行里的。"

梅森轻咳了一声,那意思似乎在说她只不过是女主人的女仆,只能遵照命令行事。这声咳嗽说明了一个显而易见的问题,那就是梅森拥有一位固执已见的女主人。

"露丝一定是疯了。"冯·阿尔丁咕哝了一声,"她到底想要干什么?"

这时卡内基先生也意味深长地咳嗽了一声,它成功将冯·阿尔丁先生的注意力吸引至自己身上。

"暂时,"他对梅森说,"就是这些了。小姐,请您到隔壁的房间去,在那儿会有人与您核对一下刚才的对话内容,然后麻烦您在记录上签名。"

女仆随着记录员走出了房间。冯·阿尔丁立即转向治安官问道:

"然后呢?"

卡内基先生打开了桌子的抽屉,取出一封信递给了冯·阿尔丁。

"这封信是从令嫒的手提包中找到的。"

亲爱的，（信件内容如下）——我将完全臣服于你，将像所有恋人都厌恶的那样小心谨慎、心无旁骛地跟随你。去巴黎也许不是一个明智的选择，但金银岛却在远离世俗喧嚣的地方，你大可放心，关于这次的行程我将守口如瓶。似乎你本人和你那神圣的怜悯之心都非常喜欢我正在提及的那些名贵的珠宝。毫无疑问，如果能够切实地看到并触摸到这些极具历史价值的珠宝，对我来说将是莫大的荣幸。我将迫不及待地踏上这段通向"火焰之心"的旅途。我亲爱的人儿！很快我将奔向你，弥补这几年来我们的分离之痛以及空虚之苦。

臣服于你的
阿尔曼特

第十五章　罗歇伯爵

冯·阿尔丁在沉默中读完了这封信。他的脸气得通红，太阳穴的血管凸起，一双大手无意识地捏成了拳头，然后他不声不响地把这封信递了回去。卡内基先生此时正紧张地看着写字台，科先生则望着天花板，波洛先生弹了弹袖口上的灰尘。在场的这几人都眼力见儿十足，没有一个人在这个时候盯着冯·阿尔丁看。

最终还是治安官的身份与责任，让卡内基先生不得不打开这个不怎么愉快的话题。

"呃，也许，"他嘟囔着说，"先生您知道这是谁写的信？"

"是的，我知道。"冯·阿尔丁先生重重地说。

"是谁？"治安官探询地问道。

"是一个自称为罗歇伯爵的浑蛋。"

一阵停顿之后，波洛先生起身放直了治安官桌上那把直尺，然后对这位百万富翁说：

"冯·阿尔丁先生，我们非常理解谈论这些事情给您带来的痛苦。但是，请您相信我，隐瞒这些事情并不是一个明智的选择。如果要立案侦查的话，我们必须先了解一切情况。请您仔细想一想我说的话，我相信您能明白这个道理。"

冯·阿尔丁沉默了片刻，然后不情愿地点了点头。

"波洛先生，您说得非常对。"他说，"尽管这一切使我很痛苦，但我不能隐瞒实情。"

警察局局长长舒了一口气，治安官在他那细长的鼻子上架上了一副夹鼻眼镜，靠在椅子背上。

"冯·阿尔丁先生，请您说一说有关这位先生的详细情况。"他说。

"这事儿要从十一或者十二年前的巴黎开始说起。我的女儿当时像别的女孩子一样，满脑子都是些愚蠢而又浪漫的想法。在我不知道的情况下，她与这位罗歇伯爵相识了。你们也许听说过这个人吧？"

警察局局长和波洛同时点了一下头。

"他自称罗歇伯爵。"冯·阿尔丁继续说，"但是我怀疑他是否有权使用这个称号。"

"在哥达皇室名册里，您是找不到他的名字的。"警察局局长赞同道。

"我也发现了这点。"冯·阿尔丁说，"这个浑蛋长得不错，又擅长花言巧语，女人们常常为之着迷。露丝当时就被他蒙骗了，不过幸好我及时阻止了整个事件继续往下发展。他就是一个彻头彻尾的骗子。"

"您说得完全正确。"警察局局长说，"我们警方对这个伯爵耳熟能详。很久以来，我们一直想找个机会把他捉拿归案，可是难啊。这个家伙特别狡猾，他经常同上层社会的女士们打交道。就算他恶意敲诈或者勒索那些女士，她们也不会选择起诉他。在旁人看来她们这样做实在是非常愚蠢，不，她们不会在乎旁人的目光，这个男人在欺骗女人方面总是很有一手。"

"就是这样。"冯·阿尔丁一字一句地说，"正如我同你们讲的那样，我非常果断地阻止了他们的往来。我告诉露丝那是一个什么样的人,并且她看起来似乎是相信了我的说法。大约过了一年之后,我女儿和她现在的丈夫结了婚。我想当然地认为,他们的那段情史就此结束了。但大约一周之前,让我感到惊讶的是,我发现她又和这个罗歇伯爵联系上了,他们在伦敦和巴黎已经见过好几次面。先生们,我可以告诉你们,当时我女儿在我的坚持下,正准备与她的丈夫离婚,因此我警告她在这种特殊时期不要有如此鲁莽的行为。"

"真有意思。"波洛两眼望着天花板低语道。

冯·阿尔丁狠狠地瞪了他一眼,继续说道:

"我向她指出,在这样的情况下继续与什么伯爵见面是非常愚蠢的。我当时还以为她赞同了我的看法。"

治安官轻轻咳了一声。

"但从这封信上看——"他刚开始说,就停住了话头。

冯·阿尔丁的嘴抿成了一条直线。

"我知道,现在不是说漂亮话的时候。我们得面对现实,尽管这让人不是那么愉快。很明显,露丝本打算去巴黎,在那儿与罗歇伯爵见面。然而在我警告过她之后,她肯定写信给罗歇,建议更换见面的地点。"

"金银岛,"警察局局长深思地说,"位于耶尔[①]的正对面,是一个非常偏远却充满田园风光的地方。"

冯·阿尔丁点点头。

"我的上帝啊!露丝怎么能这么愚蠢!"冯·阿尔丁痛苦地叫道,"他们的信件里都在谈论这些珠宝!他肯定从一开始就已经盯上它们了。"

[①]法国东南部地中海海滨区最古老的游览胜地和浴场。

"那都是些非常名贵的珠宝。"波洛说,"据称来自于俄国女皇的王冠之上,它们的品质独特且价值连城。有消息说这些宝石前不久被一个美国人买走了,那么先生,您就是那位买主了?"

"正是。"冯·阿尔丁说,"我大概十天之前在巴黎买到的。"

"请允许我再提一个问题,先生,在您买下它们之前,这笔交易谈了很久吗?"

"大概谈了超过两个月的时间。为什么这么问?"

"众所周知,"波洛说,"有些人专门追踪这一类的金银首饰和宝石。"

听者的脸部突然一阵抽搐。

"我想起了一件事,"冯·阿尔丁突然说,"当我把宝石交给露丝的时候,我曾开过一句玩笑。我对她说,不要把宝石带到里维埃拉去,说不准她会因为这些宝石而被抢劫或者被谋杀。我的天啊!没想到竟然一语成谶。"

沉默与同情又一次降临了这个房间。过了一会儿,波洛以公事公办的腔调说道:

"根据现在已经掌握的信息,让我们来梳理一下所有事情。罗歇伯爵早已得到了宝石转到您手中的消息,他耍了点小计谋,说服凯特林夫人将宝石随身携带出来。然后,就像梅森小姐所看到的那样,他在巴黎上了火车。"

其余三个人赞同地点着头。

"凯特林夫人对他的突然出现有点儿不知所措,但他很快掌控住了局面:打发走了梅森,订好了晚餐。乘务员告诉我们他铺了第一间包厢的床铺,但没有去第二间包厢,那里面完全可以藏一个男人。到目前为止,这个伯爵还隐身在一团迷雾之中。除了凯特林夫人之外没有人见过他,而且他也避开了与女仆碰面。而女仆关于他的印象也只停留在身材高和肤色暗上。火车在夜里奔驰着,他们俩单独待在包厢里。她觉得他是她的爱人,所以两人之间没有争吵也没有争斗。"

波洛缓缓转向冯·阿尔丁。

"先生,死亡是一瞬间的事情,这部分的细节我略过不提。那位伯爵的手里握着首饰盒,不久之后,火车就到了里昂火车站。"

卡内基先生赞同地点点头。

"就是这样。乘务员没有下车,我们的这位嫌疑人非常容易地就在丝毫没有被人发觉的情况下溜下火车,随后他也能很轻易地搭上一班回巴黎或者随便去哪里的火车。而且这整件案子会看起来只是一件普通的火车盗窃案。要不是夫人包里的这封信,这位伯爵先生绝不会进入我们的视线。"

"这样看来,没有去检查一下夫人的包,对他来说是一个失误。"警察局局长说道。

"毫无疑问,他原本以为她已经销毁了那封信。诸位,恕我直言,这位感情专家在这点上失手了。"

"而且,"波洛先生喃喃道,"这个失误他肯定也早已预料到了。"

"您是说?"

"我是说,我们之前的讨论已经达成了一个共识,那就是:这位罗歇伯爵对女人非常了解。如此了解女人的他怎么会没有想到凯特林夫人并没有销毁那封信呢?"

"确实如此,"治安官犹疑地说,"您说得有一定道理。但在那样的时刻,那个人肯定已经失去了理智。天啊!"他又感叹道,"如果所有的罪犯都冷静且聪明,那我们要怎么才能抓住他们啊?"

波洛冲他笑了笑。

"对我来说案情已十分清楚。"治安官继续说,"但就是缺少证据。罗歇伯爵真是位像泥鳅一样狡猾的嫌疑犯,除非女仆能认出他——"

"这点看来毫无希望。"波洛说道。

"没错,没错。"治安官摩挲着下巴,"事情真棘手。"

"如果真是他作的案——"波洛开口道。

科先生打断他的话说:"'如果'?您说'如果'?"

"是的,局长先生,我是说'如果'。"

治安官锐利地瞥了侦探一眼。"您是对的。"他最终开口道,"我们推进得太快了。罗歇伯爵很有可能有不在场证明,如果我们贸然行动,那最后我们看起来会像傻瓜一样。"

"呃,您举了一个不错的例子。"波洛回答道,"但这件事情其实并不是那么重要。如果他被卷入了这个案子,他自然会提供自己的不在场证明,像罗歇伯爵那样的人,对此种情况肯定有所防备。但是,我刚刚说的'如果'并不是指这种情况。"

"那是什么呢?"

波洛摇晃着食指,着重强调道:"心理学方面的矛盾。"

"什么?"局长问。

"这件事从心理学角度方面说不通。伯爵是个恶棍,这点没错。他是个骗子,这点也不错。他玩弄女性,这点显而易见。他蓄谋要偷走凯特林夫人的珠宝,这点更不错。但他是那种会犯下杀人重罪的人吗?我看不像!罗歇伯爵这类人都是懦夫,他从不冒险。他常用的是不触红线、非常卑劣的手法,英语中称之为'鬼把戏',但要让他去杀人,一百个不可能!"他不以为然地摇了摇头。

但治安官看来并不同意他这种说法。

"这种家伙早晚要掉脑袋,也可能这次他孤注一掷。"他深思熟虑地说,"我的意思并不是反驳您,波洛先生——"

"我只是陈述了自己的一种意见。"波洛急忙解释道,"这件案子当然还是由您主理,您可以采取任何您觉得合适的方式进行调查。"

"照我个人看来,罗歇伯爵正是我们要抓捕的对象。"卡内基先生说道,"您同意我的观点吗,局长先生?"

"完全赞同。"

"那么您呢,冯·阿尔丁先生?"

"没错,"百万富翁说道,"毫无疑问,那个人就是个彻头彻尾的恶棍。"

"不过要抓住他恐怕也不是一件很容易的事。"治安官说,"但我们将竭尽全力去做。我立即向各地拍发电报。"

"请允许我向您提个建议。"波洛说,"我们完全不必如此大费周章。"

"嗯?"

其余人都盯着他,这个小老头喜气洋洋地冲他们笑着。

"我的职业就是洞察一切事情。"他解释说,"伯爵是个聪明人。眼下他正在他租来的别墅里——位于安提贝[①]的玛丽娜别墅。"

[①]法国东南部一城市,位于里维埃拉。这里是海港和旅游胜地,也是欧洲一个最大的花卉种植区的中心。

第十六章　波洛分析案情

所有人都充满敬意地望着波洛，毫无疑问眼前的这个小老头刚刚那一席话给在场的人都留下了深刻的印象。治安官干巴巴地笑了几声。

"您真是无所不能。"他嚷嚷着，"波洛先生比警察了解的事情都要多。"

面对治安官这样的冷嘲热讽，波洛先生满不在乎地盯着天花板。

"不管您怎么说，这就是我的一点小爱好。"他开口道，"通常我也有足够的时间去做这些事，我可不像您那样公务缠身。"

"呵呵。"治安官自负地摇摇头说，"对我来说——"

他用了一个夸张的手势来代表他的肩膀上所承担的那些烦心事。

波洛突然转向了冯·阿尔丁。

"冯·阿尔丁先生，您也同意这种看法吗？您也确信正是那位罗歇伯爵杀了您的女儿吗？"

"什么？这事儿看起来就是——没错，这事儿一定是他干的。"

他语气中的些许戒备感引起了治安官的注意，治安官好奇地看着这位美国人。冯·阿尔丁似乎察觉到了治安官颇具审讯意味的目光，他努力转换话题，让自己摆脱这种窘境。

"我的女婿知道这件事情了吗?"他询问道,"你们有没有通知他?我知道他此时正在尼斯。"

"是的,先生,我们也告知他了。"治安官犹豫了一会儿,然后非常谨慎地说,"冯·阿尔丁先生,毫无疑问您也应该早已知道,凯特林先生那晚也在蓝色快车上。"

百万富翁点了点头。

"我离开伦敦的时候听说了。"他简洁地承认道。

"他告诉我们说,"治安官继续说道,"他并不知道他的妻子也在这列火车上。"

"我敢说他并不知情。"冯·阿尔丁先生冷冷地说,"如果他在车上遇到了她,那一定会觉得非常难堪。"

另外三个人疑惑地看着他。

"我可以直截了当地告诉你们。"冯·阿尔丁愤愤不平地说,"没人知道我那可怜的女儿过的是什么样的日子。德里克·凯特林不是一个人上的火车,他还携带了一位女伴。"

"什么?"

"米蕾——一位舞蹈演员。"

卡内基先生和警察局局长相互看了一眼,点了点头,好像就先前的谈话达成了某种共识。卡内基先生仰靠在椅子背上,绞着手,看着天花板。

"呵!"他又喃喃道,"一位尤物。"他咳嗽了一声,"关于她的传闻不断。"

"那位女士,"科先生说,"声名狼藉啊。"

"而且,"波洛轻声说,"身价不菲。"

冯·阿尔丁涨红了脸,他起身,"咣"的一拳砸在桌上。

"看到了吧!"他叫骂道,"我的女婿就是个浑蛋!"

他一个接一个地瞪着其余的那几个人。

"哦，好吧，我不知道。"他继续说道，"英俊的外貌，热情洋溢又好相处的性格，这样的他一开始都把我给蒙骗过去了。如果他事先不知道此事，在你们通知他这个消息时，他一定表现得非常伤心吧？"

"呃，他看起来惊讶极了，完全不知所措。"

"这该死的小伪君子。"冯·阿尔丁说，"我猜他一定装作很悲痛的样子吧？"

"不，没有。"警察局局长谨慎地说，"不能如此来形容他的反应，您说呢？卡内基先生？"

治安官两手指尖相对，半眯着眼说：

"震惊、慌张、惊恐——这三种情绪都能从他的反应中分辨出来。"他公正地评价道，"但他并没有表现出巨大的悲痛之情。"

赫尔克里·波洛又开口问：

"冯·阿尔丁先生，请允许我冒昧地问一下，凯特林先生在他的妻子去世后能继承多少遗产？"

"数百万吧。"冯·阿尔丁答道。

"美元？"

"英镑。在露丝结婚的时候我就给了她这笔钱，既然她没立遗嘱也没有子女，那么这些钱自然会留给她的丈夫。"

"而她正要准备同此人离婚。"波洛喃喃自语，"啊，是的，恰逢其时。"

治安官目光锐利地看向他。

"您是说——"他开口道。

"我什么都没说。"波洛说，"我只是在陈述事实，仅此而已。"

冯·阿尔丁恍然大悟地盯着他。

这个小老头站起身。

"我想我无法再为您提供更多的信息了，治安官阁下。"他礼貌地说，向卡内基先生鞠了一躬，"此案开审时，如果您能通知我，那我将会感到无比荣幸。"

"毫无疑问我会的。"

冯·阿尔丁也站了起来。

"我也不需要再留在这里了吧？"

"不用了，先生，我们已经收集到了足够多的信息。"

"那么，如果波洛先生不反对的话，我想同他一起离开。"

"万分荣幸。"小老头鞠了一躬，说道。

出了门之后，冯·阿尔丁先递给了波洛一根大雪茄，波洛没有接，而是点燃了自己的一根细长的香烟，于是冯·阿尔丁给自己点燃了雪茄。这位意志坚强的硬汉此刻又恢复了往日的行事作风。两人默默无语地走了一会儿之后，百万富翁开口道：

"波洛先生，我了解到，您已经不再开展侦探业务了是吗？"

"是的，先生，此刻我正在享受生活。"

"但您仍会协助警察处理这桩案件？"

"先生，如果一位医生在路上看到一起事故，伤员正满身鲜血地躺在他的脚边，他会说'我已经退休了，所以伤员跟我没有关系，我只要继续走我自己的路就好'吗？如果案发时我早已身在尼斯，那么我会拒绝帮警察这个忙。但这个案件明显就是上帝委托给我去破解的。"

"您当时正在现场。"冯·阿尔丁深思着说，"您是否检查了包厢呢？"

波洛点点头。

"毫无疑问，您在现场发现了一些东西，一些对您的破案有帮助的线索吧?"

"也许吧。"波洛说。

"我希望您能明白我想说什么。"冯·阿尔丁说,"对我来说,这起案子的凶手就是罗歇伯爵。但我不傻,在过去的那几个小时里我一直在观察您,我发现,关于此案的凶手,您有着不同的意见?"

波洛耸了耸肩。

"我有可能判断错误。"

"所以这正是我找您谈话的原因。我想提出一个请求:您能为我侦查此案吗?"

"为您个人?"

"我正是此意。"

波洛沉默了一会儿,然后开口道:

"您知道您的这个要求意味着什么吗?"

"我知道。"冯·阿尔丁说。

"很好。"波洛说,"我接受您的请求。既然如此,我希望您能对我提出的问题做出坦率的回答。"

"那是当然。"

波洛的态度变了,他的语气也变得非常直率且公事公办。

"是关于离婚的问题。"他说,"是您建议您的女儿提起诉讼的吗?"

"是的。"

"什么时候?"

"大概十天之前。我收到了她的一封抱怨自己丈夫行为不端的信,我找到她,并且非常强硬地告诉她离婚是唯一能解决问题的方法。"

"她是如何抱怨她的丈夫的品行的?"

"他被人看到同米蕾小姐在一起,就是那位我们先前说到的声名狼藉的舞蹈演员。"

"一位舞蹈演员。啊哈!所以凯特林夫人非常反对这件事?她很爱她的丈夫吗?"

"这不好说。"冯·阿尔丁犹豫着说道。

"让她感到羞辱的不是她的情感,而是她的自尊——您是想这样说吗?"

"是的,我想您这样说没错。"

"我猜这桩婚姻从一开始就不是很幸福吧?"

"德里克·凯特林简直坏透了!"冯·阿尔丁说,"他擅长逗所有女人开心。"

"就像您在英国时所说的那样,他全无忠诚可言。是吗?"

冯·阿尔丁点点头。

"好极了!① 您建议凯特林夫人离婚,她同意了,于是您开始找律师。那么凯特林先生是什么时候听到这个风声的呢?"

"我亲自找他谈的,并且告诉了他我打算采取的手段。"

"那对此他有什么反应呢?"波洛轻声问道。

回忆起往事,冯·阿尔丁的脸阴沉下来。

"他当时非常放肆无礼。"

"先生,恕我提出这个让人难堪的问题,请问当时他提及罗歇伯爵了吗?"

"没直接提名字。"冯·阿尔丁不情愿地抱怨着,"但他暗示他对此事完全知情。"

---

①原文为法语。

"冒昧地问一句，当时凯特林先生的财政状况如何？"

"您怎么知道我会了解他的财政状况呢？"在明显的犹疑之后，冯·阿尔丁问道。

"我觉得您在这点上一定了如指掌。"

"好吧，您说得对。我发现凯特林已经身无分文。"

"但现在，他继承了两百万英镑！生活啊①，真是无比奇妙。您说是吗？"

冯·阿尔丁敏锐地盯着他。

"您这话是什么意思？"

"我只是随意感叹一下。"波洛说，"我在思索人生，我在讲述哲学。但回到我们所讨论的问题上吧。很显然，凯特林先生绝不会坐以待毙，他不会什么努力都不做就等着离婚吧？"

冯·阿尔丁并没有立刻回答，过了一会儿他说：

"我并不知道他打算做什么。"

"您之后与他有联系吗？"

又是一阵短暂的停顿后，冯·阿尔丁开口道：

"没有。"

波洛停下脚步，摘掉帽子，伸出一只手。

"我必须要同您告别了，先生。对您的事儿，我无能为力。"

"您说什么呢？"冯·阿尔丁生气地说。

"如果您不对我实话实说，那么我什么都查不出来。"

"我不知道您在说什么。"

"您自己心里清楚。冯·阿尔丁先生，您大可放心，我知道对哪些事情应该保持缄默。"

---

① 原文为法语。

"非常好。那么,"百万富翁说,"我必须承认刚刚我没有说实话。在那次谈话过后,我确实和我的女婿有过联系。"

"是吗?"

"准确来说,我是派我的秘书——奈顿少校去的。我让奈顿告诉他,如果他同意离婚,那么就能拿到十万英镑现金。"

"真是一大笔钱啊。"波洛赞赏道,"那么您女婿的回复是什么呢?"

"他让我见鬼去吧。"百万富翁简洁地答道。

"哈!"波洛说道。

他并没有表现出任何的情绪,此刻他正在有条不紊地梳理着所有已知的信息。

"凯特林先生告诉警方说他在火车上既没有见到,也没有同他的妻子说过话。先生,您相信他的这种说法吗?"

"我相信。"冯·阿尔丁说,"我敢说他肯定会尽可能地躲着她走。"

"为什么?"

"因为他把那个女人带在了身边。"

"米蕾?"

"是的。"

"您是怎么知道这件事的呢?"

"我派了个人去监视他,这个人告诉我那俩人一起乘火车离开了英国。"

"我明白了。"波洛说道,"就像您之前所说,在那样的情况下,他看起来并不想找凯特林夫人聊一聊他们的事情。"

这个小老头不再开口说话,冯·阿尔丁也没有再打断他的沉思。

第十七章　清白的绅士

"你到过里维埃拉吗,乔治?"翌日清晨,波洛这样询问他的男仆。

乔治是个典型的英国人,表情木然。

"是的,先生。两年前我正在那儿为爱德华·弗兰普顿勋爵做事。"

"而如今,"主人小声说,"你在为赫尔克里·波洛做事,这是多么大的进步啊!"

男仆并未对他的这句点评做出任何回答。片刻之后,他问道:

"先生,需要给您拿来那件棕色的便服吗?今天的风有点儿凉。"

"马甲上面有一个油点。"波洛指出,"上周二我在里兹吃饭时,一小片鲽鱼片掉在了衣服上。"

"现在衣服已经干干净净了,先生。"乔治责备地说道,"我已经把它洗掉了。"

"很好![1]"波洛说,"我对你非常满意,乔治。"

"谢谢您,先生。"

---
[1] 原文为法语。

过了不一会儿，波洛若有所思地说道：

"亲爱的乔治，假如你像你原来的主人爱德华·弗兰普顿勋爵那样出身于上流社会，却穷得要命，但后来娶了一个非常有钱的妻子，可你的妻子却咄咄逼人地要同你离婚。那你会怎么办呢？"

"我会努力争取让她回心转意，先生。"乔治回答说。

"用和平的手段，还是用武力解决？"

乔治看起来十分难以置信。

"请原谅，先生。"他说，"但一位贵族绅士是绝不会像贫民区的小商贩那样处事的。他不会做任何与自己身份不相符合的事情。"

"你觉得他不会吗，乔治？我现在有点儿不太相信这一点。但也许你是对的。"

此时响起了敲门声。乔治前去开门，他把门打开了一条缝，与门外的人低声交谈了一会儿之后便回到了房间。

"先生，有一张给您的便笺。"

波洛打开便笺。这是来自警察局局长科先生的留言，上面写道：

"我们正打算审讯罗歇伯爵。治安官阁下恳请您务必出席。"

"快点给我外套，乔治！我马上要走。"

一刻钟之后，身着整洁棕色外套的波洛走进了治安官的办公室。科先生早已到了，他和卡内基先生都同波洛礼貌而又热情地打了招呼。

"我们得到一些令人失望的消息。"科先生喃喃道。

"有证据表明，伯爵是在凶杀案发生的前一天到达尼斯的。"

"如果这消息属实，那么您的案子就排除了一大嫌疑人。"波洛回答道。

卡内基先生清了清嗓子。

"我们绝不会不经调查就接受这样的说辞。"说罢,他敲响了桌面上的铃铛。

不多时就走进一个高个子、黑头发的男人,他西装革履,看起来自信而从容。这样一位浑身充斥着贵族气息的伯爵先生,让人很难相信他的父亲实际上只是一位默默无闻地生活在南特[①]的谷物商人。人们甚至可能会要赌咒发誓说,这位伯爵先生家一定有一位先人曾在法国大革命时期被送上了断头台。

"我来了,先生们。"伯爵傲慢地说,"请允许我问一下,你们找我来有何贵干?"

"请您先坐下。"治安官很有礼貌地说,"我们就是想向您询问一下关于凯特林夫人死亡的事。"

"凯特林夫人的死?我不明白。"

"唉!我想您曾经同这位女士很要好,伯爵先生。"

"当然,我同她关系很好。可是,这与她的死有什么联系吗?"

他把眼镜举到眼前,冷漠地环顾着屋里的人们。他的目光长久地停留在波洛身上,后者正在用纯粹而天真的眼神打量着他,这让伯爵的自尊心得到了强烈的满足。卡内基先生靠在椅背上,咳嗽了一声。

"您可能还不知道,伯爵先生,"他停顿了一会儿,"凯特林夫人已经被谋杀了。"

"谋杀?天啊![②] 真是太可怕了!"

此刻他所表现出来的惊讶与悲痛是如此逼真,不,应该说他

[①]法国西部最大的城市和法国第六大城市。
[②]原文为法语。

所流露出来的完全就是真情实感。

"凯特林夫人在火车运行至巴黎和里昂之间时被人勒死了。"卡内基继续说道,"她的首饰也被偷走了。"

"这太可恶了!"伯爵嚷嚷道,"警察必须要对这些火车大盗采取措施,这年头没有什么人是安全的。"

"在女士的手提包里,"治安官继续说,"我们找到一封您写给她的信。看起来似乎您同她有个约会?"

伯爵耸了耸肩膀,摊开了双手。

"这属于个人私事。"他坦率地答道,"我们都是凡人。我可以只向在场的几位承认,我和她确实曾计划要见面。"

"您和她决定在巴黎见面,然后再一起旅行,是吗?"卡内基先生问道。

"我们原来是这样打算的,但后来按照女士的意愿改成了在耶尔碰面。"

"本月十四号您没有同她在里昂站会面?"

"与此相反,我十四号那天早晨就到达尼斯了。您所说的会面是不可能的。"

"确实如此,确实如此啊。"卡内基先生说,"作为固定程序,请您告诉我们您十四号傍晚和夜里在哪里、干了什么。"

伯爵考虑了一会儿。

"我在蒙特卡洛①的巴黎咖啡馆用的晚饭。从那里出来后,我就去了体育俱乐部,在那儿我赢了几千法郎。"说着他耸了一下肩,"大约半夜一点左右我回到了家。"

"请原谅,先生,请问您是怎样回家的?"

---

①摩纳哥公国的一座城市,位于欧洲地中海之滨、法国的东南方。

"乘我私人的双座汽车。"

"您一个人?"

"是的。"

"您能找出相关目击证人吗?"

"当然可以,那晚在俱乐部时很多朋友都看见了我。可晚饭我是一个人吃的。"

"您回到别墅时是您的仆人给您开的门吗?"

"我拿自己的钥匙开的门。"

"好吧。"治安官嘟囔着。

他再一次敲响了铃铛。一个书记员推门而入。

"带那个叫梅森的女仆进来。"卡内基道。

"好的,治安官阁下。"

艾达·梅森被请了进来。

"小姐,恳请您仔细观察眼前的这位先生,然后再尽可能地回忆一下他是否就是那位在您主人包厢里的人。"

女仆仔仔细细端详了伯爵一阵子,在这样的注视下,伯爵先生显得非常不自在。

"先生,我想我无法明确地给出答案。"最终梅森说道,"可能是他,也可能不是他。毕竟我只见过那个人的背影,我只能说这位先生有几分相像。"

"但您也不是很确定?"

"对,"梅森踟蹰地说道,"是的,我无法确定。"

"您之前在您主人的住处见过这位先生吗?"

梅森摇摇头。

"如果来访者不在柯曾街的房子里过夜的话,我基本就见不到他们其中的任何一位。"她解释道。

"谢谢,已经足够了。"治安官严厉地说道。

很明显,他看起来颇为失望。

"请等一下,"波洛说,"如果您允许的话,我还想向这位小姐提一个问题。"

"当然可以,波洛先生,请问吧。"

波洛转向那位女仆开口问道:

"车票是怎么处理的,小姐?"

"车票?"

"是的,从伦敦到尼斯的那些车票。是您还是您的主人保管呢?"

"主人拿着她自己的卧铺车票,其他的都在我这里。"

"之后呢?那些票去哪儿了?"

"我把车票给了法国列车上的乘务员,他说这是惯例。我希望我没做错什么,先生。"

"是的,没错,您做得完全对。我仅仅是询问一些小细节。"

科先生和治安官都很惊讶地看着波洛。梅森小姐站在那里不知所措,治安官冲她点了点头,于是她便离开了房间,波洛在纸条上写了一些什么,然后他把纸条递给了卡内基。后者读完纸条之后,紧锁的眉头舒展了开来。

"好吧,先生们。"伯爵傲慢地看着大家说,"我难道还要被继续扣留在这里吗?"

"当然不用,当然不用,"卡内基满脸和善地赶忙解释说,"关于您在此案中的角色已经全部明了。只是因为发现了一封您写给死者的信,所以我们才按程序请您过来询问一下情况。"

伯爵站起身,走到墙角拿起那根帅气的手杖,然后随意地鞠了一躬便走出了办公室。

"好了，一切就绪。"卡内基说，"波洛先生，您说得完全正确，现在最好是让他觉得我们对他没有起疑心。我们会派两个人日夜不停地盯着他，同时也将仔细地调查一下他的不在场证明。这对我来说——呃，可能有点儿风险。"

"可能是这样。"波洛深思着说。

"我让凯特林先生今天上午过来。"治安官继续说，"我很怀疑我们是不是有那么多问题要问他，但的确有那么一两点很可疑……"他停了下来，搓了搓鼻子。

"比如说？"波洛问道。

"就是，"治安官咳嗽了一声，"同凯特林先生一起旅行的那位叫米蕾的女士，她和凯特林先生分住在两个饭店，这真有点儿奇怪。"

"这样看起来，他们行事也过于谨慎了。"科先生说道。

"没错！"卡内基先生得意扬扬地说，"他们在小心掩盖什么事情呢？"

"他们的过分小心招致了您的怀疑，对吗？"波洛说。

"正是如此！"

"我想，"波洛嘟囔着，"我们需要问这位凯特林先生几个问题。"

治安官给了书记员一个信号，接着德里克·凯特林就如往常一样从容地进了屋。

"早上好，先生。"治安官礼貌地招呼道。

"您好，先生。"德里克简略地答道，"您找我来，是有什么新的发现吗？"

"请坐，先生。"

德里克坐下之后顺手便把帽子和手杖放在了桌上。

"情况怎样?"他有些不耐烦地问道。

"我们还没有取得进一步的进展。"卡内基小心地说道。

"真有意思。"德里克满不在意地说,"您让我来就是为了通知我这些吗?"

"基于案件侦查的一般程序,您有权知道案情的进度,先生。"治安官严肃地说。

"就算案情毫无进展,也要通知我吗。"

"除此之外我还想问您几个问题。"

"随便问。"

"您能保证说,您在火车里既没有同您夫人谈过话也没有见过她?"

"我已经回答过这个问题了。绝对没有。"

"毫无疑问,您应该有不与她见面的理由。"

德里克满脸猜疑地盯着对面的人。

"我——根——本——不——知——道——她——在——火——车——上。"他一字一顿地说,就像正在同一个智商有问题的人说话那样语速缓慢,吐字清晰。

"没错,可那只是您的一面之词。"卡内基先生嘟囔着。

一种不满的情绪在德里克脸上弥漫开来。

"我好像知道您想要说什么了。您知道现在我在想什么吗?卡内基先生。"

"愿闻其详,先生。"

"我认为人们高估了法国警察。毫无疑问,你们肯定掌握了不少相关的火车大盗的数据。但在'蓝色特快'这样一辆豪华列车上竟发生这样一桩案子,简直让人匪夷所思,而法国警方对这一盗窃谋杀案却束手无策,那就更令人难以接受了。"

"我们会抓到凶手的,请您不用担心。"

"据我所知,凯特林夫人并没有留下遗嘱。"波洛突然插话道。他专心地注视着天花板,双手指尖交错着。

"我也知道她确实不曾立过遗嘱,"凯特林说,"那又怎样?"

"那么您就将继承一笔不小的财产,"波洛说,"一笔数量客观的遗产。"

尽管他仍然盯着天花板,但他还是感知到了此刻德里克·凯特林的脸色阴沉了下来。

"您这是什么意思?您是什么人?"

波洛缓缓坐直了身,将目光从天花板上转移到了面前这位年轻人的脸上。

"我叫赫尔克里·波洛。"他的语调非常冷静,"并且我可能是这世界上最伟大的侦探。您能保证,在火车上您既没有同您夫人见面,也没有同她谈过话吗?"

"您在暗示什么?难道——难道您竟然怀疑是我杀了她?"

德里克突然大笑起来。

"请原谅我的失态,可这一切都太可笑了。如果我是凶手的话,在杀死她之后又何必偷那些珠宝呢?"

"没错,确实如此。"波洛有点沮丧地嘟囔着,"我没有考虑到这点。"

"这明显就是一起盗窃杀人案件,"德里克·凯特林说,"我那可怜的露丝!那些该死的宝石断送了她的性命。歹徒肯定从哪里得知了她随身携带珠宝的消息。我相信,由于珠宝而被谋杀的案件,之前肯定也发生过。"

波洛猛然从座椅上站了起来,眼里闪过一丝淡绿色的光芒,他看起来宛如一只生活优渥的猫。

"还有一个问题，凯特林先生。"他开口道，"您能不能把您和您妻子最后一次见面的时间告诉我们？"

"让我回忆一下，"德里克说，"应该是……没错，是三个星期之前。但很抱歉，我不记得具体见面的日期了。"

"没关系。"波洛随意地说，"我只需要知道这些。"

"好吧，还有什么问题吗？"德里克不耐烦地说道。

他看着卡内基，然而后者在关注波洛的反应。看到波洛轻轻摇了摇头，于是卡内基礼貌地说道：

"没有了，凯特林先生，我想我们暂时不会再打扰您了。再见，先生。"

"再见。"凯特林答道，随即起身，在走出房间时顺手关上了门。

那位年轻人前脚刚出门，波洛就立刻倾身严肃地发问。

"请告诉我，"他的语气异常严厉，"您是什么时候同凯特林先生谈起过宝石的事？"

"我从来没有同他谈过此事。"卡内基说，"昨天下午我们才一同从冯·阿尔丁先生那里听说了这些宝石的存在。"

"是的，但在伯爵的信中也提起过此事。"

卡内基先生看起来受到了冒犯。

"我是决不会向卡特林先生提及那封信的。"治安官的语气听起来颇为惊讶，"在这样的节骨眼上，做这种事情实在是太欠考虑了。"

波洛轻敲着桌面。

"那他是怎么知道有宝石的呢？"他悄声地念叨着，"他同那位夫人已经三周未见了，这事儿不可能是从夫人那里得知的。冯·阿尔丁先生或者他的秘书也绝无可能和他谈起这个事，他们之间谈的都是另外的事情,绝不可能涉及珠宝。而且这些价值连城的珠宝信息也从未见报。"

他站起身来,拿起帽子和手杖。

"但现在,"他低声自言自语道,"那位先生却对宝石的事情了如指掌。奇怪,真奇怪!"

第十八章　德里克的午餐

德里克·凯特林径直走进了内格莱斯科饭店，在那儿买了两杯鸡尾酒，随即将它们一饮而尽。然后他神情阴郁地坐在座位上，默默地注视着波光粼粼的海面。身边熙熙攘攘的行人，在他看来都是那样无聊透顶又穿戴粗俗，没有一件事情能引起他的兴趣。然而当他看到不远处有一位女子正在落座时，便迅速推翻了他之前的成见。她穿着橘黄色和黑色相间的时髦女装，头上的小帽子正好遮住了她的脸蛋。凯特林又要了第三杯鸡尾酒，再一次将注意力放回到了海面上。突然，一阵名贵香水的味道将他从沉思中惊醒，他抬头望去，那位打扮入时的女士正站在他身边。此时他看清了这位女士的面庞：正是米蕾。此刻米蕾脸上露出了那种凯特林早已熟悉的，傲慢却又迷人的笑容。

"德里克，"她轻声说，"见到我你应该很高兴吧？"

她拉出一张椅子，坐在凯特林对面。

"那就对我的到来表示欢迎呀，小傻瓜。"她的语气里满是戏谑。

"我真是想象不出的高兴！"德里克说，"你是什么时候离开伦敦的？"

她耸了耸肩膀。

"一两天以前。"

"那么帕提农饭店呢?"

"我已经——你怎么说的来着——炒了他们的鱿鱼!"

"是吗?"

"你看起来好像不是很高兴啊,德里克。"

"你希望我表现得很高兴吗?"

米蕾点燃了一支烟,吸了几口后说道:

"你是否认为,我不该将事情处理得如此匆忙?"

德里克看着她,然后耸了一下肩,正色问道:

"你在这里吃饭吗?"

"当然①,我想同你一起吃午饭。"

"非常遗憾。"德里克说,"我有一个特别重要的约会。"

"我的天啊!② 你们这些男人都是孩子。"米蕾抱怨说,"但也确实如此。从你那天没好气地离开我的房间时起,你就一直表现得像个被宠坏的孩子,唉!真让人无法忍受!"

"亲爱的宝贝,"德里克说,"我真不懂你在说些什么。我们在伦敦不是已经达成共识了嘛,树倒猢狲散,事实也确实如此。"

尽管他的语气看起来是那样毫不在乎,但是脸上所流露出来的不自然的神情出卖了他。米蕾突然向前探出身。

"你别想骗我,"她低语道,"我知道你为我都做了些什么。"

他死死地盯着她,眼前这个人刚刚那段话里有话的陈述引起了他的好奇。米蕾冲他点了点头。

"哎!你别害怕,我这个人很谨慎的。你实在太了不起了!你表现得非常有勇气,但也别忘了,当初是我给你的灵感,正是我在伦敦时跟你说过'人生充满意外'。你现在没事儿吧?警察没有

---

①原文为法语。
②原文为法语。

怀疑你吧？"

"你在说什么鬼话——"

"嘘！"

她举起一只纤细的手，小手指上还戴着一枚巨大的翡翠戒指。

"你说得对，我不应该在公众场合与你讨论这件事。我今后绝对闭口不提，但你瞧，现在咱们的烦恼都结束了，我们的生活将会变得非常、非常美好！"

德里克突然大笑起来——这是一种刺耳和令人不快的笑声。

"所以现在猢狲们又回来了，是吗？两百万英镑果真很了不起啊，不是吗？我早就该想到这一点了！"他又大笑起来，"你会帮我把这两百万英镑花光，是吗，米蕾？要论起花钱的本领，你米蕾称第二没人敢称第一。"他再一次放声大笑。

"嘘，嘘！"女演员嚷嚷起来，"你这是怎么了，德里克？看啊，大家都在往我们这边看呢。"

"我怎么了？我正要对你说：我要同你一刀两断！米蕾，你听明白了吗？一刀两断！"

米蕾对这句话感到颇为意外，她盯着德里克看了一会儿，微微一笑。

"你真是太孩子气了！你现在如此生气，如此恼火都是因为在责怪我表现得过于现实。但，正如我一直告诉你的那样：我非常爱你。"

她向前探了探身。

"但是我了解你，德里克。看看你面前这个同你聊天的人：正是我米蕾啊。你知道你离开我也是不能独活的。我之前是那么爱你，我今后将奉献给你比以前多几百倍的爱。我将把我们以后的生活打理得比完美更完美,你知道的,没人比米蕾更懂得如何爱你。"

她深深地凝视着德里克的双眼,看着他的脸色变得苍白、呼吸变得急促,她暗自露出了心满意足的笑容。对于自己的魅力以及对男人的掌控力,她总是胸有成竹。

"我们谈妥了,是吗?"她微微一笑,柔声说道,"那么,德里克,我们一起吃午饭吧?"

"不。"

他深深地吸了口气,站起身来。

"真抱歉。但我已经跟你说过,我今天有约会。"

"你和别人吃饭?得了吧,我才不信。"

"我要跟那边的那位女士一起用餐。"

他闪身离开座位,走向了一位刚刚踏上台阶的身着白衣的女士,然后略带紧张地与她寒暄起来。

"格雷小姐,能请您同我一起用餐吗?我们在坦普林女士那里见过面,希望您还记得我。"

凯瑟琳静静地看了他一会儿,她那双深邃的灰色眼睛里满是故事。

"谢谢您。"她沉默了片刻回答说,"荣幸之至。"

第十九章　不速之客

　　罗歇伯爵刚刚吃完精致的早餐：一份鲜蔬蛋卷，一块浇着蛋黄酱的上好牛肉，以及一份萨戈仑松饼。他用餐巾擦了擦小黑胡子，然后站了起来。他在大厅里踱着步，以惬意的神态观赏着散落在大厅各处的几件古玩：路易十五[①]的鼻烟壶，玛丽·安托瓦内特[②]穿过的沙丁鱼鞋，等等。他通常都会向来访者介绍说，这些都是家族里流传下来的宝贝。他走到阳台上，遥望着地中海。然而此刻，他无心享受眼前的美景。精心筹划了许久的计划就这样被破坏了，一切又要从零开始。他坐在藤椅上，手指挟着香烟，沉思起来。

　　此时他的仆人，伊波利特，送来一杯咖啡和一杯上等的利口酒。这位伯爵先生家中有不少这样的珍藏。

　　在仆人准备离开的时候，伯爵轻打手势示意他等一会儿。伊波利特立在一旁，静静等候主人的进一步指示。他的面庞看起来并不算英俊迷人，但举止十分有风度，常常让人忽略他那平凡的相貌。他此刻这种聆听主人指令的仪态也显得十分得体。

　　"最近几天，"伯爵说，"可能会有不少陌生人来访，他们会想方设法地与你还有玛丽套近乎。他们也可能会向你打听很多关

[①]法国国王，一七一五年至一七七四年在位。
[②]法国王后，路易十六的妻子，生活奢靡无度，法国大革命时被执行死刑。

于我的事情。"

"是,伯爵先生。"

"难道这样的情况已经发生了?"

"没有,伯爵先生。"

"目前还没有陌生人登门吗?你能肯定吗?"

"谁也没有来过,伯爵先生。"

"很好。"伯爵的语调有点僵硬,"可是我敢肯定,他们一定会来问东问西的。"

伊波利特用狡黠的目光看着他的主人。

伯爵并没有看向他,而是自顾自缓缓地继续说道:

"就像你知道的那样,我是上周二来到这里的。如果警察或者其他什么调查的人问你,你一定不要忘记这件事。我是在星期二,也就是十四号那天到这儿的,而不是十五号,星期三才到。你明白了吗?"

"完全明白,伯爵先生。"

"凡是牵扯到女士的事情,都应当谨慎处理。而我知道,你一向很谨慎,伊波利特。"

"我会谨慎处理的,先生。"

"那么玛丽呢?"

"玛丽也会如此,我为她担保。"

"那很好。"伯爵低语道。

伊波利特退出房间之后,伯爵一边喝着黑咖啡一边沉思着。他时而眉头紧锁,时而又缓缓摇摇头,有时又点点头。过了一会儿,伊波利特再次来到房间,打断了他的沉思。

"有一位女士找您,先生。"

"一位女士?"

伯爵感到十分吃惊。女士拜访玛丽娜别墅本不是什么新鲜事，但让伯爵吃惊的是，在此刻这样一种特殊的时期里，究竟是哪位女士会来拜访他呢。

"我认为这位女士并不是先生的熟人。"男仆轻声提醒道。

伯爵越发对这位不速之客感到好奇。

"那把她带进来吧，伊波利特。"他命令道。

过了一会儿，一位穿着橘黄色和黑色相间衣服的女士走进了阳台，她浑身散发着浓烈的香水味。

"您就是罗歇伯爵先生吗？"

"愿意为您效劳，女士。"他深鞠一躬，说道。

"我是米蕾，您可能听说过我。"

"当然了，女士，谁能不被您的舞蹈所吸引呢。简直堪称完美！"

舞蹈演员用职业性的笑容回答了这一恭维。

"请原谅我贸然来打扰您。"她开口道。

"恳请您先坐下，女士。"伯爵说着拉过一把椅子。

在这样一副殷勤模样的背后，伯爵实际上正仔细研究眼前这位女士。罗歇伯爵向来十分了解女性。但说实话，他与米蕾这类游戏人间的女性接触不多。他与女演员甚至在一定程度上有点儿相像。伯爵深知他的那些伎俩，在米蕾这种狡黠的巴黎女子身上完全不起作用。可至少目前他能立即得出一个结论，那就是现在出现在他面前的是一位极其愤怒的女士。而对于愤怒的女士，伯爵再了解不过了，当一个女人处于极度愤怒中时，她的那些谨慎就会被抛诸脑后，这对于一个与她智力相当却更冷静的男人来说，完全是一大利事。

"您真是太友善了，女士。您的到来使我这小屋顿时蓬荜生辉。"

"我们俩在巴黎都有熟人。"米蕾说,"我从他们那儿听过一些关于您的丰功伟绩,但我今天来找您是为了别的事情。我一到尼斯就听说了,您知道的,是一些其他的事情。"

"是吗?"伯爵柔声问道。

"恕我直言。"米蕾继续说,"我要说的事,您听起来可能不大舒服。可是请您相信,我是打心底里为您着想的。伯爵先生,现在尼斯的人都在议论说,您就是杀死那位英国女士——凯特林夫人的凶手。"

"我?我是杀死凯特林夫人的凶手?呵呵!但这太荒唐了!"

他的声音听起来满不在乎而不是义愤填膺。他知道,这是从她的嘴里探听出更多消息的最好方法。

"可是,人们就是这样认为。"她强调说。

"人们总是喜欢造谣生事。"伯爵无动于衷地继续说道,"如果我要认真来对待这些谣言,那将有损于我的尊严。"

"您理解错了。"米蕾向前倾出身,那双黑眼睛闪着光,"这不是那种在街头巷尾流传的闲话。这是来自于警察局的消息。"

"什么?警察局?"

伯爵猛然站起来,表情再一次变得紧张。

米蕾连连点着头。

"是的,没错。您是知道我的,像我这样的人在哪里都有些朋友。警察局局长本人……"她意味深长地耸了耸肩,并没有说完她的话。

"谁能在一个美人面前守口如瓶呢?"伯爵礼貌地低声说道。

"警察认为是您杀死了凯特林夫人。但是他们弄错了。"

"当然弄错了。"伯爵完全同意。

"您只是这样随口说说而已,但我是知道内情的。"

伯爵饶有兴趣地看着她。

"您知道是谁杀了凯特林夫人?"

米蕾猛烈地点着头。

"是的。"

"那么,是谁?"伯爵厉声问道。

"是她自己的丈夫。"她在伯爵耳边低声说,由于激动和气愤,她的声音有点儿颤抖。"就是她的丈夫害死了她。"

伯爵坐回椅子上,脸上没有任何表情。

"请允许我冒昧地打听一下,小姐,您是怎么知道的?"

"我是怎么知道的?"米蕾大笑一声从椅子上跳起来,"他早就扬言要做此事了。他那时两手空空,债台高筑,没有遗产。只有老婆的死才能使他摆脱这个泥潭。这都是他亲口对我说的。他与凯特林夫人同乘一趟列车,但他夫人完全不知道此事。我问你,他为什么要这样做?呵!原来这样他就可以在半夜去袭击他的夫人!"她闭上了双眼,"我都能想象整件事情是如何发生的了……"

伯爵轻咳了一声。

"也许事情确实如此。"他喃喃道,"但是,女士,请您注意,他完全没有必要把宝石也偷走啊。"

"宝石,"米蕾倒抽一口冷气,"宝石啊,哦!那些宝石!"

她的双眼里升腾起一阵雾气,在那之中似乎还闪烁着光亮。伯爵惊讶地看着她,第一百次感叹珠宝对于女性的魅惑力。他不得不开口把她拉回现实。

"那么需要我做些什么事呢,女士?"

米蕾一个激灵,又回到了之前那种公事公办的状态。

"事情很简单。您到警察局去对他们说,这都是凯特林先生作的案。"

"可人们会相信我吗?如果他们让我拿出证据呢?"他紧紧盯着她。

米蕾柔声笑着,把自己紧紧裹在那件橘黄和黑色相间的大衣里。

"那您就让警察到我这里来,伯爵先生。"她轻声说,"我会给他们证据。"

说罢,这个女人仿佛完成了她的使命一般,一阵风似的走出了房间。

伯爵挑着眉,凝望着她离开的方向。

"她正处于暴怒之中。"他喃喃自语说着,"是什么使她这么气愤呢?但她确实亮出了所有的底牌。她真相信凯特林杀死了自己的老婆?总而言之,她想使我和警察都相信这一点。"

他暗自微笑了一下。明明可以想到其他很多解决办法,他才没兴趣亲自去警察局说这件事。而从这个笑容来判断,他应该已经想到了合适的方法。

可过了一会儿,他的脸上又笼罩上一层阴云。米蕾说,警察局怀疑他。这个消息可真可假,处于愤怒中的女演员似乎不可能站在他的立场来考虑问题。而从另一个方面来说,这个女人可以轻而易举地获得可靠的第一手材料。如果她的消息确实属实,他抿起了嘴唇,如果真的是这样,那他就必须采取一定的应对措施。

伯爵走回屋子里,再一次仔细地询问了伊波利特最近有无陌生人过来探听他的情况。而男仆向他的主人保证此类事情从未发生过。伯爵上楼走进自己的卧室,来到了一个靠墙放置的古旧写字台前。他卸下了写字台的桌面，伸出细长的手指在其中的一个抽屉背后摸索着寻找一个弹簧。一个秘密抽屉弹了出来，里面装了一个小小的棕色纸包。伯爵把这个纸包拿了出来，放在手里仔细地掂量了一会儿。他举起一只手从头上揪下一根头发，这阵疼痛让他的五官都挤成了一团。他把这根头发放在那个秘密抽屉的开口处，然后将它小心翼翼地锁上了。他拿着那个小包裹下了楼，走进了车库，那里停着一辆猩红色的双座汽车。十分钟以后，他便已经在去蒙特卡洛的路上了。

他在赌场里度过了几个小时，然后便在镇上闲逛了一会儿。接着他回到车上，向芒通①开去。在下午的早些时候，他便发现有一辆毫不起眼的灰色汽车时隐时现地跟着他。现在，他又发现这辆车跟在他的后面。此刻的公路笔直向前，伯爵猛踩油门——这辆小车是专门为他定制的，额外配备了一个动力强劲的发动机，马力十足。此刻这辆小车如离弦的箭一般一路飞奔。

这时他往后看了看，露出了一丝微笑：那辆灰色的小车还是紧跟着他。红色的小车在灰尘中极速地穿梭着。此刻的车速已经十分危险，但伯爵可是一等一的驾车高手。现在正是下坡，蛇形的公路曲折蜿蜒，急转弯一个接着一个。突然小车开始减速，并最终在一个邮局前面猛地刹住了车。伯爵跳下车来打开后备厢，取出那个小纸包，急忙进了邮局。两分钟后，他又回到了车上，驱车驶向芒通。当灰色小汽车到达时，伯爵已经在一家饭店的阳台上安详地喝着英式下午茶了。

傍晚，他又回到蒙特卡洛，在那里吃了晚饭，然后在将近十一点时回到了家。伊波利特开门迎接他，神情有点惶恐不安。

---

①位于法国东南部、地中海沿岸，邻近意大利边界。

"啊！伯爵先生您终于回来了。伯爵先生，您今天是否打过电话给我呢？"

伯爵摇了摇头。

"下午三点的时候我接到命令，让我到尼斯的内格莱斯科去接您。"

"是嘛，"伯爵说，"所以你就去了？"

"那是当然的，先生，可是我到那儿的时候，饭店里的人都说没有见过您。"

"好吧，"伯爵开口道，"那个时候玛丽正好在外面采购，准备晚饭吧？"

"是的，伯爵先生。"

"哦，好吧。"伯爵说，"没什么重要的事情，只是个误会。"

他说完就上了楼，暗自发笑。

一走进卧室，他就立刻反锁上门，仔细查看着周围。一切好像都如同平常一样。他打开了所有的抽屉和橱柜，点了点头，一切都似乎原封未动，但也仅仅只是"似乎"而已。很显然，整个房间都被仔细搜查过了。

他走到写字台跟前按了一下那个隐藏的弹簧机关。秘密抽屉弹了出来，但是那一根头发已不在原处。他又点了点头。

"我们的法国警察们很厉害嘛，"他低声自语道，"非常厉害，什么都逃不过他们的眼睛。"

第二十章　凯瑟琳的新友

翌日清晨，凯瑟琳和蕾诺斯坐在玛格丽特别墅的阳台上，虽然年龄差别很大，她们之间却自然而然地建立了友谊。如果没有蕾诺斯，凯瑟琳在这里的生活简直不可想象。凯特林一案最近一直是热门话题。坦普林女士费尽心机想挖掘出自己邀请来的这位客人同那件命案到底有什么联系。尽管凯瑟琳一而再地表示拒绝，但她那坚定的态度并没有打消坦普林女士的好奇心。蕾诺斯则采取了一种置身事外的态度，她看起来似乎对母亲的行为很感兴趣，但实际上又对凯瑟琳此刻的心境表示十分同情。而那位一直熊熊燃烧着天真之火的丘比让凯瑟琳的境遇雪上加霜，他特别热衷于向各色人等如此介绍自家的这位客人：

"这位就是格雷小姐。您听过蓝色快车上那件凶杀案吗？她当时就在现场！她还与露丝·凯特林聊过天！就在凯特林夫人被杀的前几个小时！这么说来，她还是有点儿小走运，不是吗？"

凯瑟琳积累了许久的不满情绪终于在这天早上爆发了，她毫不留情地进行了反击。现在，她正与蕾诺斯坐在一起，蕾诺斯看着她，缓缓说道：

"您其实根本没必要解释，不是吗？凯瑟琳，在社交圈混，您还有好多要学的。"

"我真的很抱歉，今天早晨我没有克制住自己。"

"看来是时候让您来学学怎么宣泄自己的情绪了。丘比就是一个混球,但他做事全无恶意。而我的妈妈,您可以试试朝她发脾气。不论您多么生气,都不会对她造成多大影响,她只会睁大她那双忧郁的蓝眼睛看着您,但心里并不在意。"

凯瑟琳听了这段子女与长辈的相处之道后默不作声,蕾诺斯继续说道:

"相比之下,我更喜欢丘比,他那番关于谋杀案的说辞让我觉得很有趣。除了他,好吧,能够认识德里克先生也让我的生活有了不少乐趣。"

凯瑟琳点点头。

"您昨天同德里克一起吃了午饭,"蕾诺斯紧追不舍地问道,"您喜欢他吗,凯瑟琳?"

凯瑟琳想了足足有一两分钟。

"我自己也不知道。"她慢悠悠地说道。

"他很迷人。"

"是的,很迷人。"

"那他有哪些地方不招您喜欢吗?"

凯瑟琳并不回答,或者说不直接回答这个问题。"他提到了他妻子的死,"凯瑟琳说,"他说,他可以毫不虚伪地承认这对于他其实是一件好事。"

"我想就是他的这番话使您感到震惊和害怕吧?"蕾诺斯问道。她停顿了一会儿继续开口说:"他很喜欢您,凯瑟琳。"她的语调有点儿奇怪。

"他款待了我一顿很丰盛的午餐。"凯瑟琳微笑着说道。

显然蕾诺斯并不想沿着午餐的话题继续讨论。

"在他到这儿来的那天晚上我就发现了这点。"她思索着说道,"他看您的神态说明了一切。但您不是他喜欢的那种类型,可以说您是完全相反的类型。怎么说呢,我想这就是缘分吧,在您最合适的年纪遇到了最合适的缘分。"

"小姐,有您的电话。"女仆在窗边说道,"赫尔克里·波洛先生打电话找您。"

"让鲜血和风暴来得更猛烈些吧。继续向前进,凯瑟琳,继续您的侦探生涯。"

凯瑟琳的耳边传来了赫尔克里·波洛先生那清晰而又流畅的语调。

"是格雷小姐吗?好的。小姐您好,我这儿有一条来自凯特林夫人的父亲冯·阿尔丁先生的口信:他非常想同您谈谈,见面地点在玛格丽特别墅或是他住的酒店都可以,随您挑选。"

凯瑟琳考虑了一会儿,显然邀请冯·阿尔丁到这里来是非常不明智的。坦普林女士一定会兴高采烈地迎接那位百万富翁的到来,她从不会放过任何一个同百万富翁交流的机会。于是凯瑟琳回答说,最好还是去尼斯谈。

"太好了,小姐。我开车去接您。四十五分钟以内您能准备好吗?"

四十五分钟后,波洛准时到达了。而凯瑟琳也早就等候在那里,于是他们立即驱车向尼斯方向飞驰而去。

"嗯,小姐,您的近况如何?"

她看着他那闪闪发亮的眼睛,就像她第一次见他时那样确信,眼前这个人身上有着一种引人注目的魅力。

"咱俩之前不是有个小秘密吗?"波洛开口道,"我曾向您许诺,咱们要一起写一部'侦探小说'。而我一向是个一诺千金的人。"

"您真是太好了。"凯瑟琳轻声说道。

"呵,您这么说可真是在嘲笑我了。不过,您是否要听一下案情的最新进展?"

凯瑟琳表示愿意,波洛扼要地说了一下罗歇伯爵的情况。

"您认为,是他杀死了凯特林夫人?"凯瑟琳一面深思一面问道。

"这只是一种推测。"波洛慎重地说道。

"您相信这种说法?"

"我可没这么说过。那么小姐,您是怎么想的呢?"

凯瑟琳摇摇头。

"我怎么会懂这种事呢?我对这类事一窍不通。不过,如果让我说心里话……"

"怎样?"波洛鼓励她说下去。

"好吧,从您对伯爵的介绍分析来看,我觉得他不像那种会杀人的人。"

"哦!非常好。"波洛叫了一声,"从我刚刚的描述确实可以得出这样的结论。"他用敏锐的目光看着凯瑟琳。"但请您告诉我,您是否早已见过德里克·凯特林先生了?"

"我在坦普林女士那里遇到的他,昨天同他一起吃过一顿饭。"

"不太高明的借口,"波洛摇着头说道,"可是女人们都喜欢这一套,不是吗?"

他朝着凯瑟琳眨巴了一下眼睛,凯瑟琳笑了起来。

"他是那种走到哪里都很引人注目的人。"波洛继续说道,"在'蓝色特快'上您肯定也注意到他了吧?"

"是的,我看到过他。"

"是在餐车上吗?"

"不是,我从未在饭点的时候见到过他。我只见过他一次,那时他正走进他夫人的包厢。"

波洛点了点头。"真是一起奇妙的案件。"他压低了嗓门说道,"如果我没有记错的话,您曾经说过,在里昂您醒了,并向窗外看了一会儿。您有没有见到一个像罗歇伯爵那样的高个子男人下车?"

凯瑟琳摇了摇头。"我只看到一个戴着帽子、穿着大衣的年轻人走出车厢。但我相信,他只是想在月台上散一会儿步,而不是已经到达了目的地。另外,我还看到一位很胖的穿着睡衣和外套的法国旅客,他拿着面包,高声叫着要咖啡。除此之外,只剩下铁路上的服务人员了。"

波洛连连点头:"您看,事情就是这样。"他向凯瑟琳说出他心中所想:"罗歇伯爵有不在场证明。'不在现场证明'总是一件比较讨厌的东西,他越显得无辜,嫌疑也就越大。可是,我们现在还是全无头绪。"

他们驱车直接来到了冯·阿尔丁的公寓,奈顿出来迎接了他们,波洛向凯瑟琳简单介绍了一下这位秘书。在一些简单的寒暄之后,奈顿说道:"我去告诉冯·阿尔丁先生,格雷小姐已经到了。"

他打开门走进里屋,在一阵低语之后,冯·阿尔丁出现在会客厅里。他向凯瑟琳伸出手,同时瞥了她一眼,目光十分锐利,仿佛能洞察一切。

"我非常高兴见到您,格雷小姐。"百万富翁简单地说道,"我一直渴望您能尽可能多地告诉我一些有关我女儿的情况。"

百万富翁这一简短的开场白给凯瑟琳带来了很大的触动。她觉得她从未如此真正地被平等相待过。

他给凯瑟琳拉过一把椅子。

"请坐。请您告诉我全部的事情。"

波洛和奈顿一声不响地退到隔壁房间。讲述这件事对凯瑟琳来说并没有什么困难。她叙述着她同露丝·凯特林见面的情景,她的话语朴素而自然,逐字逐句地讲述着她们之间的谈话,尽量回忆着当时的情况。冯·阿尔丁坐在靠椅上安静地听着,用手遮住双眼。当凯瑟琳讲完了之后,他平静地说道:

"谢谢您,我的孩子!"

此后两人都陷入了沉默。凯瑟琳一时找不到恰当的字眼去安慰他。当百万富翁再次开口时,他完全换了一副语调:

"格雷小姐,我非常感谢您。我相信,在我那可怜的孩子一生的最后时刻,是您给了她一点慰藉。有一件事我还要向您打听一下。波洛先生应该已经对您讲过那个拐骗我女儿的流氓的事了,她那时也正要去见这个人。依您的判断,在与您聊天之后,她是否心生悔意?您觉得她是不是准备要放弃赴约了?"

"我没法回答您。看起来她确实已经做了某种决定,并且因此而激动不已。"

"她没告诉您她跟那个浑蛋打算在哪儿见面吗?巴黎还是耶尔?"

凯瑟琳摇摇头。

"她没有提到过这件事。"

"哦!"冯·阿尔丁一面思索一面说,"但这是个关键问题。好吧,就等时间来证明这一切吧。"

他站起身来打开通往隔壁房间的门。波洛和奈顿返回了屋内。

凯瑟琳婉言谢绝了在这里吃午饭的建议。奈顿陪她到了楼下,并把她送上了汽车。当奈顿回到房间时,他见到波洛和冯·阿尔丁正谈得起劲。

"只要我们知道,"百万富翁深思地说,"露丝最后究竟打了什么主意,事情就会好办很多。这儿有几种可能性,她可能决定在巴黎下车给我打电报,或者她决定去法国南部找伯爵解释清楚。我们现在仿佛置身于黑暗之中,完完全全的黑暗之中,毫无头绪。从女仆那里我们知道,露丝对伯爵突然在巴黎站出现感到惊慌失措。由此推断,巴黎的会面是计划之外的事。奈顿,你觉得我说得对吗?"

秘书吃了一惊:"请原谅,冯·阿尔丁先生,我刚才没有注意听您在说些什么。"

"你好像没睡醒一样,"冯·阿尔丁说,"这可不是你的性格啊。我想一定是格雷小姐让你如此失态。"

奈顿的脸上刷地一下泛起了红晕。

"她是一位能给人留下深刻印象的好姑娘。"冯·阿尔丁轻声说道,"是非常好的人。你注意到她的眼睛了吗?"

"所有人,"奈顿回答说,"都无法忽视她的那双眼睛。"

第二十一章　网球场上

几天时光转瞬而逝。一天早晨，凯瑟琳女士只身散步归来时，蕾诺斯朝她挤眉弄眼地笑着。

"您那可爱的人给您打过电话，凯瑟琳。"

"我那可爱的谁？"

"一位新人——鲁夫斯·冯·阿尔丁的秘书。看来您在这里混得还满开的嘛。这样下去，凯瑟琳，您得要伤多少男人的心啊。先是德里克·凯特林，现在又是这位年轻的奈顿。最有趣的是，我对此人印象颇深。他曾在我母亲开的战时医院里住过，我那时才八岁。"

"他那时伤得很重吗？"

"如果我没记错的话，他的腿部中过一颗子弹，那简直太糟糕了。我想医生当时的判断有点失误，医生那时候说能完全治好他的腿。可他出院的那会儿还是有点瘸。"

这时，坦普林女士出现在她俩的面前。

"你把奈顿少校的事讲给凯瑟琳听了没？"她问道，"他是那样可爱的一个小伙子！刚开始我没认出来……那时有那么多的伤病员，可是现在，当时的情景又重现在眼前了。"

"那时他默默无闻。"蕾诺斯说道，"而现在，他当上了美国百万富翁的秘书，那当然与众不同了。"

"亲爱的!"坦普林女士用略带责备的语调说道。

"奈顿少校打电话找我有什么事情吗?"凯瑟琳问道。

"他问您今天下午是否有兴趣去看网球。要是想去,他开车来接您。妈妈和我当然以您的名义欣然接受了他的邀请。凯瑟琳,当您同那位百万富翁的秘书打情骂俏的时候,我就有机会去见百万富翁一面了。我想,他应该快六十岁了,所以他一定喜欢像我这样年轻美丽的女孩。"

"我十分想同冯·阿尔丁先生认识一下。"坦普林女士的语气非常急切,"我听说了很多有关他的传闻。那些流传在西方世界中含糊不清的数字,"她停了停,"太吸引人了。"她喃喃道。

"奈顿少校在电话里一再强调说,这是以冯·阿尔丁先生的名义邀请的。"蕾诺斯说道,"他这样反复强调,反而让我起了疑心。您和奈顿将会是很般配的一对,凯瑟琳。祝福您,我亲爱的宝贝。"

凯瑟琳笑容满面地上楼换衣服去了。

午餐结束后不久,奈顿就来到了玛格丽特别墅,忍受了一番坦普林女士殷勤的嘘寒问暖后,终于接走了凯瑟琳。

当他们两人一起坐在开往戛纳的汽车上时,奈顿对凯瑟琳说:"坦普林女士真是一点儿没变。"

"是说她的言行还是外貌没变?"

"都没变。我想她大概已经有四十多岁了,但还是一样美丽动人。"

"确实如此。"凯瑟琳赞同道。

"我非常高兴,您接受了邀请。"奈顿继续说道,"波洛先生也在。他这人真是有趣极了。您认识他很久了吗,格雷小姐?"

凯瑟琳摇摇头:"我只是在到这里来的火车上与他相遇的。

那时我正在看一本侦探小说,我们就碰巧说了一些与此相关的话题。当然了,那时我还不知道他是谁。"

"他真的是一位了不起的人物。"奈顿缓缓说道,"而且他也做了很多了不起的事情。他在刨根问底方面极具天赋,但在他揭示真相之前没有人知道他究竟在想什么。我还记得有一次我到约克州一座庄园里做客,恰逢卡旺女士的首饰被窃。事件看起来只是一起通常的盗窃案件,可是当地的警察无从下手。我当时建议他们请波洛先生来,并告诉他们,这是唯一能够帮得上忙的人。可是这帮人当时只相信苏格兰场。"

"后来怎样了呢?"凯瑟琳好奇地问。

"首饰仍然无影无踪。"奈顿的语调里毫无感情。

"您真相信他?"

"我当然相信他。罗歇伯爵是个纨绔子弟。他曾三番五次地摆脱了困境,可是这一次他落到赫尔克里·波洛的手里,那可真算碰上了死对头。"

"罗歇伯爵?"凯瑟琳一面思索一面说道,"您也认为他就是凶手?"

"那当然!"奈顿惊诧地看着她,"您难道不这样认为吗?"

"噢,我当然也觉得他可能是凶手。"凯瑟琳说道,"但,我是想说,这起案件也许并不是一起简单的火车抢劫案。"

"当然也会有其他的可能。"奈顿认同地说道,"可是在我看来,罗歇伯爵的嫌疑还是最大。"

"可是他有不在场证明。"

"哈!不在场证明?"奈顿的脸上展现出了迷人的孩子气笑容。

"格雷小姐,您刚刚说,您特别喜欢读侦探小说。那么您也应该知道，不在场证明越完美，嫌疑就越大。"

"您认为现实生活中也是这样吗？"凯瑟琳微笑着问道。

"为什么不可能呢？小说总是来源于现实。"

"但小说要比现实更加夸张。"凯瑟琳提醒道。

"也许吧。但无论如何，如果我是凶手的话，我可不愿意招惹上赫尔克里·波洛。"

"我也不想。"凯瑟琳大笑着说。

波洛正在网球场上等待着他们的到来。因为天气转暖，他只穿了一件亚麻布白衬衣，胸前还戴着一朵山茶花。

"小姐，您好！"波洛说道，"看我这打扮，多像一位地道的英国人。"

"您看起来帅气极了。"凯瑟琳称赞道。

"您这是在取笑我呢，"波洛欢快地说，"不过这没有什么关系。波洛老伯总能笑到最后。"

"冯·阿尔丁先生在哪儿呢？"奈顿问道。

"他会在座位那儿与我们相见的。告诉您实话吧，兄弟，他对我并不十分满意。唉，这些美国人，从不晓得什么是休息，什么是冷静！冯·阿尔丁先生恨不得我穿梭在尼斯所有的大街小巷里搜捕罪犯才好。"

"我想说，这个主意听起来其实不错。"奈顿评论道。

"您错了。"波洛说，"干这一行的人需要的不是体力，而是智谋。在网球场上总会遇见很多人，这点至关重要。噢，你们看，凯特林先生来了。"

德里克突然出现在他们身旁。他看起来有些神思恍惚，心神不定，神色中带着怒气。他同奈顿冷淡地寒暄了几句。这一群人中，唯独波洛看起来毫不紧张，每个与他交谈的人都觉得十分愉快。他此刻正夸赞着这位刚到的凯特林先生。

"凯特林先生，没想到您的法语居然说得这么好，实在太让人吃惊了。"他说，"如果您说自己是法国人，我也会相信的。在英国人中鲜有像您法语说这么好的人。"

"希望我也能如凯特林先生说的这样好。"凯瑟琳说，"我知道我说的法语还带着很重的英伦腔。"

他们走到了自己的位置上。此时奈顿发现他的主人在大厅的另一端向他招手，他立即走过去。

"我很喜欢这个年轻人。"波洛微笑着看秘书越走越远，开口说道，"您觉得呢，格雷小姐？"

"我也这样认为。"

"那么您呢，凯特林先生？"

德里克差点儿脱口而出一些反驳的话语，但当他看到眼前这个个头矮小的比利时人眼中闪烁的亮光时，他的心里及时拉响了警钟。他谨慎地组织了一下语言，开口道：

"奈顿是一位非常好的伙伴。"

有那么一瞬间，凯瑟琳似乎看到波洛的脸上闪过了一丝遗憾的神情。

"他还是您的一名崇拜者，波洛先生。"凯瑟琳提到了他们之前在车里聊的那些话。让她感到有趣的是，在听到这些赞美之词时，眼前这个小老头就像一只鸟儿在昂首挺胸地炫耀自己的羽毛那样得意扬扬，尽管他也试图营造出一种谦虚的氛围，但明眼人都能一眼看穿。

"这让我突然想到一件事，格雷小姐，"波洛突然转了话题，"我还想同您确认一件小事。我想在您同那位可怜的女士谈话时，您曾不小心弄丢了一个香烟盒。"

凯瑟琳看起来十分惊讶。"我没有丢过什么香烟盒啊。"她说。波洛从衣袋里掏出一个蓝色的软皮香烟盒,上面嵌着一个金色的字母"K"。

"不是,这不是我的。"她回答道。

"噢,那非常抱歉!这样说来,这个香烟盒就是那位女士自己的了。字母'K'应该代表的是'凯特林'。我们之所以起了疑心,是因为在她的手提袋里还有一个香烟盒,一个人同时带着两个香烟盒,这件事实在是太古怪了。"他突然转向德里克,"您知不知道,这是否是贵夫人的香烟盒?"

德里克猛然一惊。他稍微有点儿结巴地答道:"我,我不知道。我想这不是她的吧。"

"那也许是您的?"

"绝对不会是我的。我的香烟盒怎么可能在我夫人那里呢。"

这时,波洛的表情看起来尤为无辜和天真。

"我想,会不会是您到您夫人的包厢去的时候偶尔遗失在那里的。"波洛诚恳地解释道。

"我没有去过她的包厢。这点我已经向警方解释过数十次了。"

"十分抱歉。"波洛满怀歉意地说道,"但就是这位小姐曾亲眼看见您走进了凯特林夫人的包厢。"

他颇为尴尬地站在那里,一句话也说不出来。

凯瑟琳看向德里克。也许是幻觉,她觉得后者的脸一下变得惨白。他的笑声听起来是那样的不自然。

"您弄错了,格雷小姐。"他轻松地说道,"我事后才从警察那里得知,我的包厢和我夫人的就隔一到两个包厢的距离,但我当时完全没有意识到这点。您当时看到的可能是我正走进自己的包厢。"这时，他看见冯·阿尔丁和奈顿出现在视野里，于是立即站起身来。

"我恐怕要先走一步。"他声明道，"我简直难以忍受我的那位岳父。"

冯·阿尔丁彬彬有礼地向凯瑟琳打了个招呼。但这位百万富翁的心情明显不佳。

"看起来您很喜欢看网球呀，波洛先生？"他愤愤地抱怨道。

"是的，我很喜欢。"波洛平静地回答说。

"您也只能在法国才能如此享受。"冯·阿尔丁说道，"我们美国人都是铁打的，不办好正事绝不会提前享乐。"

波洛并没有立刻反击百万富翁的嘲讽，相反，他满脸微笑地对冯·阿尔丁先生说：

"请您千万别生气。每个人都有他独特的行动准则。我一直认为，劳逸结合才是最有效的工作方式。"

他瞥了一眼凯瑟琳和奈顿，这两人正兴高采烈地交谈着，完全被对方吸引住了。波洛满意地点点头，侧过身子，向百万富翁低语道：

"我的确不只是为了享受才到这里来的。冯·阿尔丁先生，您看到对面那个高个子老头了吗？就是那个面色发黄、留着一把胡须的人？"

"我看到了，他是谁？"

"他就是帕波波鲁斯先生。"波洛答道。

"希腊人？"

"正是如此，这位希腊人是当今世界上有名的古玩商人。他在巴黎有一家小铺子,而且警方已经注意他很久了。"

"为什么?"

"他的另一重身份是欧洲最大的收赃者,尤其喜爱珠宝。这个世界上就没有他不认识的二次切割和重新组合的珠宝。在与他进行交易的伙伴中,既有欧洲那些有头有脸的人物,也有黑市中的犯罪分子。"

冯·阿尔丁看着波洛,脸上一副恍然大悟的表情。

"所以?"他询问道,语气不再像之前那样充斥不满。

"我问自己,"波洛说,"我,赫尔克里·波洛,"他指了指自己的胸膛,"向自己提出一个问题:为什么帕波波鲁斯偏偏在此时此刻到尼斯来?"

冯·阿尔丁动容了。仅仅在几分钟之前,他还认为波洛只不过是个喜爱吹嘘的自大狂。可是顷刻之间,他对这位小老头又恢复了最初见面时的信任。他直直地盯着眼前这位小个子侦探。

"我一定要向您道歉,波洛先生。"

波洛用一个极其夸张的手势将这份道歉挥舞到了一边。

"哈!"他嚷嚷道,"这事儿一点儿也不重要。现在,冯·阿尔丁先生,我有个消息要告诉您。"

百万富翁以紧张而好奇的神态注视着波洛的面孔。

波洛点点头。

"我就说您一定会感兴趣的。正如您所知,自从第一次审讯伯爵之后,我们的人一直在暗中监视他。审讯后的第二天,趁他不在时,我们对他的玛丽娜别墅进行了一次搜查。"

"好吧,"冯·阿尔丁说道,"发现了什么没有?我打赌肯定什么都没发现。"

波洛轻轻地鞠了一躬。

"您的洞察力果然敏锐，冯·阿尔丁先生。我们在那里没有找到任何有价值的证据。当然，这是件很使人懊丧的事。罗歇伯爵，就像传闻中说的那样，是个精于此道的老手，他经验丰富且诡计多端。"

"请您继续说。"冯·阿尔丁低声道。

"当然，罗歇伯爵可能真的没有什么东西需要隐藏。但我们不能放过任何的蛛丝马迹。如果，他真的有要隐藏的东西，那么他会把它放在哪里呢？警察已经仔细搜查过他的住所了，不在他的房子里；他知道自己随时有被逮捕的危险，所以他也绝不会随身携带此物；那么第三种可能，就是在他的车上。就像我之前说的那样，前几日他都处于监控之中。在他去蒙特卡洛的那天，我们的人一直跟着他。他独自一人驱车从蒙特卡洛前往芒通，他所驾驶的那辆小汽车有一部动力很强劲的发动机，跟踪他的人费了很大劲儿才跟住他，不过有几乎一刻钟的时间他完全消失在警方的视野里。"

"那么您认为，在这一刻钟里，他会在马路边上藏了什么东西吗？"百万富翁怀着极大的兴趣追问道。

"在马路边上？不，那不是他的性格。听我说，我后来向卡内基先生提了点儿小建议。他也很乐于去验证我的猜想。结果发现，曾有人目击罗歇伯爵走进了附近的一家邮局。先生您瞧，藏起一件东西最好的方法就是寄走它。"

"所以说？"冯·阿尔丁询问道，他的脸庞闪烁着期待的光芒。

"所以说——就是它！"波洛以极其敏捷的速度从衣袋里掏出一个松散的棕色包裹，包裹外的绳子已经被拆掉了。

"在他消失的那十五分钟的时间里，我们追踪的这位绅士寄走了这个包裹。"

"地址写的是哪里?"冯·阿尔丁马上问道。

波洛点了点头。

"地址可能会告诉我们一些有用的信息,但很可惜并没有。这个包裹是寄往一家巴黎的小报社营业部的,这种地方专门负责保管信件和包裹,有人支付一定的报酬就可以把东西再取出来。"

"那么包裹里装的是什么?"冯·阿尔丁急切地问道。

波洛剥开纸包,准备打开里面那个正方形的硬纸盒,这时他环顾了一下四周。

"此刻正是最合适的时机,"他轻声说道,"所有人的注意力都在网球场上。先生,您请看!"

他把小盒子的盖子迅速打开,百万富翁惊叫了一声,脸色立即变得刷白。

"上帝啊!"他屏住了呼吸,"那些宝石。"

百万富翁呆呆地坐在那里许久,波洛把盒子又装进了衣袋,脸上现出明朗的笑容。蓦然间,百万富翁从神志恍惚中清醒了过来。他向波洛探出身,紧紧地握住了这位侦探的手,力道之大使波洛疼得几乎叫出声来。

"太棒了。"冯·阿尔丁说道。"太棒了!您是位天才,波洛先生。您是位百里挑一的天才。"

"这没什么,"小老头谦虚地说道,"一点儿逻辑学,再加上一点儿技巧,还有一点儿预见性,除此之外也没什么其他特别的了。"

"我猜现在罗歇伯爵一定被逮捕了吧?"百万富翁好奇地问道。

"没有。"波洛答道。

冯·阿尔丁满脸惊讶。

"为什么?您还在等什么呢?"

"伯爵拥有非常完美的不在场证明。"

"但那完全是胡编乱造。"

"是的,"波洛说,"我也知道那些都是他胡编乱造出来的证据。但不幸的是,我们必须要证明他在说谎。"

"可是在我们寻找这方面证据的时候,他肯定会从我们手里溜走的。"

波洛坚定地摇了摇头。

"不,"他说道,"他不会这样做的。罗歇伯爵最在乎的就是他的社会地位,他一定会千方百计地保住自己的地位,继续像之前那样厚颜无耻地活下去。"

冯·阿尔丁还是有点不相信。

"但我看不出……"

波洛举起了一只手,截断了他的话。"请您再多给我一点儿时间,先生。我有一个小小的想法。很多人都曾嘲笑过赫尔克里·波洛的小想法,但最后事实都证明他们想错了。"

"好吧,"冯·阿尔丁说道,"您说说看,您的那个小想法是什么?"

波洛沉默了一会儿,然后回答道:

"明天上午十一点我会到宾馆去拜访您。在此之前,请您不要向任何人透露我的新发现。"

第二十二章　帕波波鲁斯的早餐

帕波波鲁斯正在用早餐，他的女儿齐娅坐在他对面。

这时有人敲门，过了一会儿，仆人拿着一张名片走了进来。帕波波鲁斯接过名片扬起眉毛琢磨了一会儿，然后把它递给了女儿。

"嗯，"帕波波鲁斯先生哼了一声，挠着左耳深思着，"赫尔克里·波洛！怎么会是他。"

父女俩对望了一眼。

"我昨天在网球场上见到他了。"帕波波鲁斯说，"齐娅，我真不想见他。"

"他曾帮过您的大忙。"女儿提醒他道。

"确实如此。"帕波波鲁斯肯定地回答说，"而且我听说，他现在已经退休了。"

刚刚这段对话是用希腊语进行的。他们谈论完毕之后，帕波波鲁斯用法语向仆人说道：

"请那位先生进来吧。"

几分钟后赫尔克里·波洛进了客厅，他同往常一样西装革履，神气活现地挥着手杖。

"我亲爱的帕波波鲁斯先生。"

"我亲爱的波洛先生。"

"还有迷人的齐娅小姐。"波洛深深地鞠了一躬。

"我们的早饭还没吃完,请您不要介意。"帕波波鲁斯说着又为自己倒了一杯咖啡,"您来得实在有点,呃,太早了。"

"确实早得有点不像话。"波洛道,"但是,我也是迫于无奈啊。"

"噢,"帕波波鲁斯嘀咕道,"那您是来查案的?"

"是一宗非常紧急的案子,"波洛回答,"事关凯特林夫人被害一案。"

"让我想想,"帕波波鲁斯无辜地抬眼望着天花板思索着,"是不是在'蓝色特快'上遇害的那位夫人?我在报纸上读到过这条新闻,可是那上面并没有说这是一桩刑事犯罪案件啊。"

"基于司法方面的原因,警方认为还是不提此事为好。"波洛说道。

对话至此中断了一会儿。

"可是,我又能在哪些方面帮上您的忙呢?波洛先生?"古玩商礼貌地问道。

"您瞧,"波洛说,"我正准备跟您提这件事呢。"他从衣袋里掏出在戛纳给冯·阿尔丁看过的那个棕色纸包,然后打开它,把宝石拿到了帕波波鲁斯的眼前。

尽管波洛留心观察,但这位老古玩商的脸上毫无表情,甚至连任何一块肌肉都没有动一下。他把宝石拿在手上,以内行的眼光察看了半天。然后向对面的老侦探投以好奇的目光。

"挺美丽的,不是吗?"波洛问道。

"非常美。"帕波波鲁斯先生表示同意。

"您认为值多少钱?"

这时,希腊老人脸部的肌肉多少有点儿抽动。

"波洛先生,要我向您说真话吗?"他问道。

"帕波波鲁斯先生,您总是这么精明。不,实际上没这个必要。我想它们至少值五十万美元。"

帕波波鲁斯笑了起来,波洛也附和地笑着。

"作为仿制品,"帕波波鲁斯一面说一面把宝石还给波洛,"它们就像我说的那样,非常美。恕我轻率,请问它是怎么到您手中的?"

"您绝非轻率,在老朋友面前我没什么可隐瞒的。宝石是在罗歇伯爵那里找到的。"波洛答道。

帕波波鲁斯的眉毛挑得更高了。

"的确。"他喃喃自语。

波洛向他探出身,表现得比任何时候都坦诚且无辜的样子。

"帕波波鲁斯先生,"他说道,"我得向您摊牌。这些宝石的真品原本属于凯特林夫人,但在'蓝色特快'上被盗走了。首先我必须向您声明:追回宝石是警方的事,与我无关。我这次是为冯·阿尔丁先生工作,而我的目的只是为了抓到那个凶手。我此番带着宝石前来,也只是因为这些宝石能提供关于那个凶手的线索。您明白我的意思吗?"

波洛说出最后一句话的时候,特地加强了语气。帕波波鲁斯的脸色丝毫没有变化,简短地说道:"请继续说。"

"帕波波鲁斯先生,我估计这些宝石很可能会在尼斯交易,或者有可能交易早已完成了。"

"呵!"帕波波鲁斯开口道。

他小啜了一口咖啡,看起来贵族气派十足。

"我对自己说,"波洛继续活泼地说道,"我多么幸运啊,我的老朋友帕波波鲁斯先生恰巧就在尼斯,他一定会帮我的忙。"

"为什么您觉得我可以帮上您呢?"帕波波鲁斯冷冷地问道。

"我当时就想啊,帕波波鲁斯先生到尼斯一定是来做生意的。"

"您猜错了,"帕波波鲁斯反驳说,"我是由于健康的原因,遵医生的嘱咐,才到这里来的。"

他说着大声咳嗽起来。

"听到这个消息我深感抱歉。"波洛极为同情地说,"不过,让我们继续就这个话题说下去。如果一位俄国大公、一位奥地利大公夫人或者一位意大利王子要把他的传家首饰换成钱,那么他们会去谁那儿寻求帮助呢?当然是帕波波鲁斯先生了,不是吗?这位先生以他在这个行业中的谨慎从事而名扬于世。"

听者稍稍欠了一下身。

"您这是在奉承我。"

"慎重是好事。"波洛沉思着说道,希腊人的脸上浮现了一抹稍瞬即逝的笑容。"我有时也很慎重。"

两人的目光又碰到了一起。

然后波洛又字斟句酌地继续慢慢说道:

"之后我又推测:如果这些宝石在尼斯已经易主,那么帕波波鲁斯就一定会听到风声,他对宝石市场上的任何一桩交易都了如指掌。"

"呵!"帕波波鲁斯叹了一声,不慌不忙地在面包上又涂了一层蜜。

"您知道的,"波洛说,"警方与此事毫不相干,我这里查的是一桩私人的案子。"

"可是已经谣言四起了。"帕波波鲁斯谨慎地说道。

"比如说?"波洛的反应很迅速。

"您有什么理由说服我,让我把这些消息透露给您呢?"

"当然有。"波洛说道,"我当然有恰当的理由。帕波波鲁斯先生,如果您还记得的话,十七年前,您正在进行一笔数额可观的交易。一位有名的人物在您这里投了保险,而您则负责保管这些贵重物品,可是不知怎的,这些东西突然失踪了。您当时的状态,用俗话来说,就是'热锅上的蚂蚁'。"

他说完向齐娅投去柔和的目光,她把杯碟放在一旁,双手托着下巴,双肘撑在桌上,聚精会神地听着。波洛仍然注视着她。

"我当时人在巴黎。您派人去邀请我,将您的身家全部托付于我。那时您说,如果我能帮您把那些东西找回来,您将永远感激我。万幸!我最后成功帮您找回了那些贵重物品。"

帕波波鲁斯深深地叹了一口气。

"那是我一生中最艰难的时刻。"他压低了声音说道。

"十七年的时间虽说很长,"波洛说道,"但我相信,先生,您的民族决定了您不会轻易忘记自己的诺言。"

"我这样一个希腊人?"帕波波鲁斯讥讽地笑了一笑。

"我不是说希腊人。"波洛说道。

沉默了良久,这位老头自豪地站了起来。

"您说得对,波洛先生。"他平静地说道,"我是个犹太人,我们犹太民族,正如您所说,绝不会忘记曾经许下的诺言。"

"您会帮我的忙吗?"

"关于这些宝石的事,先生,恕我无能为力。"

这位老头,正如刚刚的波洛那样字斟句酌地继续说着。

"我什么也不知道,也什么都没听说。但如果您对赛马感兴趣,我倒是可以说上一说。"

"在某些情况下,我对此也很感兴趣。"波洛看着对方,平静地说道。

"有一匹在珑骧赛马场奔驰的赛马非常引人注目。您也知道，此事的细节我不便多说，这种消息不知道已经转过多少手了。"

他看着波洛，不再继续开口，好像在确保后者能完全明白他刚刚那句话的含义。

"很好，非常好。"波洛点着头说道。

"这匹马的名字，"帕波波鲁斯靠着椅背，手指摸着嘴唇，继续说道，"叫'侯爵'。我想这应该是一匹英国马，但不是很确定。你说呢，齐娅？"

"您说得没错。"他女儿回答道。

波洛迅速起身。

"谢谢您，帕波波鲁斯先生。"他说，"能从马厩中获得提示实在是太棒了。先生，非常感谢您。"

他转向坐在一旁的女孩。

"再见，齐娅小姐。我总觉得就像昨天才同您在巴黎相见一样，看看您，十七年的时光在您这儿顶多就像过了两年。"

"十六岁和三十三岁之间无论如何总是有区别的。"齐娅悲叹道。

"您绝对是个例外。"波洛殷勤地说道，"如果您和您的父亲最近能同我一起用个晚餐，我将会倍感荣幸。"

"这对我们来说才是莫大的荣幸。"齐娅回答道。

"那让我来安排吧。"波洛说道，"现在，我要告辞了。"

波洛哼着愉快的小曲走在大街上。他欢乐地挥舞着手杖，时不时暗自微笑着。沿途他路过了一家邮局，于是停住脚步走了进去，准备发一封电报。打这份满是密码的电报时，他不时地停下来想一想应该如何措辞。这份发给苏格兰场的杰普探长的电报，其内容表面看起来是关于寻找一个丢失的围巾别针的事。

实际上,这封电报的真实内容短小而精悍:"请把外号叫'侯爵'的人的一切情况,尽快电告于我。"

第二十三章　新的推测

时钟刚敲过十一点,波洛就出现在了冯·阿尔丁下榻的饭店里,此时只有百万富翁一个人在。

"您还是像往常一样准时,波洛先生。"冯·阿尔丁起身迎接这位侦探。

"我总是很准时。"波洛说,"我的生活一向循规蹈矩。"

他停顿了一会儿,"呃,我可能之前已经跟您说过这些话了。好吧,现在我们言归正传。"

"有关您的那个小想法?"

"对,我的那个小想法。"波洛微笑着说道。

"不过,首先我必须再和那位女仆,艾达·梅森谈谈。她在吗?"

"嗯,她在。"

"太好了。"

冯·阿尔丁好奇地瞅着波洛。他摇铃招来仆人吩咐了一声,过了一会儿女仆就被带进了屋子。

波洛以他那习惯性的礼节欢迎了她,这种礼节对于女仆那一阶层的人来说十分受用。

"梅森小姐,早上好。如果冯·阿尔丁先生不介意的话,我想请您先坐下。"

"当然不介意，姑娘你坐吧。"冯·阿尔丁说。

"谢谢，先生。"梅森说完后，不自然地坐在了椅子的一角上，看起来比之前更瘦弱且精神萎靡。

"我只是想向您询问几个问题。"波洛开始说道，"我们必须从头开始捋一遍整个案件。首先我还是要回到火车上那位神秘男子的话题。之前已经将罗歇伯爵指给您看过了，您说那个男子可能就是伯爵，但又并不确定。"

"先生，就像我之前告诉过您的那样，我没看清那个男子的脸，所以没有办法确认。"

波洛微笑着点点头。

"那是当然了，我完全明白。小姐，据您所说，您在凯特林夫人那里已经服务了两个月了。在这段时间里您是否经常看到凯特林先生呢？"

她思考了一下回答道："只见过他两次，先生。"

"那么只是远距离匆匆看了一眼，还是近距离见过面呢？"

"有一次，凯特林先生到柯曾街来。我当时正在楼上，我透过楼梯扶手看到了在一楼大厅的他。我有点儿好奇，先生，您能明白的，就是想知道——呃——是怎么回事。"她谨慎地咳嗽了一声，止住了话题。

"那么第二次见他呢？"

"是在公园里。我当时正和安妮在一起，安妮是另一个女仆，先生。安妮指了指一位正同外国女士散步的男人，告诉我那就是凯特林先生。"

波洛又点了点头。

"现在请您注意，小姐。您怎么能够断定，在里昂站同夫人谈话的那个人不是凯特林先生呢？"

"凯特林先生？噢，我从来没有这样想过。"

"但您刚才说您不能确定那人是谁。"波洛立刻接上话头。

"呃，我从未想过有这个可能，先生。"

梅森对波洛的这个提议显然感到非常迷茫。

"您当然已经听说，您家的男主人也在同一列火车上。因此，如果他去找自己的夫人聊天，这不是十分自然的事吗？"

"可是，那位先生明显是从外面上的火车。他穿着外套，戴着帽子，这明显就是在大街上的打扮。"

"完全正确，小姐。不过请您再想一下。火车刚到里昂站，下车去散步的旅客很多。您的女主人也正有此打算，因此她披上了那件皮大衣，不是吗？"

"是的，先生。"女仆应和着说道。

"您的男主人也是这样想的。火车里面很热，但外面很冷。凯特林先生穿上了外衣，戴上了帽子，到车厢外沿着列车散步，他抬头看着一个个亮着灯光的窗户，突然看到凯特林夫人。在此之前，他根本不知道他的夫人也乘这趟列车。自然而然地，他就又上了火车，走进了凯特林夫人的包厢。她看到自己的丈夫必然也吃了一惊，因此随手就关上了联通你们两个房间的门，好让他们之间的对话不被外人听去。"

波洛把身子往椅背上一靠，静静地注视着他的这些充满暗示的话语在慢慢地起作用。他太了解梅森这一阶层的人了，她们总是需要多一点的时间去思索一件事情。他必须给她时间，让她能够摆脱脑子里那些先入为主的观念的影响。三分钟之后，她开口道：

"这完全可能，先生。我从前没有这样想过。凯特林先生的个头也很高，也是黑头发，身段很像火车上的那个人。那人身上的外套和帽子让我之前觉得他一定不是车上的乘客，可是，是的，他也完全可能是凯特林先生。我真的没有办法下定论了。"

"非常感谢您，小姐，我不过多地耽误您了。噢，只是还有一个问题。"他从口袋里掏出那个曾给凯瑟琳看过的香烟盒，问梅森："这个烟盒是夫人的吗？"

"不，这不是夫人的烟盒，但——"

她看起来很惊讶，脑子里很明显地闪过了一个念头。

"嗯？"波洛询问道。

"先生，我想，当然我只是猜测，这个香烟盒似乎是夫人买来送给凯特林先生的那个。"

"哦。"波洛的表情看起来没有任何变化。

"但是，我不能断定夫人最后有没有把它送给凯特林先生。"

"当然了，"波洛说，"那是当然了。好吧，就这些，小姐。祝您有个愉快的下午。"

艾达·梅森随即退出了房间，轻轻带上了房门。

波洛带着一种难以察觉的微笑看着冯·阿尔丁。这位百万富翁看起来惊讶万分。

"您认为，您认为是——德里克干的？"他质疑道，"可是，到目前为止所有的证据都指向了另一种可能。难道不是伯爵为了珠宝而铤而走险吗？"

"不。"

"但您明明亲口对我说……"

"我对您说什么了？"

"宝石的事儿啊！您还亲自给我看了那些宝石。"

"没有。"

冯·阿尔丁瞪着波洛。

"您是说您没有给我看过那些宝石？"

"没给您看过。"

"昨天，在网球场上，您给我看过宝石啊！"

"没有。"

"您疯了吗？波洛先生，还是我精神有问题？"

"咱俩都没事儿。"侦探开口答道，"您向我提出问题，我做出相应的回答。您问我昨天是不是给您看过宝石，我回答没有。冯·阿尔丁先生，昨天我给您看的那些东西，是一等一的仿制品，就算是行家也很难将它们同真的珠宝区别开来。"

第二十四章　波洛的忠告

百万富翁花了很久才消化了整件事,他满脸疑惑地盯着波洛。这个小个子比利时人朝他微微点了点头。

"没错。"他说,"现在又要重新思考整件事了,不是吗?"

"仿制品!"

他向前探出身。

"从始至终,波洛先生,您都是这么想的吧?从始至终您都是这样规划的吧?您从来就不相信罗歇伯爵是什么杀人凶手吧?"

"我只是有些怀疑。"波洛平静地回答道,"正如我对您说的那样:这是一起暴力抢劫杀人案,"他用力摇了摇头,"不,也不能这么形容。这并不符合罗歇伯爵一贯的行事作风。"

"但您之前也相信他本准备计划要偷窃宝石。"

"没错,这是不言而喻的事。我认为事情是这样的:伯爵知道了这些宝石的下落,因此就拟定了一套相应的计划。他编造了一段有关宝石的浪漫故事,以便让您的女儿把宝石带在身边。他自己制造了一个非常相似的仿制品,企图在适当的时机偷天换日,把真品弄到手。而您的女儿并不是珠宝专家,要发现自己手中的珠宝已经变成了赝品需要很长一段时间。也只有到那时,她才有可能去控告他。不过,我不太相信她会那样做。伯爵那里一定存有您女儿的很多信件,是啊,一切都做得很巧妙,他可不止一次地干过这种勾当。"

"您说的这一切都很可信。"冯·阿尔丁不得不承认。

"这是根据罗歇伯爵的人品所做出的推断。"波洛答道。

"是的,但是现在——"冯·阿尔丁探究地望着对方,"到底后来发生了什么事,波洛先生?请您告诉我!"

波洛耸了一下肩膀。

"事情非常简单。"他说,"有人在伯爵之前捷足先登了。"

好一阵沉默。

冯·阿尔丁的脑子在激烈地思考着,然后他开门见山道:

"波洛先生,您从什么时候开始怀疑我的女婿的?"

"从一开始。他犯罪的动机和条件都存在。每个人都自然而然地认为,在您女儿包厢里的那个人是罗歇伯爵。起初,我也这样认为。有一次,您偶然提到,您曾把伯爵误认为您的女婿。这提醒了我,他们两个人的体形和头发的颜色的确有些相似。这给我提供了一条非常值得注意的线索。女仆不久前才到您女儿那里工作,她几乎说不清楚凯特林先生的外貌,因为他不住在自己的夫人那里。而火车上的那个人也尽量不让人家看到他的脸。"

"您认为,我女儿是他杀的?"冯·阿尔丁的声音变得嘶哑了。

波洛迅速举起了一只手。

"不,不,我从没有这样说过。这只是一种可能性——一种非常值得人注意的可能性。他的财政状况正处于悬崖边缘,后面就是万劫不复的深渊。此举将是他的一条出路。"

"但是,他为什么要把宝石拿走?"

"是为了造成一种假象,让人觉得似乎这个案子只是一般的盗窃案。否则的话,人们一开始就会直接怀疑到他身上。"

"如果您说的都是真的话,那他是怎样处理这些宝石的呢?"

"这还有待观察。里面的门路多了去了。在尼斯有一个人能帮助他处理这些宝石,就是我之前在网球场上指给您看的那个人。"

他站起身,同时冯·阿尔丁也站了起来。百万富翁把他的手放在那个小个子男人的肩膀上,他的声音因为愤怒而变得有点儿尖锐:

"一定要为我找到杀害露丝的凶手。"他说,"除此之外我别无他求。"

"请您把事情包在赫尔克里·波洛身上。"侦探以自豪的神态回答道,"您不用担心,我最后一定会查明真相。"

他轻轻拂去了帽子上似有若无的灰尘,对百万富翁露出了自信的笑容,然后离开了房间。然而,当他走下楼梯时,脸上的自信不翼而飞。

"一切都进行得非常顺利。"他喃喃自语道,"但仍有一些问题有待解决。是的,有很多问题。"走到宾馆大门口时,他突然收住了脚步。一辆汽车驶到近旁,里面坐着凯瑟琳·格雷。德里克·凯特林走近汽车,认真地与车里的人商量着什么。一两分钟后,汽车开走了,而德里克仍留在原地注视着汽车离去的方向。他脸上的表情很奇怪,接着他突然不耐烦地耸了下肩,长叹一声回转身来,正好与波洛打了个照面。他不由自主地停住脚步,两人相互凝视着,波洛平静而自信,德里克却是满脸挑衅的神色,他挑起眉毛,语调里满是嘲讽。

"她是个像小鹿般可爱的女子,不是吗?"德里克若无其事地说道。

他的神态看起来十分自然。

"正是。"波洛若有所思地说,"您比喻得很恰当。您的措辞手法很有英伦腔调,正如凯瑟琳小姐一样。"

德里克保持着良好的仪态,缄口不语。

"并且她还很讨人喜欢,不是吗?"

"是的,"德里克说道,"这样的女人现在可不多了。"

德里克说这话时声音很低,仿佛是说给自己听的。波洛点点头。然后他走到德里克的身旁,以一种德里克从未听过的语调说道:

"如果我的话很失礼,那么请您原谅我这个老头,凯特林先生。有一句英国谚语我想送给您:'前缘未断,莫结新欢'。"

凯特林愤愤地看着他。

"见鬼,您这是什么意思?"

"我的话您听起来可能感觉十分刺耳。"波洛心平气和地说,"我也料到会是这样。为了让您明白我的意思,请您现在转过身去,凯特林先生,您会看到载着第二位女士的第二辆汽车已经到了。"

德里克转过身去,他的脸立即气得发红。

"该死的米蕾。"他诅咒着,"我有时真想——"

波洛打断了他的话。

"您现在说这样的话是明智的吗?"他严肃地问道。他眼里闪着一丝绿色的光芒。但是德里克没有看出这眼光里的警告信号,正在气头上的他,情绪完全不受控制。

"我和她已经了结了,这点她知道。"德里克生气地嚷着。

"没错,您是和她了结了,可是,她对您是否也已经了结了呢?"

德里克突然笑出声来。

"她可不会让那二百万英镑白白跑掉。"他嘟囔着,"她可是米蕾啊。"

波洛扬起眉毛。

"您有点儿愤世嫉俗了。"波洛低声说。

"我愤世嫉俗?"德里克的笑容里没有丝毫的笑意,"我在这个世界上已经活得够久了,波洛先生,在我看来女人都是一路货色。"他的表情突然柔和下来,"除了她。"

他用挑衅的目光迎接着波洛的注视,眼中的警觉转瞬即逝。"就是那一位。"他的头向马丁岬那个方向示意了一下。

"噢,您是说她。"波洛应和道。

波洛这平静的语调激起了听者的满腔怒火。

"我知道您想说什么!"他的声音有点沙哑,"我眼下过的这种日子让我根本配不上她。您肯定要说我此刻根本就不应该想这件事情,您肯定要说我这样做会令自己蒙羞。我的夫人在几天之前刚被人残忍地杀害,而我却在这里想着另外一个女人,这不是绅士所为。"

他停下来喘了口气,波洛利用这短暂的停顿,用他那无辜的语调开口说道:

"但是,这些话我可一句都没说过。"

"但是,您一定会这样说的。"

"噢?"

"您一定会说我根本不可能有机会与凯瑟琳小姐结婚。"

"不,"波洛说,"我不会这么说的。当然,您的名声很坏,但女人们不会关注这一点。相反,如果您是一位具有高度的教养,并且在人生的道路上谨慎前行、从未走错过一步的男士,那么我反而觉得您的希望渺茫了。您知道的,道德品行很重要,但女人们更看重的是浪漫。只有寡妇才珍视名誉呢。"

德里克看着他,突然转身走向了那辆停着的汽车。

波洛饶有兴致地注视着那个远去的背影,他看到一个倩影从车里探出身,开口说了些什么。

但德里克·凯特林并没有因此而停下脚步,他只是微微举了举帽子,然后径直向前走去。

"好吧!"赫尔克里·波洛先生说,"我觉得现在该是回家的时候了。"

到家的时候,他看见乔治正在不慌不忙地熨着衣服。

"非常有趣的一天,乔治,虽然有点疲倦,但很有意思。"他说道。

乔治以一如既往的平淡回复了他的主人:

"没错,先生。"

"罪犯的个人性格特征,乔治,往往是案件中最为有趣的部分。很多罪犯都极具个人魅力。"

"我也听说过这点,先生。比如,克里平医生[①]是一位受人敬重的绅士,尽管如此,他还是把自己的夫人剁成了肉泥。"

"你举的例子总是那么恰当。"

乔治没有吱声。电话铃响了,波洛拿起了话筒。

"喂?喂?是,我是赫尔克里·波洛。"

"我是奈顿。请您稍等,波洛先生,冯·阿尔丁先生想和您讲话。"

[①]克里平医生(Dr.Crippen)是一九一〇年一桩轰动英国的杀妻案的凶手。

几分钟之后，电话里就传来了百万富翁的声音。

"波洛先生吗？我打电话来只想告诉您一件事。女仆梅森又到我这里来了一趟。她对我说，她现在几乎可以肯定，那晚在火车上的那个人就是德里克·凯特林。她说，当时见他就觉得有些眼熟，但没往这方面想，现在她对此已确信无疑。"

"谢谢您，冯·阿尔丁先生。"波洛说，"这样的话，就又给了我们新的启发。"

他搁下话筒，站在电话机旁若有所思地微笑着。乔治叫了他两次，他都没听见。

"嗯？"波洛说，"你刚刚跟我说什么来着？"

"您是在家吃午饭，还是到外面吃？"

"都不，"波洛说道，"我想到床上躺一会儿，再泡杯花茶。预料之中的时刻已经到来了，每当这种时候我都非常激动。"

第二十五章　威胁

当德里克·凯特林经过那辆车时,米蕾探出身来。

"德里克,我有事要和你谈谈。"

可是德里克只是抬了抬帽子以示致意,便径直从米蕾的汽车旁走过,没有停步。

当他回到下榻的酒店时,门房放下手中的木制钢笔,对他说:

"先生,有一位先生等着要见您。"

"是谁?"德里克问道。

"他没有通报姓名,先生。但是他说,有要事同您商谈,所以他可以在这儿等您。"

"他在哪儿?"

"在小客厅,先生。他说在那里谈话可以不受打扰,比大客厅方便些。"

德里克点点头,往小客厅的方向走去。

小客厅里除了一位来访者以外别无他人,此人在德里克走进门的一瞬间就从座位上起身,以外国的优雅礼节向德里克鞠躬表示欢迎。虽然德里克只见过罗歇伯爵一面,但是他立即就认出了眼前这个贵族派头十足的人。他生气地皱起眉头。这个人也太无礼了!

"您是罗歇伯爵，对吗？您恐怕是要白跑一趟了。"

"我不相信。"伯爵微笑着说道，露出一排雪白的牙齿。

伯爵的这种风度和亲热劲在同性面前却失去了应有的效力。男人们都打心底里受不了他这一套。德里克早就想一脚把他踢出门外。只是考虑到，当前再惹起一场风波于己无益，才克制住了自己。此刻，他又一次感到奇怪，为什么露丝会喜欢上这样一个无赖，不，应该说比无赖还要无赖的人。他满脸厌恶地盯着伯爵那修剪整洁的指甲。

伯爵开口了："我是来与您谈一笔小小的生意的。我相信，听听我说的话，对您有益。"

德里克听到这里又非常想把他踢出去，但再一次克制住了自己。他听出刚刚那句话里有一丝威胁的意味，但这也仅仅是他自己的理解。他实在是有一百个理由想听听这位伯爵到底想说些什么。

德里克坐下来，手指不耐烦地敲打着桌面。

"请说吧，"他开门见山，"什么事？"

这样直截了当的谈话可不是伯爵的风格。

"先生，首先请您允许我对贵夫人的身亡表示极大的哀悼。"

"您要是再如此无礼，"德里克冷冷地说，"我就把您从窗户扔出去。"

他向伯爵身旁的窗户一仰头，后者不自然地挪了挪身子。

"如果您想以此解决问题的话，那我将叫一些我的朋友过来，先生。"伯爵傲慢地说。

德里克开口大笑。

"您想找我决斗吗？哈哈，我亲爱的伯爵，我并不觉得您值得我这样做。但我真的很乐意在大街上痛揍您一顿。"

伯爵并不急于进行反击,他只是皱了皱眉,嘟囔着说道:
"这些英国佬都是土匪。"
"快说,"德里克说道,"您到底要同我谈什么?"
"我会打开天窗说亮话,"伯爵道,"我马上就谈正题。这样对咱俩来说都好,不是吗?"
他又一次露出了那种自认为很讨人喜欢的笑容。
"继续说。"德里克简短地说。
伯爵抬头望着天花板,双手指尖相对,缓缓地说:
"您一夜之间成了百万富翁,先生。"
"这跟你有什么关系吗?"
伯爵站起身来。
"先生,我的荣誉受到了玷污!我被怀疑、被指控,因为一起邪恶无比的犯罪。"
"罪名可不是我给您加上的!"德里克继续冷冷地回答说,"作为此案的涉事者,我无法就此事发表任何看法。"
"我是无辜的,"伯爵说,"我向苍天起誓,"他向天空举起手,"我是无罪的。"
"据我所知,这个案子是卡内基先生,也就是那位治安官主理的。"德里克礼貌地指出。
伯爵没有理会德里克的话。
"我不光被不公正地冠以罪名,而且我现在手头很拮据。"
他带着暗示意味地轻轻咳了一声。
德里克站起身来。
"我早就等着你这一着了。"他柔声说道,"你这个卑鄙的勒索者,我不会给你一文钱。我妻子已经死了,任何你们之间的传闻都会随之消散。我敢说,她当初一定给你写过不少愚蠢的信。如果此刻我提出要向你买下那些信，我保证你肯定会留那么一两封在手上。罗歇伯爵，我想要告诉您，'勒索'这个词，不论是在英国还是法国，它都不是什么好词。这就是我对您的回答。再见。"

"请等一下。"伯爵伸出一只手，阻止了想要转身离开房间的德里克。"您误会我了，先生。您完全误解了我的意思。我可是一位绅士啊。"德里克放声大笑。"每位女士写给我的信，我都会好好珍藏起来。"他优雅地扬起了头。"我想与您商量的是另外一件事。我之前告诉您说，我的经济状况不佳，而且我的责任感也有可能把我带到警察局，向警方提供某些情报。"

德里克缓缓地退回了房间。

"您说这话是什么意思？"

伯爵意味深长地微笑起来。

"其实完全没有必要让我把事情说得如此详细。"他得意地嘟囔着，"他们不是说要找这起案件的最大受益者吗？正如我一开始说的那样，您现在可是有了一大笔钱啊。"

德里克又笑起来。

"如果这就是您想对我说的一切……"他轻蔑地说。

可是伯爵摇着头说道：

"不，我亲爱的先生，这并不是全部。如果没有一些可靠的和详细的信息，我是不会轻易来找您的。我想，如果因为谋杀而被捕并受到审判，这对您来说是件不太愉快的事。"

德里克逼近了伯爵。他的脸上充满了愤怒，使对方吓得不由自主地退了一两步。

"你是在威胁我吗？"这个年轻人生气地质问道。

"看来您真的对此案知之甚少啊。"伯爵自信满满。

"我见识过很多无耻的诈骗行为，但像你这样的——"德里克忍住怒气压低嗓门说道。

伯爵举起了一只手。

"您弄错了。这不是诈骗,为了让您相信我,我可以告诉您,我的消息都来源于一位非常可信的女士。她手上有能够坐实您谋杀罪名的铁证。"

"女士?谁?"

"米蕾小姐。"

德里克向后退了一步,仿佛挨了当头一棒。

"米蕾?"他喃喃道。

伯爵迅速掌控住了此刻的有利局面。

"作为小小的代价,十万法郎。"他说,"我的要价很合理。"

"您说什么?"德里克神不守舍地问道。

"我再重复一遍,先生,作为小小的代价,十万法郎,这样可以对得起我的良心。"

德里克看起来已经回魂了,他认真地看着伯爵。

"您现在就想要我的答案?"

"如果您愿意的话,先生。"

"见鬼去吧!知道了吗?这就是我的回答。"

说完之后,德里克转身走出房间,身后的伯爵满脸惊讶,说不出话来。

德里克急步走出宾馆,叫了一辆出租汽车赶往米蕾的宾馆。从门房那里得知,舞蹈演员在几分钟前刚刚回屋,他立即递上了自己的名片。

"把这个给那位女士看,问她是否愿意见我。"

过了一会儿之后,一个仆人出来引德里克上楼。

一走进舞蹈演员的客厅,德里克就嗅到一股刺鼻的香水味。

房间里摆满了丁香、兰花和含羞草。米蕾穿着一件缀满蕾丝花边的浴衣站在窗前。

她伸出手向德里克走去。

"你来了,德里克,我就知道,你会来的。"

他挣脱开米蕾的手,凝视着她。

"为什么要让罗歇伯爵去找我?"

她一脸震惊地看着他,看起来这个表情并不是伪装的。

"我?让罗歇伯爵去找你?为什么?"

"当然是为了勒索我!"德里克冷酷地说。

她出神地看了他半天,然后突然放声大笑起来,点了点头。

"当然了,我早该想到这点。这种人是会干出这种事来!不,德里克,我没有让他去,真的没有。"

他死死地盯着米蕾,想要知道她脑子里究竟在谋划着什么。

"我可以告诉你一切。"米蕾说,"虽然我感到羞愧,但我还是会告诉你。我那天是气疯了,你应该能理解我的心情。我非常生气,近乎疯狂。"她做了一个意味深长的手势,"我的脾气完全不受控制,一心只想报复你。我去找了罗歇伯爵,让他去警察局说这样那样的话。但,德里克你别怕,我当时还有点儿理智,只有我一个人掌握着证据。没有我的证词,警察不能动你一根毫毛。那么现在呢,现在?"

她的身子靠近德里克,眼神里充满了热情和殷勤。

他把米蕾粗暴地拉到一边。她站在一旁,胸口起伏着,眼睛眯成了如猫一般的直线。

"你要小心,德里克,要小心!你不是已经回到我身边来了吗?难道不是吗?"

"我永远不会再回到你身边。"德里克坚定地答道。

"啊!"

此刻的米蕾活像一只愤怒的猫,她的眼睛闪着光。

"你现在另有新欢了是吗?就是那天和你一起吃午饭的那个女人!呵!我说的对吗?"

"告诉你也无妨,我打算向那位女士求婚。"

"那个呆板的英国女人!我决不允许你这样做!你永远也别想得逞!"她那美丽而柔软的身子颤抖着。"德里克,请你回想一下咱俩在伦敦的谈话。你当时说,唯一能救你逃脱困境的办法是你老婆的死!你还抱怨说,你老婆的身体非常健康。然后你就想到了要策划一起事故,一起比事故更为严重的杀人事件。"

"我想,"德里克鄙夷地说道,"这就是你向罗歇伯爵报告的内容吧。"

米蕾大笑起来。

"你认为我就这么傻?单凭这一段小故事,警察局是没法采取行动的。听着,德里克,我给你最后一个机会。你必须把那个英国女人忘掉,回到我身边。这样一来,我就再也、再也不会透露——"

"透露什么?"

她温柔一笑。"你以为,那时谁也没有看到你?"

"你什么意思?"

"正如我刚刚所说,你难道真的以为那时没有人看见你吗?但我看见了,德里克,我的宝贝。我看到那晚在火车驶入里昂站时你从你老婆的包厢里走了出来。并且我还知道更多的事情,我知道当你从她的包厢出来之后,她就死了。"

他愣愣地盯着她,然后好似梦游一般,缓缓转身,摇摇晃晃地走出了房间。

第二十六章 警告

"我一直认为,"波洛说道,"我们是好朋友,彼此之间无话不谈。"

凯瑟琳转过头看着波洛,他的话里有一种低沉而严肃的意味,凯瑟琳还从来没有听他用这种语调说过话。

此刻他们正坐在蒙特卡洛的一个公园里。凯瑟琳和她的朋友们刚进这个公园就遇见了奈顿和波洛。坦普林女士热情洋溢地与奈顿一起追忆往昔,唤起了很多奈顿深埋许久的记忆。她挽着奈顿的胳膊一起顺着公园里的小径向前溜达着。奈顿不时回过头来张望,这一幕被波洛尽收眼底。

"当然了,我们是好朋友。"凯瑟琳说道。

"最初认识的时候,我们很相像。"波洛若有所思地说。

"就是在那时,您告诉我侦探小说里的情节时常发生在现实生活中。"

"我当时说得没错吧?"他询问道,伸出一根手指比画着以加强语气。"瞧瞧我们现在,正处于事件的中心。我对此倒是习以为常了,毕竟这是我的职业,但您就不一样了。"波洛陷入了沉思中,"没错,您不一样。"

她以敏锐的目光看了波洛一眼。波洛的话语中似乎包含了一种无形的警告:她正面临着一种她未曾察觉的危险。

"为什么您要说我处于事件的中心呢?没错,我确实在凯特林小姐被杀之前与她聊过天,但是现在不同了啊,现在一切都已经结束了。我与此案已经毫无关联。"

"噢,小姐啊,小姐,我们真的能说'我已经与这事儿或者那事儿毫无关联'了吗?"

凯瑟琳满脸不服气地看着波洛。

"您这是什么意思呢?"她问,"您想要告诉我什么事——您在暗示我。但我不擅长猜谜语,我情愿您有话直说。"

波洛很犹豫地看着她。"唉,真是英国人的脾气!①"他小声说道,"所有事情都非黑即白,所有事情都必须讲得清清楚楚。但是小姐啊,生活并不是如此。总有些事情虽然还没有明了,但已经显露出了它大概的轮廓。"

他用一块大的真丝手帕擦了一下额头,慢悠悠地说道:

"呃,我说得确实有点儿玄乎。我就直说吧。首先,请您说老实话,您是怎么看待奈顿少校的?"

"我很喜欢他。"凯瑟琳热情洋溢地说道,"他很迷人。"

波洛叹了一口气。

"您怎么啦?"凯瑟琳问道。

"您的回答是那样的发自肺腑。"波洛说道,"如果您只是心不在焉地回答说:'嗯,他很好,'那么我能更加欣慰一点。"

凯瑟琳没有答话,她感到有点儿异样。波洛喃喃自语道:

"可是,谁知道会怎样呢?女人有很多种方式把自己的感情隐藏起来,而'发自肺腑'也许就是其中的一种。"

他又叹了一口气。

---

①原文为法语。

"我一点儿都不懂——"凯瑟琳开口道。

波洛打断了她的话。

"小姐,您能明白为何我现在如此急躁吗?我是一个老头子了,我时常——但并不总是——会遇到让我真正挂念他幸福的人。我们是好朋友,小姐,就像您刚刚说的那样,因此我真心希望您能够幸福。"

凯瑟琳凝视着远方,用手边那一把大花布做的遮阳伞的伞尖,在碎石地面上描绘着自己的脚形。

"我已经向您提了一个关于奈顿少校的问题。我现在还要问您另外一个问题:您喜欢德里克·凯特林先生吗?"

"我还不了解他。"凯瑟琳答道。

"这并不是回答。"

"我认为,我是喜欢他的。"

他看着凯瑟琳,她语气中的某种情绪使他感到惊讶,波洛慢慢地点点头。

"也许您是对的,小姐。您瞧,我这个老头对世界上发生的这些事已经见怪不怪了,在我看来,只有两件事是肯定正确的。一个好男人会被一个坏女人所毁,但反过来说,一个坏女人却会被一个好男人所救。同样,一个坏男人也会因为爱上一个好女人而陷入泥沼。"

凯瑟琳用敏锐的眼光看着他。

"您说'毁'是指?"

"我是指从男人的角度来看。一个罪犯必然在每方面都工于心计。"

"您是想警告我些什么,"凯瑟琳低声说道,"是关于谁呢?"

"我不能洞悉您内心的想法,小姐。您当然也不可能将心事全盘托出。我只想告诉您一点：有些男人对女人具有一种强烈的吸引力。"

"比如说，罗歇伯爵。"凯瑟琳笑着说。

"还有另外一些人，他们比罗歇伯爵更为危险。这些男人的个性都极具吸引力：勇往直前、具有冒险精神、厚颜无耻。小姐，我能看出来，现在您被迷住了，但也仅仅停留在被迷住的阶段，我希望您能止步于此。我说的那个男人，他的感情可能非常真实，但其实也并没有什么本质区别——"

"什么？"

他站起身来，低头看着凯瑟琳；然后压低了嗓门，但是非常清楚地说道：

"您可以爱上一个小偷，但决不要爱上一个杀人犯！"

他转身走开，留凯瑟琳一人独自坐在长椅上。

他听到了凯瑟琳轻轻倒吸了一口冷气，但并没有理会。他已经说完所有他想说的话，是时候让凯瑟琳一个人好好消化一下最后那句话的意思了。

德里克从俱乐部里走出来的时候，正看到凯瑟琳一个人坐在长椅上，于是他坐到了她身边。

"我刚刚赌了一场。"他微笑着说道，"没赌赢。我输掉了所有东西，所有我身上带着的东西。"

凯瑟琳困惑地看着他。她立刻察觉到眼前的这个人与往日不同，在他的愉悦背后藏着一些其他的东西。

"我早该想到您是一个赌徒，赌博的魅力让你无法自拔。"

"我度过的每一天，我的每种生活方式都与一个赌徒无异？没错，您说得对。您难道不觉得这样的生活很刺激吗？孤注一掷——还有什么事情比这更刺激呢。"

凯瑟琳自以为已经保持了足够的冷静与淡然，但仍然感到一阵因紧张而引起的战栗。

"我想同您谈一谈，"凯特林继续说下去，"谁知道我以后还有没有这样的机会呢？现在有传闻说是我杀死了自己的妻子——不，请别打断我。这些话当然都是胡扯。"他停了停，继续谨慎地说道，"在警察和有关当局面前我必须假装，好吧，假装举止很得体。而在您面前我不准备隐藏。我是为了钱才结婚的。当我初遇露丝·冯·阿尔丁的时候，我正在寻找一个有钱的金主。她看起来就像是一位瘦版的圣母玛丽亚，而我，当时真的做了要好好生活的打算，但最后这一切幻想都破灭了。我的妻子在与我结婚时心里还爱着其他人。她丝毫不关心我的感受。不，我并不是向您抱怨什么，这毕竟还是笔很划算的交易。她想要贵族头衔，而我要的只有钱。露丝的血管里流淌的那些美国血液注定了我们之间的这些矛盾不可调和。她从不正眼看我，却需要我陪同她一起出席舞会。她不断地告诉我，我是她买来的，是归她所有的物品。这一切引发的后果就是，我对她越来越冷酷。我的岳父一定告诉过您这点，他说得很对，完全没有夸张。露丝死之前我正面临一个前所未有的巨大困境。"他突然开口笑道，"是啊，与鲁夫斯·冯·阿尔丁作对，谁能不绝望呢。"

"然后呢？"凯瑟琳低声问道。

德里克耸了耸肩，"然后露丝就被人杀了。如有神助。"

他又大笑起来。凯瑟琳吓得缩起了身子，他的笑声撕裂着她的心。

"没错，"德里克说，"这样说很不厚道，却是事实。现在我想跟您再多说几句。打从我见您的第一面起，我就知道您就是我在这个世界上一直寻找的、那个唯一的人。恕我直言，我曾认为您会给我带来厄运。"

"厄运?"凯瑟琳敏锐地问道。

他盯着她:"您为何对这个词如此敏感?您想到什么了吗?"

"我在想之前有人对我所说的话。"

德里克突然微微一笑,"人们肯定会告诉您很多关于我的事,亲爱的,其中绝大多数是事实。没错,那些我从来没有告诉过您的,关于我的不好的传闻也都是真的。我一生都是个赌徒,并且我时常以小搏大。我此时并不是在向您忏悔什么,我以后也绝不会这样做。过去的事情已经无法改变。我希望您能相信我一件事,我向您郑重起誓,我绝没有杀害我的妻子。"

他的话听起来诚恳无比,但仍然让人感觉有一些做戏的成分。他注意到凯瑟琳疑惑的神情,继续说:

"我知道,我那天撒了谎。我确实进过我妻子的包厢。"

"噢!"凯瑟琳开口惊叹道。

"虽然很难解释为什么我会在那时出现在那里,但我会尽力向您说明。我是一时冲动才做的这件事。您应该能猜到,我当时正隐藏在火车上,监视我的妻子。米蕾告诉我,我的妻子打算在巴黎与罗歇伯爵见面。但就我当时观察的情况来看,事实并非如此。我为自己的行为感到羞愧,并且突然想到也许这是一个同她打开天窗说亮话的好机会。所以我推开了她包厢的门,然后走了进去。"

他说到这里打住了。

"没错,确实如此。"凯瑟琳柔声说。

"露丝躺在铺位上熟睡着。她的脸朝着墙,我只能看到她的后脑勺。当然我本可以叫醒她。可是突然间,我犹豫了。难道我们之间还有什么可谈的吗?那些事我们已经谈过上百次了。她躺在那里是那么平静,于是我和进来时一样,轻轻地离开了包厢。"

"为什么您不向警察说出真相呢?"凯瑟琳开口问道。

"因为我还没有蠢到那个地步。事情一开始我就明白,从杀人动机来讲,我的嫌疑最重。一旦我承认在她被杀前我曾进过她的包厢,那简直就是自掘坟墓。"

"我明白。"

不过,她真的明白了吗?她自己也不知道。她感觉到,德里克有一股磁石般的引力在吸着她,可是她的内心深处却有另外一股力量在扯着她往后退……

"凯瑟琳——"

"我——"

"您知道,我爱您,那,那您呢?"

"我……我不知道。"

她十分无助,无法做出明确的回答。要是,要是——

她绝望地环顾四周,寻找着救命稻草将她拖离这个窘境。这时,一个高个、瘦削、走路有点瘸的年轻人沿着小径向她走来,她的双颊立刻漾起了红晕,来的人正是奈顿少校。

她如释重负、热情洋溢地与奈顿少校寒暄着。

德里克站起身来,他愁眉不展,乌云满面。

"坦普林女士是不是正在小赌着呢?"他轻松地说道,"那我必须得去陪着她,然后用我的经验给她一点儿指点。"

德里克转身离开,剩下了凯瑟琳同奈顿两人。凯瑟琳再一次坐回到了长椅上。刚刚她的心忐忑不安地怦怦直跳,但现在,与身边这位安静并且有点害羞的男子闲扯几句家常之后,她又恢复了平静。

但没过多久她就惊讶地发现,奈顿同德里克一样,也是来向她表明心意的。然而他所采取的方式则与德里克截然相反。

他既害羞又紧张得有点口吃，他迟疑不决地说着，毫无一点口才。

"从第一眼看见您起，我就，我……我其实不愿这么快就说出来。可是，冯·阿尔丁先生随时都可能启程离开，那时，可能就再也没有机会和您谈话了。我知道，您还不可能在这么短的时间内就对我有好感——那是不可能的。我有些太不自量力了。我有一点财产——但不多——不，请不要立刻回答我，我知道您的回答是什么。但为了防止我随时会突然离开，我仅仅是想告诉您我的心意：我是爱您的。"

她大为触动，奈顿的这番话听起来是如此温柔，又如此惹人喜爱。

"还有一件事。我只是想告诉您，如果，如果您有一天身处困境的话，无论什么事，只要是我能做的——"

他抓住了凯瑟琳的手，紧紧地握了一会儿，然后松开，头也不回地迅速向赌场走去。

凯瑟琳静静地坐在长椅上。德里克·凯特林和理查特·奈顿，不同类型的两个人，两个性格完全相反的男人。奈顿身上流露出的那种亲切和忠厚，使人觉得可以信赖，而德里克……

凯瑟琳这时突然产生了一种异样的感觉，宛如一种幻觉。她仿佛觉得此刻不是她一个人在这个赌场公园的椅子上坐着，身边好像还站了一个人。而这个人正是那位已经死去的女士，露丝·凯特林。她有种特别强烈的感觉，露丝非常急切地想要告诉她什么。她几乎能肯定，露丝的灵魂想要向她传递一些生死攸关的信息。过了一会儿，这种幻觉慢慢消失了。凯瑟琳站了起来，浑身微微发抖。露丝·凯特林如此急切地想要说些什么呢？

第二十七章　同米蕾的谈话

奈顿离开凯瑟琳之后就前去找赫尔克里·波洛。奈顿在赌场大厅里找到了他，此时波洛正在聚精会神地把最小的筹码往号码上放。当奈顿走到他身旁时，号码盘转到了三十三，波洛输得精光。

"真倒霉！"奈顿说道，"您还打算玩下去吗？"

波洛摇摇头。

"现在不打算玩了。"

"您喜欢赌博吗？"奈顿好奇地问。

"不喜欢玩这种轮盘的。"

奈顿瞥了他一眼，满脸纠结、吞吞吐吐但又不乏尊重地开口道：

"您现在有空吗，波洛先生？我想请教您点儿事。"

"随时为您效劳。我们出去散一会儿步，好吗？屋外的阳光让人身心愉悦。"

他们走到院子里，奈顿深深叹了一口气，慢慢地说道：

"我很喜欢里维埃拉这个地方。我第一次到这里来是十二年前，那时还是战争年代，人们把我送进了坦普林女士开的医院。从佛兰德战壕转到这里，真像是从地狱升到了天堂。"

"必然如此。"波洛随声附和。

"战争已经结束那么久了啊！"奈顿沉思道。

他们在沉默中走了一会儿。

"您有什么心事吗？"波洛说道。

奈顿一脸惊讶地看着他。

"确实如此。"他承认道，"您是怎么知道的。"

"都在您脸上写着呢。"波洛干巴巴地说。

"我还不知道原来我这么藏不住事儿。"

"我的职业就是观察别人的面相。"小老头自豪地解释道。

"我现在就告诉您是什么在困扰我，波洛先生。您听说过米蕾这个人吗？是个舞蹈演员？"

"是德里克·凯特林先生的女友，对吗？"

"对，我说的就是她。既然您也知道这件事，那么您也应该能理解冯·阿尔丁先生有多么反感她。这个女人给冯·阿尔丁先生写过一封信，要求去拜访他。冯·阿尔丁先生委托我给她回一封信，直截了当地拒绝了她的要求。今天早晨她跑到宾馆里，递上名片，指定要见冯·阿尔丁先生，说有重要的事要立即与他商谈。"

"很有意思。"

"冯·阿尔丁先生很生气。他让我不要对她客气，轰走了之。我没有按他的话去做。我认为，这个女人可能真的知道一些有用的情报。我们都知道惨案发生的那晚她也在蓝色快车上，她可能看到或听到什么对我们有用的消息。您觉得呢，波洛先生？"

"我觉得您的想法很正确。"波洛回答道，"要我说，冯·阿尔丁先生有的时候有点儿固执。"

"很荣幸您能赞同我的观点。"秘书说，"波洛先生，我想告诉您一些额外的消息。由于我强烈觉得冯·阿尔丁先生的做法不妥,所以我私下里下楼去见了那位女士。"

"然后呢?[①]"

"但比较难办的是她一直坚持要见冯·阿尔丁先生本人。我尽可能婉转地向她传达了老板的意思。当然,实际上我跟她说的是冯·阿尔丁先生现在非常忙,没空跟她见面,她有什么事情可以由我转达。然而这招并没有起作用,她什么也没多说就转身离开了。但我有一种强烈的感觉,波洛先生,这位女士一定知道点儿什么内幕。"

"这很重要,"波洛平静地说道,"您知道她住在哪儿吗?"

"我知道。"奈顿说出了她住的饭店的名字。

"好,"波洛说道,"我们立刻就去她那里。"

秘书看起来很犹豫。

"那么冯·阿尔丁先生呢?"秘书踌躇地问道。

"冯·阿尔丁先生是个固执的人。我从不与固执的人争论,我通常都无视他们。我们立刻去见那位女士,我会告诉她,冯·阿尔丁先生授权您来与她谈判,而您到时也可以在与我的争论中保持自己的立场。"

奈顿看起来还是踟蹰不前,但波洛忽略了他的犹豫,不由分说带着他一起去了米蕾所住的宾馆。

宾馆的门房告诉他们,米蕾小姐正在房间里,波洛拿出他和奈顿的名片,在上面用铅笔写上了"受冯·阿尔丁先生所托"的字样,请门房递给米蕾。

过了一会儿,门房来回话说米蕾小姐同意见他们。

一进舞蹈演员的客厅,波洛就开了口。

---

① 原文为法语。

"小姐，"波洛深深鞠了一躬说道，"我们是受冯·阿尔丁先生的委托前来的。"

"是吗？为什么他自己不来？"

"他的身体有点不适，"波洛信口开河，"您是知道的，他不大习惯这里的气候。不过无论是我，还是奈顿少校，他的秘书，都有权替他办事。或是小姐您愿意再等两个星期，待他痊愈了再谈。"

对于米蕾这种脾气的人，波洛最了解不过了，要他们等待简直是要他们的命。

"好吧①，我会说的，先生。"她嚷道，"我忍耐得够久了，我强忍着没有出手，结果呢？我受到了侮辱！没错，彻头彻尾的侮辱！呵！他难道真的以为他能够这样对待米蕾吗？像扔掉一只破手套一样就把我抛到一边？我可以告诉您，从未有一个男人敢这么对我，向来都是我厌倦他们。"

她在屋里走来走去，纤细的身躯因为愤怒而颤抖着。她猛地一脚把她前面的小桌子踢到墙边。

"让这个小子看看老娘的厉害。"她叫道，"就是这样！"

她拿起一只装满百合花的玻璃碗，一把扔进壁炉里，看着它摔得粉碎。

奈顿以他那英式的冷漠带着谴责的目光看着这一切，感到尴尬得难以忍受。而波洛却相反，他眨巴着眼睛，津津有味地欣赏着眼前这幕闹剧。

"啊，太了不起了。"他叫道，"由此可见，您还很有个性。"

"我是一个艺术家。"米蕾说，"艺术家都是有个性的。我告

---

①原文为法语。

诉过德里克让他小心点儿，可是他把我的话当成了耳边风。"她突然绕着波洛走了一圈，"那件事是真的吗？他要同那个英国女人结婚？"

波洛咳嗽了一声。

"据说①，"他小声说，"他为她神魂颠倒。"

米蕾走到他们身边。

"他杀了他妻子！"她声嘶力竭地叫道。"现在您听到我说的话了！他在动手之前曾经跟我说过他的打算。现在他走进了死胡同，呸！都是他自找的。"

"您说凯特林先生杀死了自己的妻子。"

"是的，是的，是的。我难道说得还不够清楚吗？"

"警方想要得到确切的证据。"波洛轻声说。

"那天夜里，我亲眼看到他走出了他老婆的包厢。"

"什么时间？"波洛敏锐地问道。

"就是火车快到里昂的时候。"

"您能对自己所说的话起誓吗，小姐？"

此刻的波洛变成了一个与之前截然不同的人，他的语调尖锐，带着不容置疑的权威感。

"当然！"

屋内一片寂静。米蕾呼呼地喘着气，她用挑衅而又担心的目光，在眼前这两位男士脸上来回扫视着。

"这是件很严肃的事。"侦探说道，"您意识到这一点了吗？"

"当然！"

"那就好，"波洛说道，"既然小姐您知道这件事的严重性，

---

① 原文为法语。

那么我们也不要浪费时间了,请您跟我们一起去治安官那里走一趟吧。"

米蕾大吃一惊,犹豫起来。但正如波洛所预料的那样,她此刻已经骑虎难下了。

"好吧,"她嘟囔着,"我去拿我的大衣来。"

大厅里只剩下波洛和奈顿两个人互相交换着眼神。

"我们必须立刻行动,就像你们英国人说的那样:要趁热打铁。"波洛轻声说道,"这种女人很善变,她可能不到一个小时就后悔了,退缩了。我们必须不惜一切代价防止这种事情发生。"

米蕾出来了,身穿一件沙土色的豹子皮大衣。她此时也像是一头伺机而动、凶猛危险的豹子,双眼喷射着愤怒和狠毒的目光。

他们在治安官办公室里遇见了科先生。波洛简短地为他们引荐了米蕾,然后礼貌地邀请米蕾为警方讲述一遍她的故事。米蕾将之前告诉过波洛和奈顿的那些事原原本本再次叙述了一遍,但是她的情绪比之前要稳定得多。

"真是一段不寻常的故事,小姐。"卡内基慢慢说道。他靠在椅背上,扶着鼻夹眼镜,透过眼镜片仔细端详着眼前这位舞蹈演员。

"您想让我们相信,凯特林先生在案发前就向您炫耀过他的计划?"

"没错。他说他妻子的身体太健康了,只可能死于意外——由此可见,他早就安排好了一切。"

"您是否意识到,"卡内基严肃地说,"在这起案件里,您是从犯?"

"我?先生,您这样说是毫无根据的。我在那时并没有把他的话当真啊。完全没有！先生，我了解男人，他们总是爱说一些大话。如果有谁把男人的话当真，那才奇怪呢。"

治安官皱起了眉头。

"所以我们是否能够理解为：您把凯特林先生的威胁话只看成随便谈天？请允许我问您，小姐，是出于什么原因使您辞去了伦敦的职务而到里维埃拉来的呢？"

米蕾用充满柔情的黑眼睛望着他。

"我想同我心爱的男人在一起。"她简短地回答道，"难道这有什么难以理解的地方吗？"

波洛慎重地插话问道：

"那么，小姐，凯特林先生是否愿意让您一起陪同他来尼斯呢？"

米蕾似乎感到这个问题很棘手。深思了一会儿后，她自豪地说道：

"在这种事情上我总是我行我素。"

在座的三个男人都意识到，她的这个回答并没有实质性内容，但谁都没有说话。

"您什么时候知道凯特林先生杀死了自己的妻子？"

"正像我对你们说的那样，当火车快到里昂站的时候，我看到凯特林离开了他妻子的包厢。他当时的那个表情，噢！那时我无法理解，为什么他看起来那么心神不宁且惊恐万分。我永远不会忘记他那副表情。"

她的声音尖利得刺耳，一边说还一边挥舞着双臂做着非常夸张的动作。

"说得很对。"卡内基说道。

"在这之后，当火车离开里昂时，我听闻凯特林夫人死了，于是我就明白了一切。"

"但是，小姐，您当时没有向警察报告。"警察局局长温和地说道。

舞蹈演员用不容侵犯的目光注视着他，显然她此刻很享受自己所扮演的这个角色。

"难道我能出卖我心爱的人吗？"她问道，"不！您可不能要求一个女人这样做。"

"但现在——"科先生插话道。

"当然现在又另当别论了。他背叛了我！难道我还要对这件事保持沉默？"

治安官用审视的目光注视着她。

"说得很对，说得很对。"治安官轻声说道，"现在您可以看一遍您的谈话记录，看看有没有需要修正的地方，如果一切正确请签上您的名字。"

米蕾连看都不看一眼，就在记录上签了名。

"完全正确。"她站了起来，"我的先生们，这儿不再需要我了吧？"

"暂时没有什么事情了。"

"德里克会被捕吗？"

"我们会立即逮捕他的。小姐。"

米蕾一面大笑，一面把自己裹在大衣里。

"他在羞辱我的时候就该想一想这种后果。"她嚷道。

"只是还有一个小问题……"波洛干咳了一声，歉意地说道，"只是一个小小的细节。"

"请说吧。"

"您为什么能断言，当火车离开里昂的时候凯特林夫人就已经死了？"

米蕾盯着他。

"可是，她是死了啊。"

"噢，她死了吗？"

"当然了，我……"

她把话咽回了喉咙。波洛一直盯着她，看到她的双眼里涌现出不安。

"我也是道听途说，每个人不都是这么传的吗。"

"噢，好吧。"波洛说，"我忘了这起案件在治安官办公室外也被传得沸沸扬扬的。"

米蕾看起来有点儿心神不宁。

"有人听到了这些谣言。"她含糊其辞，"传来传去传到了我的耳朵里。但我不记得是谁告诉我的了。"

她走向房门。科先生站起来给她开门，这时波洛的声音又了响起来：

"那么宝石呢？请原谅，您能不能为我们提供一点儿宝石的情况？"

"宝石？什么宝石？"

"就是叶卡捷琳娜女皇的首饰，既然您知道这么多内幕，您也一定知道宝石的事情。"

"对此我一无所知。"米蕾板着面孔说道。

她走出办公室，随手关上了门。科先生回到座位上，治安官叹了一口气。

"真是个泼妇！可又像鬼一样精明。我在想她说的是不是真的？"

"她讲的那段故事里有些是真的。"波洛说道，"格雷女士证实了这一点。在火车快到里昂的时候,她碰巧看了一眼走廊,就在那时她看到凯特林先生走进了他妻子的包厢。"

"看来案情已经逐渐明朗了。"警察局局长叹了口气,"太让人遗憾了。"他嘟囔着。

"为什么这么说呢?"波洛问道。

"把罗歇伯爵抓到手,是我一生的目标。这次我本来可以肯定,我能把他逮捕归案。从这个方面来说实在不能令人满意。"

卡内基擤了一下鼻子。

"如果此案的任何环节出错。"他慎重地说道,"都会让我们警方非常尴尬。凯特林先生是一位贵族,他被捕的消息必然会见报。如果我们搞错的话——"他仿佛已经预感到这种可怕后果那样耸了耸肩。

"关于宝石,"警察局局长说道,"您认为他会怎么处理它们呢?"

"他肯定把宝石藏匿起来了。"卡内基说道,"那些宝石对他来说就是烫手山芋。"

波洛微笑着。

"关于宝石我有自己的想法。先生们,你们当中有人知道一个绰号叫作'侯爵'的人吗?"

警察局局长伸直了腰。

"侯爵,"他说道,"侯爵?您认为他也牵扯到这个案子里了吗?波洛先生?"

"我问的是您都了解他些什么。"

警察局局长做了个大鬼脸。

"知道得不多。"他懊悔地说,"您知道,他都是躲在幕后指挥别人给他干活。他是个真正的上层人物。一般的案件他不会轻易插手。"

"法国人吗?"

"是的,至少我们认为他是一个法国人。但是没有十足的把握。他在法国、英国和美国都作过案。去年秋天,瑞士连续发生了几起重大的盗窃案,人们都猜测是他干的。所有证据都表明他是大地主阶级出身,法语和英语都说得很流利,但是,他到底出生在哪个地方,来自哪个国家,现在还不清楚。"

波洛点了点头站起身,准备离开。

"您不能再给我们多讲点吗?波洛先生?"局长要求道。

"现在还不能。"波洛说,"不过,在我的宾馆里可能有些新消息在等着我。"

卡内基看起来有点儿不快。"如果,侯爵也参与了这起案件……"他没有把话说完。

"那么我们就得推翻有关此案的全部想法。"科先生抱怨说。

"但我的想法并没有被推翻。"波洛说道,"与之相反,还甚为符合。再见,先生们。一旦有了新的情况,我会立刻通知你们。"

他沉着脸回到了宾馆。当他不在家时,来了一封电报。他拿出衣袋中的裁纸刀打开了它。这是一封很长的电报,他看了两遍,然后塞进了衣袋,走上楼梯,乔治正在楼上等待着主人的归来。

"我累了,非常累,乔治。你能否帮我点一小杯热巧克力?"

热巧克力很快就送了上来,乔治把它放在波洛坐着的沙发旁边的茶几上。当仆人要离开的时候,波洛说道:

"我相信,乔治,你应该对英国贵族阶层很熟悉吧?"

乔治谦虚地一笑。

"是的，我想我应该可以说是非常了解。"他回答说。

"乔治，你说说，是不是所有的罪犯都出身于下层？"

"并不完全是，先生，比如，我想起一段关于德维斯公爵的一个小儿子的故事，他惹了一场麻烦之后离开了伊顿公学，此后他又在不同场合惹了不少麻烦。警察并不相信他所犯的事都是偷窃癖所导致的。他是一位非常聪明的绅士，但要我说的话，他的品行非常、非常坏。公爵把他送去了澳大利亚，但我听说他在那里又因为其他罪名被判了刑。先生，这件事虽然很奇怪，但确有其事。要我说，这位年轻的绅士追求的也许并不是金钱。"

波洛缓缓点点头。

"他追求的是刺激，"他轻声道，"再加上脑子里那些抽风的神经的驱使。我现在在想——"

他把电报从衣袋里掏出来，又看了一遍。

"另外还有关于玛丽·福克斯太太的女儿那件事，"仆人接着说，"她可把她的那些生意伙伴骗得团团转。恕我直言，这些个案让那些上等家庭感到非常羞耻，而且我还能举出其他类似的例子。"

"你真是个见多识广的人，乔治。"波洛喃喃道，"时常让我感到惊奇的是，你明明之前一直都只服务于贵族家庭，却能屈尊来做我的仆人。我想这可能是出于你对冒险的热爱吧。"

"可不能这么说，先生。"乔治说，"我碰巧在《社会新闻摘要》上看到一则您受白金汉宫邀请的消息。那时我正巧也在寻找一份新工作。正像传闻中所说的那样，国王陛下是那样的尊贵和亲善，他对您的能力称赞不已。因此我觉得为您工作将是非常荣幸的事情。"

"噢，原来如此。"波洛说道，"人们总喜欢对一切事情寻根究底。"

他想了一下然后又问:

"你给帕波波鲁斯小姐打过电话吗?"

"当然,先生。帕波波鲁斯先生和小姐都很高兴今晚与您共进晚餐。"

"嗯。"他沉思着,喝完了杯中的热巧克力,把杯子和茶托都放在了茶几的中间,缓缓开口。他的声音柔和,与其说是讲给仆人听,还不如说是在自言自语。

"我亲爱的乔治,你知道松鼠都是怎样收集坚果的吗?它在秋天把坚果先贮藏起来,以备不时之需。作为人类,我们时常要向动物学习。我也经常会观察动物界,然后向它们学习。我有时是蹲在老鼠洞外的猫,有时又是追逐线索的狗。但有的时候啊,乔治,我又是一只松鼠。我在这儿藏点线索,在那儿埋点证据。现在我打开了储藏室之门,拿出了我的储存物,让我想想,嗯,十七年之久的一个坚果。你能明白我的意思吗,乔治?"

"先生,这对我来说有点儿难以想象。"乔治说道,"坚果怎么能保存得这么久呢?不过我知道,有了密封瓶也许能够创造出奇迹。"

波洛瞅着他,温和地微笑起来。

第二十八章　波洛如松鼠

波洛提前了四十五分钟离开宾馆前去赴宴，他提前这么长时间是别有目的的。他的汽车没有直奔蒙特卡洛，而是开到了坦普林女士的别墅去拜访格雷小姐。他到达的时候，女士们正在更衣，因此他被引到了一个小客厅里。蕾诺斯·坦普林在那里迎接了他。

"凯瑟琳正在换衣服。"她说道，"您是需要我捎个口信呢，还是自己在这儿等她下楼？"

波洛若有所思地看着她，没有立即回答，好像在做决定前压着千斤重担一般。显然答案对这个简单的问题来说至关重要。

"不，"波洛最终开口道，"我还是不等凯瑟琳小姐了。我想可能还是不说为好吧。这些事情实在难以说出口。"

蕾诺斯稍稍扬起眉毛，礼貌地等待着他接下来的话。

"我有一则新闻，"波洛继续说道，"您也许可以转告您的朋友。凯特林先生将在今晚被捕，罪名是谋杀自己的妻子。"

"您要我把这件事告诉凯瑟琳？"蕾诺斯问道。她的呼吸变得急促起来，就如同刚参加完跑步比赛那样；波洛同时还发现，她的脸色明显变得苍白，神情十分紧张。

"麻烦小姐您转告她。"

"为什么？"蕾诺斯说，"您难道认为凯瑟琳会因为这个消息而感到沮丧吗？您认为她挂念着凯特林先生？"

"我不知道，小姐。"波洛说，"您瞧，我坦率地承认了这一点。我通常能够洞察一切，但这件事，我没法给您确切的回答。您恐怕比我了解得更多。"

"是的，"蕾诺斯说，"我知道，但我不会告诉您。"

她沉默起来，两道黑眉毛皱在一起。

突然她又问道："您相信是他干的？"

波洛耸了一下肩。

"警方是这样说的。"

"噢，"蕾诺斯说，"您还是无法下定论，是吗？所以，您还有不确定的地方。"

她又一次皱着眉沉默了。波洛轻声说道：

"您已经认识凯特林先生很久了，是吗？"

"在我还是个孩子时，我就认识他了。"蕾诺斯粗声粗气地说。波洛默默地点了点头。

蕾诺斯粗暴地拖过一把椅子坐下，双手撑着脸架在茶几上。她这样坐着，直直地盯着波洛。

"他们凭什么逮捕他？"她问道，"我猜可能是作案动机。也许跟他在她死后继承的那一大笔钱有关。"

"他继承了二百万英镑。"

"而要是凯特林夫人还活着，他就会彻底破产。"

"完全正确。"

"可是，就凭这一点也不能逮捕他。"蕾诺斯继续说，"他们确实乘了同一辆列车。但这又能说明什么呢？"

"在凯特林夫人的包厢里发现了一个带K字母的烟盒，可它不是凯特林夫人的。除此之外，在火车快到里昂时，有两个证人，一个看到他走进了夫人的包厢，一个看到他走了出来。"

"这两个证人是谁？"

"您的女友格雷小姐是其中一个，另外一个是舞蹈演员米蕾小姐。"

"那么他呢，德里克有没有做出什么解释？"蕾诺斯尖锐地问道。

"他完全否认自己曾经进过他妻子的包厢。"波洛说道。

"笨蛋！"蕾诺斯皱着眉简短地评论道，"您刚刚是说在火车快到里昂时？但是，谁也不知道她到底是什么时候死的呀。"

"法医的推断不一定完全准确。"波洛说道，"但他们的推论是凯特林夫人不可能是在火车离开里昂站后死亡的。我们也认为，她顶多在列车离开里昂站后不久就遇害了。"

"您是怎么知道的？"

波洛自恃地一笑。

"有其他人进了她的包厢，发现她已经死了。"

"他们那时没有惊动火车上的其他乘客？"

"没有。"

"为什么？"

"毫无疑问他们有自己的原因。"

蕾诺斯死死地盯着他。

"您知道这些原因吗？"

"我觉得我知道。"

蕾诺斯坐在那儿试图把刚才听到的一切理出个头绪来。波洛沉默不语地看着她。最后她抬起头来，双颊通红，两眼炯炯发光。

"您总是认为，凶手是列车上的一位乘客，可是，这个推论并不严谨。您怎么知道,火车停在里昂的时候不会有人偷扒上车?他们可以直奔她的车厢,把她勒死,拿走宝石,然后又神不知鬼不觉地跳下车厢。她可能恰巧就是在火车停在里昂的时候被杀的。"

波洛把身子仰在靠背椅上。他深深地吸了一口气,看着眼前这个女子,连连点了三次头,然后叹了一口气。

"小姐,"他说道,"您刚刚说的话,非常、非常正确。我之前一直在黑暗中摸索,而您为我带来了光明。之前一直有一点让我困惑不已,而您点醒了我。"

他站起来。

"那么德里克会怎么样呢?"蕾诺斯问道。

"谁知道呢?"波洛耸了一下肩膀,"但小姐,我想告诉您一点,那就是我并不满足于此,我,赫尔克里·波洛,并不满意啊!可能今晚我将收获更多的情报,或者至少,我会尝试着获取更多的情报。"

"您今天是要赶着去见谁吗?"

"没错。"

"去见知道线索的关键人物?"

"去见可能知道线索的人。在这样的情况下,我不能放弃任何潜在的线索。再见,小姐。"

蕾诺斯把他送到了门口。

"我有没有帮上您什么忙呢?"她问。

波洛的神情变得柔和起来,他抬头望着站在台阶上的蕾诺斯。

"小姐,您确实帮了大忙。就算现在局面如此混乱,我依然会记得您的帮助。"

当他坐上汽车,驶离坦普林女士的别墅时,他的双眉又紧锁起来。但他的双眼里闪烁着微弱的绿光,这往往预示着这位侦探已经快要理出头绪来了。

等他到达饭店的时候,已经比约定时间晚了几分钟,帕波波鲁斯父女早已先到了。他满怀诚意地道了歉,彬彬有礼却不显得谄媚。眼前的这位希腊人今晚看起来尤为庄重,并且贵族气派十足。齐娅则装扮得十分潇洒,看起来心情很愉快。整个晚宴的气氛都很好,波洛本身就是一个十分健谈的人。他时而侃侃而谈那些奇闻逸事,时而又插科打诨,好不热闹。他用极其华丽的辞藻称赞着齐娅,并且又讲述了很多他职业生涯中那些有趣的故事。所有的菜都是精心挑选出来的,所有的酒都是最上乘的。

当晚饭快要结束的时候,帕波波鲁斯彬彬有礼地询问道:

"我上次给您的那个暗示您追踪得怎么样了?您有没有在那匹马上押下点儿小钱?"

"我正在同我的赌马经理人联系。"波洛回答说。

两人的目光触碰到了一起。

"是匹有名的马吧?"

"并不是,"波洛说,"用我们英国朋友的话说,那是一匹'黑马'。"

"噢,噢,"帕波波鲁斯思忖地答应着。

"现在我们移步去赌场吧,在轮盘上下点儿小赌注。"波洛建议道。

在赌场里,三个人被人群分散了开来。波洛紧跟着齐娅,而帕波波鲁斯随着人流走到另一边去了。

波洛很不走运。齐娅却正相反,很快就赢了几千法郎。

"如果我现在停手,那么一切就很完美。"她无精打采地同波洛说。

波洛的小眼睛眨巴了两下。

"妙极了！"他叫道，"您真不愧是帕波波鲁斯的女儿，齐娅小姐。能够适时地停手，呵！这可是一门生活艺术。"

他环顾了一下四周。

"您父亲不知道到哪儿去了。"他漫不经心地说道，"我帮您去取大衣，咱们一起到花园里散散步。"

然而他并没有直接走向衣帽间。他正用敏锐的目光搜索着帕波波鲁斯先生的去向。这位狡猾的希腊人到底去了哪里，让波洛好奇不已。很意外的是，他在前厅里意外地发现了帕波波鲁斯，这位古玩商人正站在一根立柱旁同一位女士聊天。这位女士正是米蕾。

波洛悄无声息地贴着前厅的边绕到了这根立柱的另外一边。没有任何人发现他，立柱另一侧的那两位正热火朝天地聊着天，不，准确地说应该是那位舞蹈演员正在高谈阔论，帕波波鲁斯则偶尔发出一两个词，加上极具表现力的肢体语言来应和她。

"我告诉过您我需要时间。"舞蹈演员的声音传了过来，"只要您给我时间，我一定能弄到钱。"

"'等待'这两个字让人感觉很糟糕。"希腊人耸耸肩。

"只要一点点的时间就够了。"另外一个人辩称，"噢！好吧，如果您坚持！一周，不，十天，我只要求十天。我一定办成您的事，钱也会到手的。"

帕波波鲁斯侧了侧身，谨慎地看了看周围，他发现波洛几乎就在自己身边，带着一脸的无辜坦然地注视着他。

"噢！帕波波鲁斯先生，您瞧瞧①，我已经找了您好久啦。您能允许我带着令爱去花园里遛遛弯吗？晚上好，小姐。"他微微向米蕾欠了欠身，"非常抱歉我刚刚没有看见您。"

舞蹈演员草草应付了他的寒暄，很明显她对于私人谈话被打扰这件事很恼火。而波洛也敏锐地意识到了这一点，还没等他继续说什么，帕波波鲁斯已喃喃开口："好的——但——好吧。"于是波洛便走开了。

波洛拿上了齐娅的大衣，和她一起走进了花园。

"这是个时不时会有人自杀的地方。"齐娅说道。

波洛耸了耸肩。"正如老话常说的那样，凡人都很愚蠢，难道不是吗，小姐？好吃好喝再呼吸点儿新鲜空气，这就已经是最幸福的事情了。可人们总会因为贫穷，或者失恋心痛而弃这些美好于不顾。爱情，总是会招致一些不幸，对吗，小姐？"

齐娅大笑起来。

"您不要嘲笑爱情，"波洛用举起的手指比画着说，"您，这样年轻又漂亮……"

"恐怕事实并非如此。"齐娅说，"波洛先生，您可别忘了，我今年三十三岁了。我对您没有什么好隐瞒的，正像您和爸爸讲的那样，现在离那时您在巴黎帮助爸爸解脱困境已经十七年了。"

"但当我看到您的时候，我一点儿也不觉得已经过去了十七年那么久。"波洛奉承道，"您现在和当时完全一样，只是有一点儿瘦、一点儿苍白，以及更加严肃了。您当年十六岁，刚从中学毕业，既不是一位满身稚气的少女，也还算不上是一位成熟的淑女。齐娅小姐，您当时就很有魅力，很动人，别人毫无疑问也是

---

① 原文为法语。

这样想的。"

"在十六岁的时候，人都有点儿单纯，而且傻乎乎的。"齐娅说。

"有可能。"波洛说道，"是的，极有可能是这样。人处在十六岁这个年纪，都很容易轻信旁人，不是吗？他们对所听到的话大多都深信不疑。"

他装作没有注意到身边的女士从眼角向他快速投来一瞥，继续梦呓般地说道："这整件事情都很奇妙，不是吗？小姐，您的父亲永远也不会理解这些事情的内涵。"

"他不知道？"

"当他向我询问此事细节时，我回答他说：我把您丢的东西平平安安地给您送回来啦，请不要问得太多。您知道为什么我要对他这样说吗？"

"我不知道。"齐娅冷冰冰地回答道。

"那么我来告诉您。因为当时那个苍白的、瘦弱的、满脸严肃的少女击中了我内心中柔软的部分。"

"我真不懂您在说些什么？"齐娅有点懊恼了。

"真的不懂？难道您忘记了安东尼奥·皮勒齐奥？"

他感到齐娅霎时间屏住了呼吸。

"他当时是您父亲的助手，可他并不满足于此。那么一个助手能不能觊觎他老板的女儿呢？如果这个助手既年轻又英俊，并且还能言善辩，那么他的把握是不是更大一点呢？既然这两个年轻人不能总是聚在一起谈情说爱，于是他们有时也聊一些让他们都感兴趣的其他事，比如当时帕波波鲁斯先生正在保管的那些珠宝。正如小姐您刚刚所说，年轻人总是傻乎乎地容易相信别人，于是女孩便很容易就上了那位助手的当，让他看了一眼那些珠宝,并且还告诉了他她的父亲把这些珠宝都放在了哪里。唉!这个可怜的女孩啊!她把自己置于一个多么危险的境地。在珠宝丢失后,她是多么害怕啊,可怜的小家伙。到底是说还是不说呢?然后事情有了转机,出现了一个名叫赫尔克里·波洛的人。就像变魔术一样,那些无价的传家宝又回来了,并且没有因此产生任何不好的传闻。"

齐娅猛地转过身。

"您都知道了?是谁告诉您的?是不是安东尼奥?"

波洛摇摇头。

"谁也没有告诉我,"他心平气和地说道,"都是我自己猜的。我猜得很准吧,小姐?假如一个侦探没有猜谜的本领,那么这个侦探就不会有什么建树。"

齐娅沉默不语地在他的身旁走了一会儿,然后艰涩地开口问道:

"好吧,您打算怎么办,您要告诉我的父亲吗?"

"不,"波洛坚决地答道,"绝对不会。"

齐娅好奇地望着他。

"您想让我为您做什么吗?"

"我希望得到您的帮助,小姐。"

"您怎么知道我会帮您的忙?"

"我不知道您是否会帮忙,但我希望您能帮我这个忙。"

"可是,如果我拒绝呢,您会到我父亲面前揭发我吗?"

"毫无此意!小姐,您不需因此而困扰。我可不是个勒索者。我不会一直在您的耳边念叨您的这个秘密,并且用它来威胁您。"

"但是,如果我拒绝帮您的忙……"齐娅拉长了腔调。

"那么您尽管拒绝好了。让事情就这样吧。"

"可为什么……"她没有继续说下去。

"我来告诉您为什么。小姐,女子都是宽宏大量的。如果有人为她们做了点什么事,她们都会尽量去报答。我曾帮助过您一次,小姐,我不会将您的秘密四处宣扬的。"

又是一阵沉默之后,齐娅说道:"我父亲那天已经给您提示过了。"

"他真是一位好人。"

"我不认为我还能对此作什么补充。"齐娅缓缓说道。

也许波洛感到很失望,但这种情绪一点儿都没有从他的表情中显露出来,他脸上连一块肌肉都没有变化过。

"那么好吧。"他爽快地说道,"我们谈点别的事吧。"

他又继续高谈阔论起来,唠唠叨叨,没完没了。齐娅却相反,她心情很沉闷,只是毫无表情地胡乱答应两句。当他们又走近赌场的时候,她看起来似乎做了什么决定。

"波洛先生。"

"齐娅小姐?"

"我,我想要尽我所能地帮助您。"

"您真是太好了,小姐,非常好。"

又是一阵沉默。波洛并不急于催促她,他耐心地等待着齐娅自己开口说话。

"唉,真是。"齐娅说道,"不管怎样,为什么我就不能告诉您呢?我的父亲行事总是很小心,讲的每句话都很谨慎。但我知道同您交谈根本不需如此。您告诉过我们,您寻找的是杀人凶手而不是珠宝。我相信您。您猜得没错,我们到这儿来确实是为了那些宝石。依计划安排,宝石的交易将在这里进行。现在那些珠宝已经到我父亲手里了。他那天给您的那个提示就是指向与我们做交易的那个神秘客户的。"

"侯爵?"波洛低声问道。

"是的,是侯爵。"

"您见过这位侯爵吗,齐娅小姐?"

"就见过一次,"齐娅说道,"但没看清。"她又补充说,"我是透过钥匙缝看的。"

"用这种方式看,是不大容易看清楚。"波洛理解地说道,"不过您总算是见过他了。如果您再见到他,能认出来吗?"

齐娅摇摇头。

"他戴着面具。"她解释道。

"年轻人还是老头?"

"他有一头白发。可能是假发,也可能不是。虽然那头发看起来并不像假的,但我不相信他很老。他走路的姿态很年轻,声音也是一样。"

"他的声音?"波洛若有所思地问道,"嗯,他的声音!如果再次听到他的声音,您能辨别出来吗,齐娅小姐?"

"我能听得出来。"

"您对他很感兴趣,是吗?因此您才从钥匙孔里偷窥他。"

齐娅点点头。

"是的,我当时很好奇。我听到过好多有关他的事。他可不是一般的小偷,更像是一位从历史书或者浪漫故事里走出来的人物。"

"没错,"波洛思忖着答道,"可以这么说。"

"但是,我要对您讲的还不仅仅是这些,"齐娅说,"还有一件小事,我想也许会对您有用。"

"是什么呢?"波洛鼓励地问道。

"正如我说的,宝石在尼斯这儿已交到了我父亲的手中。交货人的脸我没有见到,但是……"

"什么?"

"有一点我能确定,那是个女人。"

第二十九章 家乡的来信

亲爱的凯瑟琳：

　　考虑到您现在已经生活在花花世界中了，所以我觉得您对我们这个小村庄里的新鲜事也许已经不感兴趣。但我常想，您是那样一个善解人意的姑娘，因此应该不会像我想的那样冷血。我们这儿一切如旧。但是新来的副牧师给我惹了不少麻烦，他整个儿就是一个谣言中心。在我看来，他一个人都能顶上整个罗马了。每个人都向维卡抱怨过这件事，但您也知道，他有着基督徒的善心却没有与之相匹配的精神。最近我的女佣们也总惹我生气，那个安妮简直是不能用了，她穿的裙子长度都不过膝盖，就到大腿根儿那里，而且也不穿毛袜子。我都不愿意跟她们多说一句话。风湿痛给我带来了很大的麻烦，哈里松医生建议我去巴黎找个专家看看，可我跟他说这既浪费钱还要乘火车奔波。但到周三的时候，我成功订到了一张便宜的往返车票。那位伦敦专家拉长了脸，东拉西扯地说个没完，最后我不得不问他："我就是个普通妇女，请您说话简单点。痛快说，到底是不是癌症？"最后他不得不直截了当地告诉我就是癌症。他说，在精心照料下我还能多活一年，并且也不会很痛苦。作为一个基督徒，我觉得疼痛算不上什么。只是我的朋友们大多已经去世或者已经不在这个村子里了，这让我觉得有点儿孤独。我真的很希望您能回村里一趟，亲爱的孩子。如果您没得到那大笔遗产、去到法国那个花花世界该多好啊，我可以给您比可怜的简多一倍的工资，让您过来陪陪我，唉，多想这些不可能的事情也是没有益处的。如果您遇上什么烦心的事儿了——当然这种事肯定时常会发生，我听过太多伪贵族为了钱和女孩结婚，一旦钱到手了就把女方弃之不顾的事情。我敢说，您这样聪明的女孩一定能避免这种事情的发生，可世事难料，很多事情都是在不经意间发生的。如果真的不幸发生了这种事情，我亲爱的孩子，您要记住，您的家在这儿，尽管我说的都是大白话，但我也是个热心肠的老太太。

您那善良的老友：
艾梅莉·瓦伊娜

又及：我最近在报纸上读到您和您表姐坦普林女士的消息。我立即就把它剪下收起来了。我在每周日都会为您祈祷，愿您永远不会被傲慢和虚荣所困扰。"

凯瑟琳把这位老友的来信读了两遍，然后慢慢地放下，透过卧室的窗口看着地中海蓝色的波涛。她的喉咙好像被什么堵住了一样，一阵对圣玛丽米德的想念之情向她袭来。那些熟悉的场景，每天的日常生活，那些愚蠢的琐事，还有——还有家。她俯下身，把脑袋埋在胳膊里，放声痛哭起来。

蕾诺斯此刻突然走了进来。

"你好啊，凯瑟琳。"蕾诺斯说道，"我说——您这是怎么啦？"

"没什么。"凯瑟琳说着把信揉成一团，扔进了手包里。

"您看起来有点儿奇怪。"蕾诺斯说道，"对了，我给您的朋友，那个侦探打了个电话，邀请他今天中午到尼斯来吃饭。我还撒了个谎,说您要见他,因为我觉得如果以我的名义邀请,他肯定不会答应。"

"你那么想见他?"凯瑟琳说。

"是的。"蕾诺斯说道,"我的心都快被他俘去了。我还从没有见过一个男人有着像猫一般的绿色眼珠。"

"没错。"凯瑟琳说道。她的声音听起来无精打采的。这些日子以来,德里克·凯特林被捕的消息一直是热门话题,街头巷尾都在纷纷议论着蓝色快车上的秘密这一话题。

"我已经租好汽车了。"蕾诺斯说道,"我向妈妈撒了个谎,但我忘记到底说了什么谎,不过也没事儿,她从来不记得这些事情。要是让她知道我们打算去哪里,她一定会跟去缠着波洛先生的。"

她们到达内格莱斯科的时候,波洛已经在那里等着她们了。

尽管波洛大献法式殷勤,常常将两位女士逗得开怀大笑,但总体来说这顿饭吃得还是不那么愉快。凯瑟琳心不在焉,闷闷不乐。蕾诺斯则一反常态,由夸夸其谈变得沉默不语。在他们坐在茶几边一起喝咖啡的时候,蕾诺斯突然直奔主题。

"有什么新进展吗?您知道我指的是什么。"

波洛耸了耸肩。"他们只是按规章办事。"

"您就任由他们如此行事?"

他忧虑地看着蕾诺斯。

"您还年轻,小姐。但是,世界上有三件东西您不能催促:敬爱的上帝,大自然,还有老年人。"

"尽胡扯。"蕾诺斯说道,"您可不算老。"

"噢,感谢您对我的夸奖。"

"奈顿少校来了。"蕾诺斯说道。

凯瑟琳不由自主地立刻转过头去，又迅速转了回来。

"他和冯·阿尔丁先生在一起。"蕾诺斯继续说道，"我想向奈顿问点儿事。请原谅，我去去就来。"

当只剩下他们俩的时候，波洛低下头来对凯瑟琳说道："您的情绪不好，您的心早就飞离了这里，是吗？"

"飞到英国去了，还不算太远。"

受一种突然的冲动的驱使，她从手袋里掏出早晨收到的那封信，递给了波洛。

"这是我得到的第一个关于家乡生活的消息，它使我很难受。"

他看完信后又递回给凯瑟琳。

"那么您打算回去吗？"他问。

"不，我不回去。"凯瑟琳回答道，"为什么我要回去呢？"

"那我领会错了。"波洛说道，"请您稍等我一会儿。"

他走到蕾诺斯那边，她在同冯·阿尔丁和奈顿他们谈话。美国佬显得很苍老，愁眉不展。他面无表情地向波洛点了一下头，表示欢迎。

当他转过头去回答蕾诺斯的问题时，波洛把奈顿叫到了一边。

"冯·阿尔丁先生看起来不太好。"他说道。

"您对此感到奇怪吗？"奈顿问道，"德里克的被捕而掀起的这场风波，对他来说实在难以忍受。他本来已完全委托您去查清事实真相，结果闹得满城风雨。"

"他是要回英国去？"波洛问道。

"后天我们就回国。"

"很好。"波洛说。

他犹豫了一会儿，看了看走廊对面的凯瑟琳。

"我希望,"他轻声道,"您能告诉格雷小姐一声。"

"告诉她什么?"

"就说您——我是说冯·阿尔丁要回英国去。"

起初奈顿感到有点奇怪,但他仍然顺从地穿过走廊,走向凯瑟琳。

波洛望着他的身影,满意地点着头,转身回到了蕾诺斯他们身边。几分钟之后,奈顿和凯瑟琳也加入了他们。大家一起又聊了一会儿,百万富翁和他的秘书先行离开了。波洛也准备要走。

"非常感谢您的招待,小姐。"波洛嚷嚷着,"这顿午饭实在是太愉快了。我发誓,我正需要这样的一餐!"他挺起胸膛,敲了敲,"我现在就是一头狮子,一个巨人。噢,凯瑟琳小姐,您肯定还没有看过我的这一面。您看到过温柔的、冷静的赫尔克里·波洛,但我还有另外一面。我现在要去欺负、去恐吓、去震慑那些说假话的人。"

他扬扬得意地看着眼前的两位女士,她们都做出了恰当的惊讶反应。尽管蕾诺斯一直咬着她的下嘴唇,尽管凯瑟琳的嘴角扬起了一个可疑的弧度。

"是的,我要去这样做。"他庄严地宣告道,"没错,我肯定会成功。"

说完他便转身离开了。还没等他走几步,凯瑟琳的声音从身后传来。

"波洛先生,我,我想对您说句话。您刚才说得对,我最近几天准备要回英国去。"

波洛目不转睛地盯着她,她的脸渐渐涨红了。

"我明白了。"他严肃地说道。

"我并不觉得您真的明白了。"凯瑟琳说道。

"我明白的比你知道得要多，小姐。"他轻声说道。

波洛唇边带着一抹奇怪的笑容转身离开，上了汽车开往安提贝城。

罗歇伯爵那位仪表堂堂的用人，伊波利特，正在玛丽娜别墅里忙着把主人的整套餐具擦得锃亮。伯爵本人正在蒙特卡洛过着自己的日子。偶尔向窗外一瞥，伊波利特看到一个身影正迅速向前厅走来，而这位来访者是他从未见过的。尽管阅人无数，但他仍然无法判断出来访者究竟属于哪个阶层。他把自己的老婆玛丽从厨房里叫出来，让她看看这个被他称为"异类"的人。

"又是警察来了吗？"玛丽好奇地问。

"你自己看。"伊波利特说道。

玛丽向外望去。

"肯定不是警察局的人。"她总结道，"谢天谢地。"

"其实我也不是很害怕警察局的人。"伊波利特说，"实际上，如果要不是罗歇伯爵提醒我，我都猜不到那个酒馆里的陌生人的真实身份。"

门铃响起来，伊波利特开了门，表现得严肃而庄重。

"很抱歉地通知您，罗歇伯爵先生不在家。"

留着一撮胡子的小老头和蔼地看着他。

"这我知道，"他回答说，"您是伊波利特·弗拉维尔，对吗？"

"是的，先生。"

"玛丽·弗拉维尔是您的妻子？"

"正是，先生。但……"

"我希望找您二位谈一谈，"陌生人一面说一面进了屋。

"毫无疑问您的妻子现在正在厨房里,我去那里见她。"他说。

还不等伊波利特喘口气,来者就已经打开了门厅后面的小门,穿过走廊,走进了厨房,玛丽正一脸惊讶,张着嘴巴看着他。

"您好。"陌生人开口道,一屁股坐在靠椅上,"我是赫尔克里·波洛。"

"是的,先生。"

"您没听过我的名字?"

"很遗憾,没听说过。"伊波利特说。

"那我必须得说您孤陋寡闻了。这个名字可是世界上最著名的名字之一。"

波洛叹了口气,双手交叉抱在胸前。

伊波利特与玛丽颇为不满地盯着他。他们对这位完全陌生的不速之客的到来感到相当迷茫。"先生是想……"伊波利特毫无表情地嘟囔着。

"我想弄弄清楚,为什么你们要对警察撒谎?"

"先生!"伊波利特叫了一声,"我欺骗警察?我从来没有做过这种事!"

波洛摇了摇头。

"您错了,"他说,"您至少不止一次欺骗了警方。让我来看看。"他从口袋里掏出一个小笔记本翻阅着。"对,没错,您至少有七次曾对警察撒谎,我将逐条跟您说明。"

他以温和的语调读着这七次谎言的内容。

伊波利特张口结舌地站在那里。

"我到这里来不是为了找您的碴,"波洛继续说下去,"仅仅是想让您，我亲爱的朋友，别自以为聪明到能瞒过天下所有人。我今天到这儿来的目的是要验证一个我最感兴趣的谎言：您的证词里说罗歇伯爵是在一月十四日上午回到这里的。"

"可是，那不是谎言，而是事实。伯爵先生是在星期二上午回来的，那天是一月十四日。确实如此，是吗，玛丽？"

玛丽急忙答应。

"呃，对，没错。我记得很清楚。"

"噢，"波洛说，"那么您为您的好主人准备了什么早午餐呢？"

"我——"玛丽愣住了，集中精力想振作起来。

"奇怪。"波洛说，"一个人怎么可能记住了一件事，却忘记了另外的事情呢。"

他站起身，用拳头砸向桌面，双眼里满是怒火。

"是的，是的，正如我说的那样。您自以为您的谎话无人知晓。但这个世界上还是有两个人能看穿你，没错，两个人。一个就是上帝——"

他伸出一只手指向天空，然后坐回到椅子上，合上双眼，喃喃道：

"还有一个就是赫尔克里·波洛。"

"我向您保证，先生，您完全弄错了。伯爵先生是星期一离开巴黎的。"

"没错。"波洛说道，"是乘夜里的快车。我不清楚他在什么地方中断了旅程。但我知道，他星期三早晨才到了这里，而不是星期二早晨。"

"先生您弄错了。"玛丽泰然自若地插话说。

波洛跳了起来。

"那么就让法律来裁决吧。"他轻声道，"很遗憾。"

"您说这话是什么意思,先生?"玛丽有点稳不住神了。

"你们将会被逮捕,罪名是协助谋杀凯特林夫人,就是那个被人杀死的英国女士。"

"谋杀!"

伊波利特的脸顿时变得像张白纸,两腿不住地颤抖;玛丽丢掉了手中的擀面杖,眼泪涌出了眼眶。

"但这不可能啊,不可能是这样的。我原本以为——"

"既然你们都坚持原先的说法,那我们也没有什么好谈的了。我觉得你们俩都很愚蠢。"

波洛走向门口,这时一阵激动的说话声使他停了下来。

"先生,先生!请再等一等!我完全没有料到事情居然会是这样。我,我当时认为,这只是事关伯爵的一项情债。警察们之前经常会为这类事情找上门。但是谋杀,这就完全是另外一回事了。"

"我对你的忍耐已经到达了极限。"波洛叫嚷道。他转过身,在伊波利特面前愤怒地挥舞着拳头。"我今天到这儿来,难道就是为了跟你们两个蠢货吵架的吗?我想要的只是真相而已。如果你们不能告诉我真相,那么请好自为之吧。我再问你们最后一遍:罗歇伯爵什么时候回的别墅?是星期二早晨还是星期三早晨?"

"星期三。"伊波利特紧张得呼吸有点急促,他身后的玛丽非常肯定地点着头。

波洛不声不响地看了他俩一会儿,然后严肃地点点头。

"明智的选择。"他心平气和地说道,"刚刚你们几乎已经站在了悬崖边上。"

波洛带着满意的笑容离开了玛丽娜别墅。

"一个猜想被证实了。"他自言自语地说道,"现在是否再试一试另外一个呢?"

米蕾接到赫尔克里·波洛的名片时,已经是六点钟了,她端详了一下这张名片,然后点点头,示意门房把人请进来。波洛进屋时正看到这位舞蹈演员神经质地在房间里走来走去。她暴怒地转身,面向波洛。

"好吧!"她喊道,"好吧!现在是什么情况?难道你们还没把我折磨够吗,还不放过我?不是你让我出卖了我那可怜的德里克吗?还要我做什么?"

"只有一个小问题,小姐。火车离开里昂站后,您是什么时候进凯特林夫人的包厢的?"

"您这是什么意思?"

波洛用略带责备的目光打量着她,继续开口道:

"我是说当您进了凯特林夫人的包厢之后……"

"我从没有进去过。"

"您看到她躺在那里……"

"我从没有进去过。"

"见鬼!①"

他愤怒地冲她大喊了一声,米蕾不由自主地向后退了一步。

"您还想骗我?我能够把当时的情景一丝不漏地描述一番,就像我本人也在现场一样。您进了她的包厢,并且发现她已经死了。我告诉您,我知道一切。要想骗我是很危险的,小心点,我

---

① 原文为法语。

的米蕾小姐!"

在他那凶狠的目光注视下,她的眼神飘忽不定。

"我,我从没——"她开始变得心虚,再也说不下去了。

"我只想问您一点。"波洛说道,"您是否找到了想要找的东西,或者……"

"或者什么?"

"或者有人已经捷足先登了。"

"我不想回答任何一个问题。"米蕾声嘶力竭地叫道。她挣脱了波洛的手,狂躁地一屁股坐在地板上,不断尖叫着、哭泣着。一位满脸惊恐的女仆迅速冲进了房间。

赫尔克里·波洛扬起了眉毛,耸了耸肩,安静地离开了她的屋子。

但他的表情看起来很满意。

第三十章　瓦伊娜小姐的判断

凯瑟琳坐在瓦伊娜小姐的卧室里，望着窗外。天下着雨，虽然不大，却一直默默地坚持不懈地下着。窗外是一座花园，花园中延伸出一条小径直通大门，两旁是修剪得非常整洁的小花坛，花坛中盛开着玫瑰和粉色、蓝色的风信子。

瓦伊娜小姐躺在一张巨大的维多利亚式的木床上，早餐的餐盘被她搁置在一边，此时她正忙于阅读拆封那些信件，还时不时地蹦出一两句非常苛刻的评论。

凯瑟琳手中是一封已经拆开了的信，她正在从头开始读第二遍。这封信是从巴黎的里兹饭店寄来的，内容如下：

　　亲爱的凯瑟琳小姐，我相信您的身体一定如之前一样的健康，并且英国的冬天也不会使您意志消沉下去。我本人首先要做一个深刻的检讨。请别认为我此时正在此地度假。过不久我就要去英国了，希望能在那儿与您愉快地再次相会。咱们必须见一面，不是吗？我一到伦敦就会给您写信的，您应该不会忘了在那个案件中我们还是战友吧？我想您一定不会忘记的。小姐，请您多保重，向您致以我最崇高的敬意。
　　　　　　　　　　　　　　　　　　赫尔克里·波洛

凯瑟琳微微皱了皱眉，信中的有些内容让她十分困惑。

"这些全都是唱诗班孩子的琐事。"瓦伊娜小姐的声音传了过来，"汤米·桑德斯和艾伯·戴克斯两个人坚决不能用，否则我绝不会签同意书的。我都不知道这两个孩子明不明白他们每周日在教堂里应该做些什么。汤米每次都只会唱'噢，上帝呀，请尽快救赎我们吧'，之后就再也不开口了。艾伯·戴克斯则每次都含着一颗薄荷糖，这事儿别想逃过我的鼻子。"

"我知道，他们都是些讨人厌的小男孩。"凯瑟琳应和道。

她说完打开了手中的第二封信，突然脸颊上漾起了红晕。瓦伊娜小姐的声音也仿佛越飘越远了。

当她逐渐回过神来的时候，瓦伊娜小姐的一番长篇大论正接近尾声。

"然后我就告诉她：'完全不可能。就像我所说的那样，格雷小姐是坦普林女士的堂妹。'这事儿你怎么看？"

"您是为了我才同别人争论的吗？您对我真的太好了。"

"如果你这么认为，那就算是吧。这些虚名对我来说已经没有什么意义了。管她是不是维卡的妻子呢，那个女人就像只猫一样狡猾。她不断暗示说，你已经步入了社交圈。"

"也许她说得并没有什么大错。"

"看看你，"瓦伊娜小姐继续说，"难道你回来之后变成了一个目中无人的贵族小姐了吗？本来身处那样的环境就很容易让人变化。但是你没有变，还规规整整地穿着棉袜子和得体的鞋子，同以前一样善解人意。我昨天才跟艾伦说起这件事，我说'艾伦，你看看格雷小姐。她在国外见了那么大的世面，也没像你那样穿着不过膝盖的裙子、细看还能发现抽丝的丝袜，和我都没见过的奇怪鞋子。'"

凯瑟琳微微笑了一下。看来花点儿时间去了解一下瓦伊娜小姐的癖好还是很有帮助的。这位老太太越说越起劲。

"我非常确信，你在那样的环境下也绝对没有堕落。前些天我还在找我的剪报呢。我有不少关于坦普林女士和她的战时医院的剪报，还有别的，应有尽有。你一会儿翻出来看看，我的眼睛不管事了。它们都放在我的写字台的抽屉里。"

凯瑟琳看了看手中的信，刚准备开口说话，但又打住了话头，还是遵从了这位老太太的意愿，走到写字台那边找剪报去了。自从她回到这个村庄以来，她就无比佩服瓦伊娜小姐的毅力与勇气。她觉得自己能为她的老女友所做的事情并不是很多，但按她的生活经验，有些小事却能给老年人带来极大的乐趣。

"这有一份。"过了一会儿凯瑟琳说，"坦普林子爵夫人把她的别墅变成了战地医院，却成了小偷手中的牺牲品。她收藏的宝石被窃了，其中有名贵的翡翠，还有坦普林家族的家传宝石。"

"那可能是复制品。"瓦伊娜小姐说道，"好多社交圈女士的珠宝都这样。"

"又有一份！"凯瑟琳说，"有她一张照片，标题是：一张坦普林女士同她的女儿蕾诺斯的美照。"

"拿过来给我瞧瞧。"瓦伊娜小姐说道，"你看，孩子的脸是不是看不清楚？但我敢说这是故意的。这世上的事情啊，总是反着来，漂亮的母亲却生出不漂亮的孩子。我敢说摄影师一定觉得只有拍孩子的后脑勺才是防止尴尬的最佳方法。"

凯瑟琳大笑起来。

"'坦普林女子爵是今年里维埃拉度假季里最聪明的女主人之一。她的别墅坐落于马丁角上。在那儿她招待了她的堂妹——格雷小姐，这位小姐最近以最浪漫的方式成为一大笔遗产的拥有者。'"

"这就是我要找的那张剪报。"瓦伊娜小姐说,"我想着是不是我漏看的哪张报纸上有你的照片。你知道这种照片经常会有的:某位夫人或者先生,拿着手杖,一只脚迈向前,之类的。从这些照片大致能看出来新闻的主人长什么样。"

凯瑟琳不再回答,她满脸困惑和担忧地摩挲着手中的这份剪报。然后她把刚刚收到的第二封信从信封里拿出来,又逐字逐句地看了一遍。接着转向瓦伊娜小姐,开口道:

"瓦伊娜小姐,我有件事想同您商量。有一位来自里维埃拉的朋友要到这里来,并且坚持要见我一面。"

"一位男士?"瓦伊娜小姐问。

"是的。"

"他是谁?"

"他是冯·阿尔丁的私人秘书,也就是那个美国百万富翁的秘书。"

"他叫什么?"

"奈顿,奈顿少校。"

"他,嗯,一位百万富翁的秘书,想来这儿见你。凯瑟琳,我现在想说一点儿对你有益的话。你是一位善良又善解人意的好女孩,尽管你很有头脑,在绝大多数的事情上都能做出正确的决定,但女人一生中都会在那么一件事情上犯傻。这个男人,十有八九是冲着你的钱来的。"

她抬手制止了想要回答的凯瑟琳,继续说:"我一直在等个机会跟你说说这类事情。什么样的人会去做一个百万富翁的秘书呢?这类人大多是为了追求舒适的生活。一位年轻人,他彬彬有礼,懂得赏鉴奢侈品,但没头脑也没资本;那他怎么才能过上比作为秘书更舒适的生活呢？显然娶一个有钱的女人是条捷径。我并不是说除了钱以外你就没有任何吸引人的地方了。尽管你一再否认，但我还是要说，你很美丽，可你已经不再年轻了，别做蠢事让自己后悔。但如果你坚持要和这个人在一起，请一定把财产同自己牢牢拴在一起。你有什么要说的吗？"

"没什么。"凯瑟琳说，"如果他坚持要过来的话，您会介意吗？"

"这事儿我管不了。"瓦伊娜小姐说，"我已经尽到了我的责任，剩下的事就看你自己的考虑了。你想请他吃午餐还是晚餐呢？我可以保证，如果艾伦的脑子还正常的话她还是能做好一顿晚饭的。"

"午餐就够了。"凯瑟琳说，"瓦伊娜小姐，您真的是太好了。他让我决定后打电话给他，我这就去告诉他我们都很欢迎他来一起共进午餐。他会从镇上开车过来。"

"艾伦做炙烤番茄牛排还不错。"瓦伊娜小姐说，"虽然做得不是特别好吃，但比其他菜要好吃很多。馅饼就算了，她这个手重的姑娘做不好面点。但她做的小城堡布丁还不赖，你能尝出点儿艾博特的斯提尔顿奶酪的味道。我常听说现在的男士都很喜欢吃这种斯提尔顿奶酪，我这儿还有点儿长辈留下来的酒，好像是摩泽尔白葡萄酒。"

"噢，瓦伊娜小姐，您不用如此费事。"

"别这么说，我的孩子。绅士们都喜欢喝点儿好酒。如果你觉得他会喜欢的话，我这儿还有一些品质良好的战前威士忌。就按我刚刚说的办，别再和我争了。酒窖的钥匙放在衣帽桌的第三个抽屉左手边的第二双袜子里。"

凯瑟琳顺从地走向了老太太所指的地点。

"注意噢，是第二双袜子。"瓦伊娜小姐说，"第一双里面有我的珠宝首饰和金丝边的胸针。"

"噢。"凯瑟琳立刻缩回了手，"为什么您不把这些放在您的首饰盒里呢？"

瓦伊娜小姐轻蔑地冲通风口哼着鼻子说：

"不，完全没有必要！我对这种事情太有经验了。亲爱的，我记得很清楚，当初我那可怜的父亲在楼上有一个保险柜。他对此非常满意，得意地对我母亲说：'玛丽，现在把你的珠宝都放在那个保险柜里吧，我会把它们都锁起来的。'我的母亲是一位很乖巧的女士，她明白绅士们都喜欢按照自己的方式办事，所以她把自己的珠宝都交给了我的父亲，让他把它们锁在了保险柜里。

"有一天晚上，一伙强盗闯了进来，他们自然而然就首先锁定了那个保险柜！我父亲在全村人面前吹嘘过他的这个保险柜，让人们觉得他一定把所罗门王的所有珠宝都锁在了这个匣子里。强盗们将保险柜洗劫一空，拿走了银制的大啤酒杯、银制的茶杯和象征我父亲身份的金碟。当然还有我母亲的珠宝盒。"

她一边回忆一边叹了口气："我的父亲对于那些珠宝的被盗感到非常焦虑。珠宝盒里有一套威尼斯式的珠宝、许多非常精致的浮雕宝石、淡粉色的珊瑚宝石和两只镶着大颗宝石的钻石手镯。可后来，我那善解人意的母亲告诉他，她将自己的珠宝都藏在了一个塑身胸衣里，非常安全。"

"那之前她给您父亲的那个珠宝盒是空的吗？"

"宝贝，当然不会是空的了。"瓦伊娜小姐说，"如果是空的那就太轻了。我的母亲如此聪明，早就看穿了这些事。她在珠宝盒里放的都是自己的纽扣，并且都放在了非常合适的地方。靴子的扣子放在第一层，裤子的扣子放在第二层，其他各式的扣子放在其余的地方。很显然，我父亲在得知实情后非常生气，说他痛恨谎言。但我不能再继续往下说了，你现在应该去给你那个朋友打电话了。你要注意选一块好牛排，并且告诉艾伦在午餐的时候别穿她那双带洞的袜子。"

"她是叫艾伦还是海伦？瓦伊娜小姐，我觉得——"

瓦伊娜小姐闭上了她的双眼。

"我可以和其余所有人一样清楚地发出'h'音，但我觉得'海伦'不是一个仆人的名字。我简直不知道现在底层的那些母亲在起名字的时候都在想些什么。"

中午，当奈顿来到乡下这座别墅时，雨停了。冬天的太阳耀眼地照耀着凯瑟琳，她正站在房前的花园里等待着奈顿。他像个小男孩一样急忙跑到凯瑟琳的面前。

"我希望您别介意，我只是迫切地想再见您一面。希望您住在这里的那位朋友也别介意。"

"您请进来同她认识一下吧。"凯瑟琳说，"她可能有点儿过于警惕，但她的心肠比谁都好。"

瓦伊娜小姐神态庄严地端坐在绘画室里，身上戴着一整套象征着她家族尊严的浮雕宝石。她以高贵且冷淡的态度接待了奈顿，这副仪态曾让无数热情的男子心灰意冷。而奈顿则以无法拒绝的热情同瓦伊娜小姐寒暄着，在大约十分钟之后，瓦伊娜小姐如冰雪般的冷酷就被融化了。午餐进行得非常愉快，那位名叫艾伦或者海伦的女仆穿着一双新的带有蕾丝边的丝袜，热情满满地为众人服务着。午饭结束之后，瓦伊娜小姐去小憩，凯瑟琳和奈顿一同散了会儿步，然后回来共进了下午茶。

当载着奈顿的汽车离开视线之后，凯瑟琳缓缓走上了楼梯。

瓦伊娜小姐的卧室里传来了召唤她的声音。

"你的朋友走了吗？"

"是的，再次衷心感谢您允许我邀请他来。"

"不用如此谢我。你难道真的以为我是那种不让别人做任何事的老吝啬鬼吗？"

"我觉得您是我亲爱的朋友。"凯瑟琳充满深情地说。

"嗯。"瓦伊娜小姐温柔地哼哼着。

当凯瑟琳准备要离开时，瓦伊娜小姐叫住了她。

"凯瑟琳？"

"我在这儿呢。"

"我今天早上说的那些有关你朋友的话都是错误的。当一个男人另有目的时，他可以伪装得风度翩翩、小心翼翼、极具骑士精神，总之就是看起来魅力四射。但当一个男子坠入情网时，他就不自觉地表现得像一只温顺的绵羊。现在，每当那个年轻男子望向你时，他就像一只绵羊一样。我收回早上所说的那些话。他的感情是发自肺腑的。"

第三十一章　艾伦斯先生的午餐

"哈！"约瑟夫·艾伦斯先生赞赏地感叹道。

他又尝了一大口啤酒，感叹着放下酒杯，咂巴着嘴唇，看着坐在桌子对面的赫尔克里·波洛，后者是这顿饭的买单人。

"只要给我，"艾伦斯先生说，"一块上好的牛排，一大杯口感绝赞的啤酒。那么其他的那些东西，比如法国饰品这种小玩意儿、鸡蛋饼、几片鹌鹑肉，都可以归你。我只要，"他反复说着，"一块上好的牛排。"

刚刚满足了艾伦斯先生这一要求的波洛，露出了赞同的微笑。

"一块牛排搭配一份美味的布丁，这种组合通常都不会出错。"艾伦斯先生继续说道，"苹果馅饼怎么样？是的，我还想再来块苹果馅饼，谢谢您，小姐，再给我一罐冰淇淋。"

午餐顺利进行着。最后，艾伦斯长叹一声，放下刀叉，准备在谈论正经事之前再尝一块奶酪。

"您一定有些事要跟我讨论吧，波洛先生。"他提醒道，"我很乐意为您效劳。"

"您太好了，"波洛说道，"我之前就这样告诉自己说：'如果你想了解任何有关戏剧表演方面的事情，那没有比你的老朋友约瑟夫·艾伦斯更合适的人选了。'"

"您说得没错。"艾伦斯沾沾自喜地说，"无论是什么时候的事，过去、现在或将来的事，我都知道得一清二楚。"

"这我知道。我现在要问您的是：您是否知道一位名叫基德的年轻女士？"

"基德？凯蒂·基德？"

"对，凯蒂·基德。"

"她非常聪明。舞台上男性角色的扮演者，唱跳俱佳的那位，是她吗？"

"对，我指的就是她。"

"她是一个很聪明的人。挣的钱也很多，合约不断。她大多扮演男性角色，实际上你很难见到作为女演员时候的她。"

"这我也听说过。"波洛说，"但她最近很久没有露面了，是吗？"

"是的。她已经从大众视野中消失很久了。据说同一位有钱的贵族一起去了法国，我猜她一定是有利可图才会放弃舞台。"

"大概有多久了？"

"让我想想，应该是三年之前。可以说，她现在完全失踪了。"

"她很聪明？"

"比一堆猴加起来还聪明。"

"您知道她在法国的那个朋友的名字吗？"

"据我所知，他是一位贵族。是一位伯爵还是——侯爵来着？让我想想，对，我确信那是一位侯爵。"

"从那以后您再也没有听到过她的消息？"

"毫无消息。她甚至都没有再露过面。我打赌她正在一些有名的国外度假胜地鬼混，享受她作为一位侯爵夫人的生活。凯蒂的生活总是出乎人们的预料，她总能将得到的东西物尽其用。"

"我明白了。"波洛若有所思地说道。

"很遗憾，我没有办法告诉您更多的信息了，波洛先生。"艾伦斯说，"我时刻准备为您效劳。您曾帮了我很大的忙。"

"啊，但是咱们不是扯平了嘛，您也曾帮过我的大忙。"

"咱们要一直这样互帮互助啊，哈哈。"艾伦斯说道。

"您的工作一定很有意思。"波洛说道。

"就这样吧。"艾伦斯毫无热情地说道，"把没意思的事情说得有意思，就万事大吉。从各方面来看，我干得还是不错的，但仍需要保持目光的敏锐。谁都不知道观众明天又会喜欢看什么。"

"最近几年很流行观看舞蹈。"波洛下意识地喃喃道。

"我从未觉得俄罗斯芭蕾有什么可看的地方，但观众就是喜欢。这种舞蹈对我来说太高雅了点。"

"我在里维埃拉认识了一个舞蹈演员——米蕾女士。"

"米蕾？不论从哪一方面来说，她都是炙手可热的明星。不论她花了多少钱，她都能再挣回来，这姑娘舞跳得真不错。我见过她跳舞，所以我绝没有夸张。虽然我从未与她打过交道，但我听说她不太好相处：脾气暴躁，爱乱发火。"

"没错。"波洛沉思地说道，"就是这样，我可以想象。"

"有性格！"艾伦斯先生说，"人们常称这样的人为有性格的人。我的老伴同我结婚前也是个舞蹈演员，但是谢天谢地，她没有这种所谓的性格。谁都不会希望家里有这种性格的人，波洛先生。"

"完全同意您的见解，我的朋友，这种性格完全是不合时宜的。"

"作为女人脾气要好，并且温情脉脉，而且应该会做饭。"艾伦斯先生说道。

"米蕾登上舞台才不久吧？"波洛问道。

"大概最多两年半左右，"艾伦斯先生说道，"一些法国公爵捧红的她。我听说，现在她正同希腊的一位前总理来往。这些小伙子都是些肯花钱的主儿。"

"这事儿听着倒新鲜。"波洛说。

"噢，她可不是那种眼里能进沙子的人。人们说小凯特林为了她而杀了自己的妻子，这事儿我不太能确定。不管怎样，凯特林现在进监狱了，她要为自己找出路，对于此事她可是尤为精通。现在有传说她戴着个鸽子蛋大小的宝石，我也不知道鸽子蛋究竟是多大，可人们总在小说里这样描写。"

"像鸽子蛋一样大的宝石？"波洛说道，他的眼睛又像猫眼一样闪烁着绿光。"真有意思！"

"我是从一位朋友那里听到的。"艾伦斯先生说道，"但我觉得那可能就是一块上了色的玻璃。女人都一样，总爱到处炫耀自己珠宝的故事。米蕾逢人便说，那是颗带有诅咒的宝石，还有个名字，叫什么'火焰之心'。"

"但据我所知。"波洛说，"那块'火焰之心'是一条项链的中心宝石。"

"没错！我刚刚不是说了嘛，女人总是会有说不完的关于自己珠宝的谎言。那就是一枚坠在白金项链上的单个宝石，但就像我之前说的那样，十有八九就是一块染色的玻璃。"

"不，"波洛温和地说，"不，我并不认为那只是一块染色的玻璃。"

第三十二章　凯瑟琳和波洛交换意见

"小姐，您变了。"波洛突然说，他和凯瑟琳面对面地坐在萨伏依酒店的一张小桌子旁。

"没错，您确实变了。"他接着说。

"您指的是哪方面？"

"小姐，有些细微的差别很难说明。"

"我变老了。"

"您是变老了。但我的意思不是说，您的脸上浮现了皱纹，眼角出现了鱼尾纹。当我第一次见到您的时候，您像是一位冷静地观察生活的观众，给人一种泰然自若的印象，似乎您正舒坦地坐在观众席上观赏着这部生活戏剧。"

"那么现在呢？"

"现在您不再是旁观者了。也许我这样说有点儿不恰当，但您现在满脸谨慎，如同一位正在经历着艰难战役的斗士一样。"

"我的那位老友有时是有点儿难以相处，"凯瑟琳微笑着说，"但我向您保证我可不想与她进行什么战斗。波洛先生，有空的时候您一定要去村里看一看她。我觉得您一定会喜欢那位老人的勇气与精神的。"

服务员很敏捷地送来一只用平底锅装着的烤鸡，他们的谈话被打断了。当只剩下他们两个人时，波洛说道："我不是告诉过您,我的朋友黑斯廷斯是如何评价我的吗?他说我是个嘴巴很严的人。嗯,小姐,您让我觉得棋逢对手,同我相比,您更加孤独。"

"胡说。"凯瑟琳轻声说。

"赫尔克里·波洛从不胡说。我说的必然是事实。"

沉默又一次降临在这两个人之间。波洛好奇地打探道:

"自从您回到英国之后,见过我们在里维埃拉的朋友了吗?"

"我见过奈顿少校。"

"噢,噢,真的?"

波洛眼中闪烁的某种光亮,让凯瑟琳不由自主地垂下了眼帘。

"所以那时冯·阿尔丁先生一个人留在了伦敦?"

"是的。"

"我明天或者什么时候一定要去见他。"

"您有什么新情况要告诉他吗?"

"为什么您这样认为?"

"我——只是好奇而已。"

波洛从桌子对面眨巴着眼睛望着她。

"小姐,我能看出来现在您有话要问我。为什么不问呢?难道与'蓝色特快'这部我们自己的侦探小说有关吗?"

"我的确想要问您几个问题。"

"嗯,很好,是什么呢?[①]"

凯瑟琳突然抬头,用坚定的目光看着波洛。

"您到巴黎来做什么呢,波洛先生?"

[①]原文为法语。

波洛略微一笑。

"我拜会了俄国的公使。"

"噢。"

"看来这条消息并没有传达给您任何有用的信息。但我现在不做嘴严的人了,我将向您摊牌。您是否觉得我还不满足于将德里克·凯特林送进监狱?"

"这是让我一直觉得疑惑的事情。我本以为,在尼斯的时候您已经了结了这个案件。"

"您并没有说尽心中的疑惑,小姐。但我都承认,当初是我和我的调查结果将德里克·凯特林送进了监狱。要不是我,治安官先生可能还在忙于对罗歇伯爵的调查。就是这样①,小姐,我并不后悔我所做的事情。对我来说,我只有一个责任,那就是寻找真相,就是这份责任感引领着我来到了凯特林先生面前。但这个案子真的到此为止了吗?警方说没错,可以结案了,但是对于我,赫尔克里·波洛来说,这个结果并不能让我满意。"

他突然转了话题:"告诉我,小姐,您最近有收到蕾诺斯小姐的消息吗?"

"只有一封很短且怒气冲冲的信,我觉得对于我回英国这件事,她感到很恼火。"

波洛点点头。

"在凯特林先生被捕的那天晚上,我同她谈过一次话,那是一次特别有意思的谈话。"

说完之后,波洛又陷入了一阵沉默,凯瑟琳也没有打断他的沉思。"小姐,"他最终开口道,"我可以这样跟您说,我此刻

---

①原文为法语。

正处于一种很微妙的境地。我认为有一位爱慕着凯特林先生的女士——如果我这样表述有误请纠正我——为了这位女士,我希望我的推测是正确的,而警方是错误的。您知道她是谁吗?"

停顿了一会儿,凯瑟琳说道:"我想我是知道的。"

波洛朝着桌子对面的凯瑟琳探出身。

"我并不满足于此,小姐,不,我一点儿都不满意。所有的证据,所有的主要证据都直接指向了凯特林先生。但是有一个情况被忽略了。"

"您指的是什么?"

"那就是死者被打变形的脸。我上百次地问过自己:德里克·凯特林是那种人吗?把自己的妻子杀死之后再给她这血腥的一击?这样做究竟要达到什么目的?凯特林先生是会在盛怒下做出这种行为的人吗?小姐,这些问题的答案都无法完全令人满意。我一次又一次地问自己'为什么'。最终,我找到了能帮我解决这些问题的线索,就是这些。"

他打开自己随身携带的笔记本,用拇指和食指从里面夹出一点儿东西。

"小姐,您还记得吗?我当时在包厢里的枕头旁边拾到了这一缕头发。"

凯瑟琳很有兴趣地探出身去看那一缕头发。

波洛不住地直点头。"您对这些头发说不出所以然,这我看得出。可是,我似乎觉得,您知悉一点内情。"

"我确实有一些想法,"凯瑟琳慢悠悠地说,"一些很古怪的想法。因此我才问您,您在巴黎都做了些什么,波洛先生。"

"当我给你写信的时候——"

"在里兹饭店写的那封?"

波洛的脸上露出狡黠的一笑。

"没错，就像您说的那样，我当时住在里兹饭店。当有百万富翁帮我付账时，我的生活还是很奢侈的。"

"您刚才提到了俄国公使。"凯瑟琳皱起眉头说道，"这与此案又有什么关系呢？我一点儿都不明白。"

"没有什么直接的瓜葛，小姐。我到他那里去了解一些情况。我还同另一个人谈过话，并对他进行了威胁，对，就是我，赫尔克里·波洛，威胁了他。"

"是同警方一起？"

"不是，"波洛毫无表情地说道，"同报界的人士，这是更加致命的武器。"

他看着凯瑟琳，后者微笑地看着他摇摇头。

"您不会想要在此时又变回那个守口如瓶的波洛先生了吧？"

"不，不。我不想将事情都变成很神秘的样子。我会告诉您全部的事情。我怀疑一个人，他积极参与了卖给冯·阿尔丁宝石的全部交易。我给了他钱，然后他将整个故事向我全盘托出。我在他那儿了解到宝石是在哪里交易的，同时我也了解到，在宝石交易的同时，有一个人一直在附近徘徊，他模样年轻、走起路来有点瘸、满头白发。我将此人称作'侯爵先生'。"

"所以现在您就到伦敦来同冯·阿尔丁谈谈这件事。"

"不只是为了这个目的。我在这里还有其他的事要做。我和两个人谈过话，一位是剧院的经理，一位是有名的医生。从他们那里我都得到了一些资料。同时也希望，您能和我一样，把前前后后的事情理一理，看看是否能从中找出打开这把锁的钥匙。"

"我？"

"是的，您。小姐，我想要告诉您一件事。从一开始我就怀疑，抢劫和杀人是否是一人所为。长久以来，我都不是很确定——"

"那么现在呢？"

"现在我明白了。"

又是一阵沉默。之后凯瑟琳抬起了头，她的双眼闪闪发亮。

"我不像您那样目光敏锐、善于思考，波洛先生。您跟我说的事情里有一半都让我觉得很茫然。我对这个案子的看法，与您相比完全是另一种角度。"

"事情都是这样，"波洛平静地说，"镜子可以映射出现实，但每个人照镜子的角度都不相同。"

"我的想法可能很荒唐……肯定同您的想法不一样，但是……"

"嗯？"

"请告诉我，这个东西对您是否有帮助呢？"

她从手提包里取出一张剪报，递给了他，他看了一遍，抬起头来，点了下头。

"小姐，这就是我刚才同您说的。每个人从不同角度向镜子里看，可是镜子是同一面镜子，它的映象也是同一种映象。"

凯瑟琳站了起来。"我得走了，"她说，"我必须得抓紧时间赶火车。波洛先生——"

"您说，小姐。"

"这件事不能再往下深究了，您明白的，我，我不能再细想这件事了。"

她的语气里满是心碎。

他安慰地轻拍着她的手。

"您要鼓起勇气，小姐，此刻您千万不能放弃，胜利就在眼前了。"

第三十三章　新的推论

"波洛先生想要见您，先生。"

"真见鬼，又是这个老小子。"冯·阿尔丁不耐烦地说道。

奈顿谨慎地保持沉默。

百万富翁站了起来，在屋子里来回踱着步。

"你看到今天早晨那些该死的报纸了吗？"

"我只是粗略地浏览了一遍，先生。"

"报纸上还满是那些消息吗？"

"很遗憾，先生，还是那样。"

百万富翁又坐了下来，用手按住了前额。

"如果我能早点儿料到这些，"他抱怨着，"我宁可从未让那个比利时小老头去追踪真相。我当时只想着要抓到凶手了。"

"您情愿让您的女婿逍遥法外？"

冯·阿尔丁叹了口气。

"我情愿由我自己来处置他。"

"先生，我觉得这样做并不十分明智。"

"都一样。你确定那个老小子真的想见我吗？"

"是的，冯·阿尔丁先生。他很迫切地想见您。"

"好吧，那我想他不见到我是不会罢休的。如果愿意的话，让他今天上午过来吧。"

波洛温文尔雅地走进屋来。他并没有介意百万富翁冷冰冰的问候，仍然兴致勃勃地谈天说地。他宣称，他到伦敦来是想见他的医生，随即他报出了一个很有名的外科医生的名字。

"不是，不是战时负的伤……是我当警察时留下的印记，是一个下流坏的子弹。"

他摸着自己的左肩，煞有其事地缩了一下肩膀。

"我一直觉得您是一位幸运的人，冯·阿尔丁先生。与我们所认为的那种传统意义上的美国百万富翁不同，你不受消化不良这类疾病的困扰。"

"我的身体非常强壮。"冯·阿尔丁说，"我的生活非常简单，您是知道的，饮食很清淡，并且吃得也不多。"

"您已经去见过格雷小姐了，是吗？"他询问道，不着痕迹地转向秘书。

"我，是的，见过一两次。"奈顿承认道。

他的脸上现出赧愧之色，冯·阿尔丁奇怪地问道：

"有意思，这事儿你一点也没对我说过，奈顿。"

"我以为您不会对此感兴趣，先生。"

"那位女士确实很可爱。"冯·阿尔丁说道。

"她在圣玛丽米德村又将自己封闭了起来，这实在太可惜啦。"波洛说道。

"她真的太好了，"奈顿热烈地说，"很少有人会像她那样，不计回报地服侍一位脾气暴躁的老妇。"

"这下我可没话说了。"波洛说，眨了眨眼睛，"但是我仍然认为这很让人遗憾。现在，先生们，让我们言归正传。"

另外两位男士带着惊讶的表情望向他。

"请您不必对我说的话感到震惊和惊慌。您想想看，冯·阿尔丁先生,如果德里克·凯特林并没有杀死自己的妻子,那会怎样呢?"

"什么?"

眼前的两人惊讶地望着他。

"我是说,想想看,如果凯特林先生没有杀死他的妻子,那会怎样呢?"

"您疯了吗,波洛先生?"

冯·阿尔丁开口道。

"不,"波洛说,"我没有疯。我可能像有些人说得那样——有点古怪,但从我的专业角度来看,我非常……按照别人的话说……'非常专业'。让我来问问您,冯·阿尔丁先生,如果您的女婿不是凶手,那您是感到庆幸呢,还是遗憾?"

冯·阿尔丁盯着他。

"我自然感到庆幸,"最后他开口道,"波洛先生,这是您的一种猜测,还是真的有事实依据呢?"

波洛抬头望着天花板。

"现在确有可能,"他平静地说,"凶手还是罗歇伯爵。毕竟我现在已经成功地拆穿了他的不在场证明。"

"您是怎么弄清的?"

波洛谦逊地耸了一下肩膀。

"我自有方法。一点儿小戏法加一点儿小聪明,事情就成了。"

"但那些珠宝,"冯·阿尔丁说道,"伯爵手上的那些珠宝都是赝品啊。"

"而且很明显,除了珠宝,他没有任何作案动机。但是冯·阿尔丁先生,您忽略了一点。那些珠宝到底去哪里了呢?有人在他之前已经把珠宝拿走了。"

"但您所说的这些都是全新的推论。"奈顿叫道。

"您真的相信这些荒唐的说法吗,波洛先生?"百万富翁问道。

"这些事情都还没有得到证明,都还只是猜测。"波洛轻语,"但我要告诉您,冯·阿尔丁先生,这些证据都值得推敲。您一定要同我一起再去一次法国南部,进行一次实地调查。"

"您真的认为这事儿有必要吗?我是指让我跟您同去。"

"我认为您一定想亲自查明真相。"

波洛的语气中带有几分责备的意味,这让听者很受启发。

"是的,是的。您说得对。"他说,"波洛先生。我们什么时候起程?"

"最近几天您真的很忙,先生,有很多桩生意要做。"奈顿喃喃道。

但是百万富翁已经打定了主意,将秘书的建议置之不理。

"我认为眼前这件事情更为重要。"他说,"好,那就说妥了,波洛先生,咱们明天就走,乘哪趟车?"

"我建议还是搭乘'蓝色特快'。"波洛笑着说。

第三十四章　再乘"蓝色特快"

"蓝色特快"——有时也被称作"百万富翁专列"——正以一种有点危险的速度在蜿蜒的铁路上向前奔驰。冯·阿尔丁、奈顿和波洛三人安静地坐在车上。奈顿同冯·阿尔丁住在两个相连的包厢里,这个包厢的格局同当初露丝·凯特林和她的女仆所住的完全一样。波洛自己的包厢则在车厢的另一头。

这趟旅行勾起了冯·阿尔丁那些痛苦的回忆。波洛和奈顿不时低声交谈几句,尽量不去打扰他。

然而当火车即将到达里昂站的时候,波洛突然变得活跃起来。冯·阿尔丁也意识到他此行的目的之一是重现那天的犯罪现场。波洛一人分饰多个角色。他一会儿是在自己的包厢里来回忙碌的女仆,一会儿是认出了自己的丈夫而惊慌失措的凯特林夫人,一会儿又是发现自己的夫人也在同一辆火车上的德里克·凯特林。他尝试了多种可能性,比如如何在第二间包厢里隐藏一个人等等诸如此类。

突然间,他似乎灵光一闪,一把抓住了冯·阿尔丁的胳膊。

"哦,我的天啊[①],我忽略了一件事情!我们得在巴黎下车。快,快,我们马上下车。"

[①]原文为法语。

他抓起身旁的旅行袋，立即跳下了火车。另外两个人虽然吃惊但也以最快的速度跟着下了车。冯·阿尔丁此时又一次对波洛的能力感到怀疑。他们在月台的栅栏边被拦住了，三人的火车票还在列车乘务员的手里，但下车的时候太过匆忙，没有一个人想到要去拿票。

尽管波洛的解释听起来流畅且充满感情，但在那个铁面无私的检票员那儿却丝毫不起作用。

"别折腾了！"冯·阿尔丁再也忍耐不住了，"我知道您此刻赶时间。看在上帝的份上，干脆补上三张从加来到巴黎的票，然后再继续跟着您那些不知所云的想法追踪下去吧。"

可是听到这句话之后，原本口若悬河的波洛却停住了话头，一动不动仿佛石像一般。他的胳膊仍然保持着刚刚说话时的姿势，仿佛被麻醉一般僵立在那里。

"我刚刚简直太蠢了。"他说，"上帝，这些天我简直晕了头。让我们赶紧回到火车上继续旅行吧。运气好的话，火车可能还没有走。"

他们刚巧赶上了火车，当三人中最后的奈顿将手提箱刚放在地板上时，火车随即开动了。

乘务员对这三人的行为表达了强烈的不满，但也还是将他们的行李放回了各自的包厢中。冯·阿尔丁一言不发，但明显他对于波洛这种不符合常规的举动感到很不满。当他同奈顿独处时，他抱怨道：

"这简直就是白费力气。那个人完全乱了节奏，他有时显得很能干，但此刻完全丢了脑子，就像一只受惊的兔子一样，这样的他干不成什么大事。"

一会儿之后波洛回到了他们身边，不住地道着歉，他这副样子不论谁看了都不忍心再多指责他一句。冯·阿尔丁郑重其事地接受了他的道歉，忍住了满肚子喷薄欲出的刻薄嘲讽。

他们一起在火车上用了晚餐之后，令其他两人倍感惊讶的是波洛提议他们应该在冯·阿尔丁的包厢里坐着过夜。

百万富翁迷惑不解地看着波洛。

"您有什么事情瞒着我们吗？波洛先生。"

"我？"波洛天真无邪地说道，"只有一个小小的想法。"

冯·阿尔丁没吱声，但是他明显对这个回答感到不满。当乘务员被告知今晚不用为这些旅客铺床时，他感到非常惊讶，但这股子惊讶又瞬间被冯·阿尔丁给他的那一大笔小费冲淡了。此刻，包厢中的三个人静静地坐着。波洛坐立不安，不久后他对那个秘书说：

"奈顿少校，您包厢的门锁了吗？我是指那扇通往走廊的门。"

"是的，我刚刚随手就关上了。"

"真的关上了吗？"波洛问。

"如果您愿意，我可以再去检查一遍。"奈顿笑着说。

"不，不，不用劳您大驾。我自己去吧。"

过了一会儿，他点着头回来了。

"对，您说得对，确实锁上了。请您原谅一个老头的神经质。"他关上包厢之间的门又坐在右手边那个角落里。

几个小时过去了。三个人都坐在那里打着瞌睡，又时常因为不舒服的睡姿而惊醒。可能有史以来，欧洲的这列高级卧车上还从来没有人像这三位乘客一样过夜。波洛不时地看着自己的手表，然后点点头，又打会儿瞌睡。有一次，他猛地站起身，打开连接两个包厢的门，冲到隔壁的包厢里看了一眼，摇了摇头又回来坐下。

"出什么事了吗?"奈顿压低了嗓门说,"您是不是在等待着什么事?"

"我有点神经质!"波洛承认道,"我就像一只蹲在热地砖上的猫,一点风吹草动都能让我紧张万分。"

奈顿打了个哈欠。

"这真是一趟非常不舒服的旅行,"他嘟囔着说,"但我猜您一定知道自己在做什么,波洛先生。"

说完,他又找了个舒服的位置,尝试入睡。奈顿同冯·阿尔丁一样缩成一团,打着盹。当波洛第十四次看表的时候,他直起身轻轻地拍了一下百万富翁的肩膀。

"嗯?怎么了?"

"再过五到十分钟,我们就要到里昂站了,先生。"

"我的天啊!"在暗淡的灯光下冯·阿尔丁的面色显得格外苍白,"差不多就是在这个时候,我那可怜的露丝被人杀害了。"

他凝视着前方,咬着嘴唇,再一次想到了那段他整个人生中最悲痛的回忆。

火车发出刹车的声音,速度也逐渐放慢,驶进了里昂站。冯·阿尔丁打开窗子,探出身。

"按照您的假设来看,如果德里克不是凶手的话,那么那个陌生的男人是从这里下车的吗?"他的声音越过肩膀传过来。

使他感到惊奇的是,波洛却摇了摇头。

"不是,"他深思地说道,"下车的不是一个男人,我想,没错,那是一个女人。"

奈顿倒吸一口冷气。

"是个女的?"冯·阿尔丁大叫起来。

"对,是个女的。"波洛点着头说,"您可能还记得,冯·阿尔丁先生，格雷小姐曾提到过，说这时有一位先生戴着帽子，穿着大衣到月台上舒展筋骨。我的看法是，这个年轻人是位女士。"

"那么她是谁呢？"

冯·阿尔丁脸上浮现出不以为然的神色。可是，波洛却斩钉截铁、严肃地说道：

"她的名字……或者，她那近年来广为人知的那个名字，是凯蒂·基德。而您，冯·阿尔丁先生，知道的是她另外一个名字——艾达·梅森。"

奈顿跳了起来，大叫一声："什么？"

波洛立即转过身来。

"对，我还差一点忘了。"他从衣袋里飞快地掏出一件东西，并把它拿到奈顿面前。

"请您从自己的烟盒里拿一支烟吧。当您在巴黎的环城铁路上跳上车的时候，粗心地把这个烟盒丢了。"

奈顿不知所措地看着他，猛然间他飞快地动了一下，就在这时波洛抓住了他的胳膊，警告道：

"不，请您还是别这样。"他的声音听起来还是十分和善，"隔壁包厢的门已经打开，您现在被包围了。在我们离开巴黎站时，我打开了那间包厢的门锁，现在我的那些警察朋友都藏在里面。我想您应该知道，法国警察局找您已经找得够苦的了，奈顿少校，或者我们最好这样称呼您：'侯爵先生'？"

第三十五章　波洛的说明

"您能解释一下吗？"

波洛微微一笑。这时，他正同冯·阿尔丁在百万富翁位于内格莱斯科的私人套间里吃午饭。从冯·阿尔丁的表情中可以看出，他此刻既轻松又好奇。波洛舒服地坐在靠背椅上，点燃了一支细香烟，抬头望着天花板。

"好的，我来给您解释一下。这一切都是因为有一点让我起疑。您知道是哪一点吗？就是那张变了形的脸。在犯罪侦查中，这是一个很普通的问题，一个立即会让人想到的问题，那就是确认死者的身份。我首先想到的也是这一点，死者真的是凯特林夫人吗？但这个问题似乎并没有给我多少启发，格雷小姐的证词如此肯定，让人没法怀疑，因此我将这一想法弃置一旁，确信死者为露丝·凯特林。"

"您是什么时候开始对女仆产生怀疑的？"

"就在不久之前，一件微不足道的小事引起了我的注意。就是那个在火车包厢里找到的烟盒。照她的说法，这是凯特林夫人送给她丈夫的。而我觉得这不可能，这对夫妻已经貌合神离很久了。这使我对艾达·梅森是否可靠产生了一点疑问。而她在凯特林夫人那儿只工作了两个月，这更让人起疑。当然啦，由于她被留在巴黎，而凯特林夫人那时还被很多人目击尚在人世，所以她看似和本案毫无关联。"

波洛直起身来，伸出食指指向天空，摇晃着，表情丰富地看着冯·阿尔丁继续说：

"但是，我是个经验丰富的侦探。我时常感到怀疑。我怀疑一切人，怀疑一切事。我不相信任何人对我讲的任何话。我问我自己：我们怎么知道艾达·梅森确实被留在了巴黎？对这个问题的初步回答看起来天衣无缝。那就是您的秘书的证词，奈顿少校，作为一个局外人，他的话完全可靠。除此之外，您女儿还亲自对乘务员讲过话，更加让人无法产生怀疑。但我将后面这一点先暂时搁置在了一边。我的脑海里浮现了一个可能非常疯狂并且不切实际的想法，如果这个想法是真的，那么刚刚那条证言就可以被证明是毫无意义的。

"我集中精力分析一种情况，即奈顿少校在巴黎里兹饭店见到梅森的时候正是'蓝色特快'刚刚离开巴黎的时候。这看起来合情合理，但经过仔细的观察后，我注意到两点：第一，很有意思的是，奈顿少校也是两个月之前才到您这里工作的；第二，拾到的烟盒上的字母与他名字的第一个字母相同。然后，如果艾达·梅森是共犯，那么她做出那番说明就合乎情理了。首先——让我们回顾整个案情——她迅速编造了一个看似合理的证词，以坐实凯特林先生莫须有的罪名。这个证词不是计划中的，她这样做实在是太聪明了。本来他们想让罗歇伯爵做替罪羊，为了防止罗歇伯爵有确实的不在场证明，艾达·梅森一直强调她不是很确定她看见的那个背影是不是伯爵。现在，如果你还记得的话，当时发生了这样一件事情：我对艾达·梅森说她看见的那个背影可能不是罗歇伯爵，而是德里克·凯特林，她当时看起来不太肯定，但等我回酒店之后您就打电话告诉我她跟您说，在经过仔细考虑之后,她认定那个背影就是凯特林先生。我那时就觉得有些不对劲。从她的角度来说,只有一种可能促成了这种变化。在离开您的住所之后,她同某个人商议了整件事情,并且获得了某种建议,因此才依计行事。那么是谁给了她这些建议呢?当然是奈顿少校。而且还有看起来微不足道的一点,奈顿曾在不经意间提起过一桩发生在约克郡的珠宝抢劫案,当时他也在场。可能这只是一个巧合,也可能这是整个环节中的一个小节点。"

"但我有件事情不是很明白,波洛先生。恕我愚钝,我到现在还是搞不清楚,出现在巴黎站的那个男人是谁?是德里克·凯特林还是罗歇伯爵?"

"这个答案非常简单。根本就没有这样一个男人。噢!简直岂有此理!您看出来这整个案件中最聪明的地方了吗?是谁告诉我们有这样一个男人的?只有艾达·梅森看到过。而我们之所以相信艾达·梅森只是因为奈顿说他看到她被留在了巴黎。"

"可是露丝亲口对乘务员讲过,她把女仆留在了巴黎。"冯·阿尔丁打断他的话说道。

"我正想说明这一点。我们确实有来自于凯特林夫人的证词,但从另外一个角度来说,我们获得的不是真正意义上她的证词。冯·阿尔丁先生,死者是不可能亲口跟我们说话的。这不是她的证词,而只是乘务员的证词,这其实是两个不同的概念。"

"所以,您认为那位乘务员在撒谎?"

"不,不,他没有撒谎。他供述的是自己所认为的实情。但是那个告诉他女仆被留在巴黎的人并不是凯特林夫人。"

冯·阿尔丁迷惑不解地看着他。

"冯·阿尔丁先生,火车还没到里昂站的时候,露丝·凯特林夫人就已经死了。是艾达·梅森穿了女主人的衣服买了晚饭,并对乘务员讲了那句关键的话。"

"这简直令人难以置信!"

"不,不,冯·阿尔丁先生。这不是不可能的。如今的女人们彼此相像,人们多半根据服饰而不是面庞来分辨她们。艾达·梅森个头同您女儿差不多。穿上那样贵重的皮大衣,戴上那顶蒙着半个脸的帽子蒙混过去,人们只能从侧面看到耳边的一两绺金黄色的卷发,这就很容易蒙混过去,而且您还记得吗,这个乘务员在此之前没同凯特林夫人说过话。没错,在检票的时候他是见过这位女仆,但那时在他记忆里只留下了一个面容憔悴、穿着一身黑衣服的女仆形象。除非他是个极为聪明的人,否则便不可能发现女主人同女仆人身份的转换。请您不要忘记,艾达·梅森原名叫凯蒂·基德,是一个女演员,因此她擅长改变自己的容貌和说话的声音。不,不,乘务员把装扮成主人的女仆辨认出来的这种危险是不存在的。但确实存在另一种危险:那就是他在看到尸体之后,会发现这不是前一天晚上同他讲话的那个女士。所以这才是他们将死者毁容的理由。对这帮罪犯唯一能构成威胁的是凯瑟琳·格雷小姐。当火车离开巴黎之后,如果格雷小姐再一次去女士的包厢拜访她的话,那对他们来说是极其不利的,为此,罪犯想了一个花招,她买了一盒饭,并把包厢反锁上了。"

"到底是谁杀死了我那可怜的露丝?什么时候?"

"首先,这项罪行是由两个人——奈顿和艾达·梅森,共同谋划的。那一天奈顿在巴黎为您办事。他在巴黎郊区环城铁路附近跳上了火车。凯特林夫人对奈顿的出现虽然感到奇怪,却不会感到怀疑。他可能用某种借口使她向窗外看去,然后他从后面用绳子套住了她的脖子,一两秒钟之后凯特林夫人就香消玉殒了。

他们反锁上包厢的门,开始善后的工作:脱下死者的外衣,将尸体卷在毛毯里放进隔壁包厢中的那些包裹和手提箱之间。奈顿拿着首饰盒跳下了火车。因为大家都认为死亡是在夜间十二点左右发生的,所以他是绝对安全的。他的证词加上所谓的凯特林夫人同乘务员的谈话,为他制造了一个完美的'不在场证明'。

"在巴黎的里昂站,艾达·梅森拎着饭盒返回包厢锁上门,以最快的速度换上了女主人的衣服,把准备好的两绺金黄色卷发戴在两鬓,并且尽可能地将自己化装成类似于女主人的妆容。当乘务员来铺床时,她就讲了那个把自己的女仆丢在巴黎的故事。在乘务员铺床的过程中,她一直站在窗前望着窗外,后背朝着走廊,走廊里有着来来往往的旅客。这是一个非常聪明的预防措施,因为在那些来往走动的人中间,就可能有格雷小姐;如果她看见了,那么她就可以对天起誓说,这时凯特林夫人还活着。"

"请您继续讲下去。"冯·阿尔丁说道。

"在火车到达里昂之前,艾达·梅森把女主人的尸体放在床铺上,并且将她的外衣整洁地叠好放在脚边,然后换上了一套男装,准备下车。当德里克·凯特林走进妻子的包厢时,他以为自己的妻子正在熟睡,这样又有了一个目击者,而那时梅森正藏在隔壁包厢里,伺机偷偷下车。在里昂火车站,她尾随着乘务员一起下了车,装成一位到外面去呼吸新鲜空气的旅客。趁人们不注意的时候,她飞快地来到另外一个月台,登上了第一辆开往巴黎的火车,回到了里兹饭店。她的名字早在前一天就由奈顿的一个女同伙在饭店登了记。之后她在饭店里无所事事,就等着警察找上门。首饰当然不在她手上。没有人会怀疑奈顿,他作为您的秘书安全无恙地把珠宝带到了尼斯。在尼斯与帕波波鲁斯交易珠宝的这件事,是早就商量好的,并且最终通过艾达·梅森交货。总的说来，这次阴谋活动干得颇为出色。对于这样的行动也只有侯爵这样的行家才当之无愧！"

"您确信理查德·奈顿就是那位近几年来作恶不断的惯犯？"

波洛点点头。

"那位名号为'侯爵'的男士，拥有两件蛊惑人心的武器：巧言令色、善于奉承。就因为这样，您才受了骗，冯·阿尔丁先生，虽然您和他只是萍水相逢，却把他收为了秘书。"

"我可以发誓，他当时可绝对没有表示非干这份工作不可。"百万富翁高声说道。

"此人老奸巨猾，深谋远虑，他在人际关系学方面的造诣可能不亚于您，冯·阿尔丁先生。"

"我也调查过他的历史，所有人都证明他是个好人。"

"当然会这样，这也是这场阴谋的一部分。理查德·奈顿的人生记录毫无污点。他出身良好，生活得安逸而幸福，战时他表现勇敢，忠于职守，看起来无可非议。当我着手调查那位神秘的侯爵的材料时，发现了某些与他一致的地方。奈顿说得一口流利的法语，同真正的法国人完全一样，他在美国、法国和英国度过的时间与那位侯爵的'工作时间'也正好相契。侯爵最后一次出现在人们视野中是瑞士的那起重大的首饰偷盗案，而您，先生，正是在瑞士认识了奈顿少校。也正是那个时候，有些知情人透露了您要买那件名贵宝石的消息。"

"可是为什么要杀人呢？"冯·阿尔丁喃喃自语道，"一位犯罪大师是不会把自己送上断头台的。"

波洛摇摇头。"这不是侯爵第一次制造血案了。他是个嗜血成性的杀人犯。另外，为了确保万无一失，他也不愿留下罪证，而死人是不能说话的。

"侯爵对名贵的、有历史价值的宝石有一种不可抑制的爱好。他谋划到您的秘书一职时，就开始同您女儿的女仆一起策划怎么对您女儿下毒手了，因为他猜想宝石最终肯定会归露丝·凯特林所有。另外，他还企图走捷径。因此，他雇用了几个流氓恶棍，想在您买走宝石的那天晚上进行袭击。这个计划流产了，可是侯爵对此并不感到突然和失望。我认为他一定觉得那个小案子干得非常漂亮，没有人会怀疑到他。而正像所有的大人物一样——应该说侯爵也确实算是个人物——他们都有自己的弱点。他真心爱上了格雷小姐，而当他发现她有点儿喜欢德里克·凯特林的时候，就不由自主地、本能地企图嫁祸于德里克。现在，冯·阿尔丁先生，我要告诉您一件非常有趣的事：格雷小姐虽然不是一个神经质的人，但有一天晚上在蒙特卡洛赌场的公园里，她切实地感到您女儿就在她身旁，而那时她刚刚结束了同奈顿的一次长谈。据她所说，那时死者急切地想告诉她些什么，突然间她感觉到死者想要说的是：奈顿就是凶手！这个想法在当时看来太不切实际了，因此格雷小姐没有将此事告诉任何人。但她对这件事的真实性又如此好奇，因此采取了一个近乎疯狂的行动。她没有拒绝奈顿的追求，并且假装她已经接受了德里克·凯特林是罪犯这个事实。"

"太离奇了！"冯·阿尔丁说道。

"是的，非常奇怪。人们总是很难解释这一类事情。对了，还有一件小事让我产生了动摇。由于战时所受的伤，您的秘书有点瘸。可侯爵走起路来并不瘸。关于这一点我很长一段时间内都没有弄清楚。有一天，蕾诺斯·坦普林小姐偶然说起，她母亲那家医院里的外科医生对奈顿的瘸腿感到很奇怪。这说明，他的腿瘸很可能是假装的。我在伦敦找了一个外科专家，并得到了专门的材料，这些都证明了我的想法是正确的。我曾当着奈顿的面提起过这位医生的名字。照理说，奈顿当时应该谈起，正是这位大夫在战时给他治过伤。但是他对此不发一言，这个小细节更加深了我的怀疑。另外，格雷小姐还给我看过一份剪报，上面提到，在奈顿住院期间，坦普林女士的医院里发生了一起宝石失窃事件。此时她意识到，当我从巴黎里兹饭店给她写信时，我们正沿着同一个方向调查。

"虽然付出了巨大的努力，但我终于得到了想要的证据，即艾达·梅森是在谋杀发生后的那天早晨到达饭店的，而不是前一天晚上。"

两个人沉默良久。然后百万富翁向着桌子对面的波洛伸出了手。

"您可能知道这对于我来说意味着什么，波洛先生。"他的声音沙哑，"待会儿我会给您一张支票，但这世界上没有任何一张支票能够表达我对您的谢意。您真的很厉害，波洛先生，不论何时您都是这一行的专家。"

波洛站起身来，挺直了腰板。

"我只是赫尔克里·波洛。"他谨慎地说，"但正如您所说，我是我这一行的专家，正像您是您那一行的专家一样。我对自己能够为您效劳而感到高兴。现在我要给我这趟旅行做一些善后工作了。唉！我这次出门没带上我那善解人意的乔治。"

在酒店的大厅里他遇见了表情严肃的帕波波鲁斯和他的女儿齐娅。

"我原以为您已经离开尼斯了，波洛先生。"这位希腊人低声对侦探说，同时握住了他伸向自己的手。

"公事又让我回来了，我亲爱的帕波波鲁斯。"

"公事？"

"对，公事。既然谈到此事，我希望您的身体已经有所好转，帕波波鲁斯。"

"好多了，实际上，明天我们就将回巴黎。"

"听到这个消息我真为您高兴。我希望您没有把希腊前总理彻底搞垮。"

"我？"

"我听说，您卖给他一颗非常名贵的宝石，而此时那枚宝石正戴在舞蹈演员米蕾的脖子上，这事儿现在只有咱俩知道。"

"是的"帕波波鲁斯喃喃地说，"是的，确实如此。"

"这是一颗与'火焰之心'十分相似的宝石。"

"其实有点儿差别。"希腊人毫不在意地说道。

"帕波波鲁斯先生，您果然对珠宝非常在行。齐娅小姐，您这么快就要回巴黎了，这让我感到特别难受。现在我的公事办完了，我原本希望咱们能有多一点儿的时间见见面。"

"恕我冒昧地问一下，您办的是什么公事？"帕波波鲁斯问道。

"没事儿，随便问。我刚刚成功将侯爵缉拿归案了。"

帕波波鲁斯那充满贵族气质的面庞上浮现出恍惚的神色。

"侯爵？"他低声说道，"为什么这个名字听起来如此耳熟呢？唉，我想不起来了。"

"您当然不知道他。"波洛说，"我指的是一桩著名的谋杀案和一位珠宝大盗。他由于谋杀凯特林夫人而被捕了。"

"是吗？这件事真有意思！"

之后，他们很有礼貌地相互道别。当波洛走远之后，帕波波鲁斯对女儿说道：

"齐娅,"他饱含感情地叹道,"这个人是个魔鬼。"

"我喜欢他。"

"我个人也喜欢他。"帕波波鲁斯承认道,"尽管如此,他还是个魔鬼。"

第三十六章　在海滨

合欢树的花已经凋谢了。天竺葵围簇着坦普林女士的别墅，繁茂的丁香散发出馥郁的香气。地中海比以往任何时候都蓝。波洛与蕾诺斯·坦普林小姐坐在阳台上。他刚刚讲完了有关那个神秘人物——"侯爵"的故事，内容与两天之前他跟冯·阿尔丁先生讲的一样。蕾诺斯全神贯注地听着，眉头紧锁，神色忧郁。

当波洛讲完之后，她只简单问了一句：

"那么德里克呢？"

"他昨天被释放了。"

"那——他去哪儿了？"

"他昨晚就离开尼斯了。"

"去了圣玛丽米德村？"

"是的。"

一阵沉默。

"我误会凯瑟琳了，"蕾诺斯说，"我还以为她不在乎德里克。"

"她谁都不信，对谁都有所保留。"

"她原可以信任我。"蕾诺斯以痛苦的声调小声说。

"是的。"波洛严肃地说，"她原可以相信您的。可是凯瑟琳小姐这一生中绝大部分时间都在倾听别人的诉说，这种习惯了倾听的人是很难开口说自己的事情的,他们藏起自己所有的喜和悲,不与外人分享。"

"我真傻。"蕾诺斯说,"我当时以为,她可能爱上了奈顿。我本应该对她了解得更多。我觉得我当时会那么想是因为——好吧,那只是我的奢望。"

波洛抓住她的手,轻轻握着,友好而温和地说道:"您此刻需要鼓足勇气,小姐。"

蕾诺斯愣愣地望着远方的海面,她那平淡而严肃的脸上霎时间显出一层哀伤的美。

"天哪。"她最后说,"事情的结局竟是这样。我对德里克来说太年轻了,他好像是一个永远长不大的孩子,他需要一个像圣母玛丽亚那样的人。"

紧接着是长时间的沉默。之后蕾诺斯猛然对侦探说道:"但我确实帮了您的忙啊,波洛先生,或多或少我也算帮了您的忙。"

"确实如此,小姐。正是通过您,我才得到了了解真相的线索,当时您曾指出,凶手不一定是火车上的乘客。而在那之前,我毫无头绪。"

蕾诺斯深深地吸了一口气。

"不论怎样,我对此感到很欣慰。"

远方传来了火车的汽笛声,声音拖得很长。

"是那列该死的'蓝色特快'。"蕾诺斯说,"火车真的是冷酷无情的东西,您说是吗,波洛先生?人们在火车上被谋杀,在火车上死去,而火车却照样奔驰。天啊,我又在说胡话了,但您知道我想说什么。"

"没错,我知道。生活正如一列火车,小姐,它不断向前进。而这也正是它的迷人之处。"

"为什么呢?"

"因为火车的旅程总有尽头。在你们的语言中,还有一句相关的谚语。"

"'漂泊止于爱人的相遇'。"蕾诺斯咧嘴笑道,"但对我来说不合适。"

"合适,当然合适。您很年轻,您比自己想象得还要年轻。相信火车吧,小姐,您要相信那列由上帝驾驶的火车。"

火车的汽笛声再一次响起。

"相信火车,小姐。"波洛又小声嘀咕了一遍,"相信赫尔克里·波洛,他什么都知道。"

The Mystery of the Blue Train
Copyright © 1928 Agatha Christie Limited. All rights reserved.
© 2013 Letter for Chinese Reader, New Star Edition by Mathew Prichard.
www.agathachristie.com
The Poirot icon is a trademark, and AGATHA CHRISTIE, POIROT, *Agatha Christie* and the AC Monogram Logo are registered trade marks of Agatha Christie Limited in the UK and elsewhere. All rights reserved.
Published by agreement with ACL.
Simplified Chinese edition copyright: 2022 New Star Press Co., Ltd.

图书在版编目（CIP）数据

蓝色列车之谜/(英) 阿加莎·克里斯蒂著；舒金佳译. ——2版. ——北京：新星出版社，2022.7
ISBN 978-7-5133-3809-7

Ⅰ.①蓝… Ⅱ.①阿… ②舒… Ⅲ.①侦探小说－英国－现代 Ⅳ.①I561.45

中国版本图书馆CIP数据核字（2022）第090214号

午夜文库
谢刚 主持

蓝色列车之谜

[英] 阿加莎·克里斯蒂 著；舒金佳 译

责任编辑：曹晓雅
统筹编辑：王　欢
责任校对：刘　义
责任印制：李珊珊
封面插图：宣　和
装帧设计：周伟伟

出版发行：新星出版社
出　版　人：马汝军
社　　址：北京市西城区车公庄大街丙3号楼　100044
网　　址：www.newstarpress.com
电　　话：010-88310888
传　　真：010-65270449
法律顾问：北京市岳成律师事务所

读者服务：010-88310811　service@newstarpress.com
邮购地址：北京市西城区车公庄大街丙3号楼　100044

印　　刷：北京美图印务有限公司
开　　本：910mm×1230mm　1/32
印　　张：9.5
字　　数：139千字
版　　次：2022年7月第二版　2022年7月第一次印刷
书　　号：ISBN 978-7-5133-3809-7
定　　价：42.00元

版权专有，侵权必究；如有质量问题，请与印刷厂联系调换。